법정유희

法廷遊戲

이가라시 리쓰토 지음

김은모 옮김

법정유희

法廷遊戲

READbie

차례

제1부

무고 게임

0

무고(無辜)

: 고(辜)는 죄라는 뜻. 죄가 없음. 또는 죄가 없는 사람을 가리키는 말.

1

세월이 느껴지는 나무문 앞에 서서 금속 문고리를 손바닥으로 감쌌다.

몇 번이나 드나들었는지는 잊어버렸지만, 모의 법정의 문을 열 때는 늘 약간 긴장된다. 분명 무의식적인 일종의 방어 본능이다.

정적이라기보다는 무음에 가깝다. 공기조차 순환하기를 거부하는 듯 고요하다.

모의 법정이라지만 설비와 구조는 실제 법정과 거의 동일하다.

의자가 열 개씩 세 줄로 배치된 방청석. 하지만 거기 앉은 사람은 없다. 방관자와 경기자를 구분하기 위한 나무 울타리. 밀면 아무 저항도 없이 열리지만, 각오와 자격이 없으면 경계선을 넘는 것은 용납되지 않는다.

좌우대칭으로 배치된 당사자석. 역시 양쪽 다 공석이다.

즉, 이 방에는 아무도 없는…… 것은 아니다.

호토대학교 로스쿨의 모의 법정에는 유키 가오루가 있다. 나는 그를 만나기 위해 문을 열었다. 심판자인 가오루에게 심판받아야 하는 인간이 있기 때문이다.

방청석에서 보았을 때 정면 제일 안쪽에 법대•가 있다. 가오루는 법대 중앙의 재판장석에 앉아 있었다. 그는 긴 앞머리가 드리워진 길쭉한 눈으로 방청석에 선 나를 내려다보며 말했다.

"……세이기. 희귀한 손님이로군."

구가 기요요시. 내 본명이지만, 발음이 쉽지 않은 기요요시

• 법정에서 판사들이 앉는 자리

로 부르는 사람은 많지 않다. 세이기가 올바른 한자 발음이라고 착각하는 친구도 있을지 모른다.

"개정을 요청할게, 가오루."

"죄상은?"

가오루는 나른한 표정으로 턱을 괴고 물었다.

"자습실 책상에 내 과거를 폭로하는 종이가 놓여 있었어."

"이야……. 모욕이나 명예훼손인가."

가오루는 의자에 등을 기대고 법대를 빠른 박자로 두드렸다.

"이번에는 게스트도 불러 놨어. 개정은 몇 분 후에?"

"삼십 분 후로 하자. 패자에게 내릴 벌은 그다음에 생각하고."

죄와 벌. 이것으로 무고 게임의 고소 절차는 끝났다.

무기력한 심판자, 텅 빈 증언대, 침묵을 유지하는 모의 법정.

무고 게임이 시작되면 이 광경은 싹 달라진다.

2

삼십 분 후, 방청석의 60퍼센트가 방관자로 채워졌다.

호토대학교 로스쿨의 3학년 재학생은 스물한 명이다. 나와 가오루는 울타리 안쪽에, 나머지 열아홉 명은 방청석에 있다. 마지막 한 명은 입구에서 가장 멀리 떨어진 자리에 앉아 다리를 꼰 자세로 법대를 올려다보고 있었다.

"세이기, 게스트는 나쿠라 교수님이었나."

법대에 앉은 가오루는 별달리 놀란 기색도 없이 내게 물었다.

"견학하고 싶다고 하시길래. 딱히 상관없잖아?"

"학생들의 재판 놀이를 구경하신들 시간 낭비일 텐데요."

형법을 전공하는 젊은 부교수는 미소를 지었다.

"겸손 떨 것 없어. 아주 공들인 게임이라는 소문이 돌던데. 지루하면 나갈 테니 난 신경 쓰지 마."

"그렇게는 안 되겠는데요."

"무고 게임은 관계자들끼리만 비공개적으로 즐기는 절차인가?"

법학자다운 농담이었지만, 가오루는 웃지 않았다.

"당연히 헌법의 요구에 부응하는 공개 법정입니다. 따라서 누구나 방청할 수 있죠. 아까 그 말은 교수님을 없는 사람 취급할 수는 없다는 뜻이에요. 기왕 오셨으니 제대로 설명을 덧붙이겠습니다."

"좋은 공부가 되겠군. 그런데 그 법복은 심판자의 취향인가?"

"뭐, 그런 셈이죠."

카디건 대신이라는 듯 걸친 칠흑 같은 색깔의 법복.

판사가 법정에서 착용하는 제복을, 가오루도 무고 게임을 진행하는 동안 착용한다. 우리에게는 익숙한 광경이지만, 평소 말수가 적은 학생이 법복을 입고 의연한 표정으로 내려다보니까 나쿠라 교수님이 의아하게 여길 만도 하다.

"그럼 바로 시작하자. 고소인은 증언대 앞으로."

고소인으로서 게임에 참가하기는 처음이다. 심장이 쿵쿵 뛰는 것이 느껴졌다.

"이름과 학번은?"

"구가 기요요시. Y8JB1109."

고소인이 호토대생임을 확인하기 위한 형식적인 신원 증명 절차다.

"규정은 알지?"

"물론이지."

"일단 설명할게."

나쿠라 교수님이 방청하기 때문인지, 가오루는 평소에는 설명하지 않는 규정을 유창하게 설명했다.

"고소인은 자신이 입은 피해를 죄라는 형태로 특정한 후, 필요한 증거조사를 요청하고 죄를 저지른 인물을 지목한다. 심판자가 품은 심증과 고소인이 지정한 인물이 일치하면 범인은 벌을 받는다. 양쪽의 생각에 차이가 있으면 무고한 사람에게 죄를 뒤집어씌우려 한 고소인 본인이 벌을 받는다."

무고란 아무 죄도 저지르지 않은 사람을 뜻한다. 고소인이 범인으로 지목한 사람이 무고로 인정돼 구제되느냐 마느냐. 그것이 무고 게임의 핵심 요소다.

"고소인도 벌을 받을 가능성이 있는 거로군."

나쿠라 교수님이 말했다.

"이건 어디까지나 게임입니다. 양쪽 다 벌을 받을 가능성이 없으면 공평하지 않죠. 세이기……, 괜찮겠지?"

"동의했으니 고소한 거야."

나는 즉시 대답했다.

"방청석에 있을 범인도……, 괜찮겠지?"

일어서서 법정을 빠져나가는 사람은 없었다.

여기서 동의하지 않는다는 뜻을 표명하면, 자기가 범인이라고 인정하는 것이나 마찬가지다. 무고 게임의 벌은 피할 수 있을지라도, 로스쿨이라는 폐쇄적인 사회에서 가해지는 제재는 피할 수 없다.

"고소인, 심판받아야 할 죄를 특정하도록."

"알았어."

"거기 적혀 있던 내용은 진실이냐, 세이기?"

방청석에서 야유 어린 목소리가 날아들었다. 등을 돌리고 있어도 누가 발언했는지 바로 짐작이 갔다.

야시로 고헤이, 누구보다도 무고 게임을 재미있게 즐기는 남자다. 내게 원한이 있는 것이 아니라, 법정의 분위기를 띄우기 위해 도발하는 것이리라. 가오루는 정숙하라는 말로 분위기를 진정시키는 친절한 심판자가 아니다. 수습이 안 되면 폐정을 선언할 것이다.

"가령 진실이라면 어떻게 되는데?"

나는 천천히 몸을 돌려 방청석 한복판에 앉은 고헤이와 마주 보았다.

"글쎄. 앞으로는 성질 건드리지 않도록 조심할게."

크큭 웃는 소리가 들렸다. 질문의 의미가 올바르게 전달되지 않은 모양이었다.

"그 종이가 배포되는 바람에 내 사회적 평판이 나빠졌어. 내용이 진실이라고 증명돼도 명예가 원래대로 회복되는 건 아니지. 명예훼손이 불가벌에 해당하려면, 진실성의 증명만으로는 부족해. 야유는 형법을 좀 더 공부하고 나서 날리든가 해."

고헤이는 얼떨떨한 표정으로 잠시 굳어 버렸다.

"역시 우등생답네. 방해해서 미안하다."

증언대로 몸을 돌리는 도중에 입구 근처 자리에 앉은 오리모토 미레이와 눈이 마주쳤다. 미레이는 나를 매섭게 노려보았다. 자기한테 아무 말도 없이 고소해서 화가 난 것이리라.

어쩔 수 없잖아. 나는 속으로 중얼거렸다.

평온한 생활을 되찾으려면 범인을 찾아내야 한다.

나를 위해서도, 그리고 미레이를 위해서도.

3

자, 어디서부터 이야기해야 할까.

여기서 발언하지 않은 사항은 심판 때 고려되지 않으므로, 사실관계는 상세하게 진술하는 것이 기본이다. 한편으로 너무 사소한 사실까지 전달하면 쟁점이 흐려진다.

자습실에 들어간 부분부터 시작하자. 그것이 내가 최종적으로 내린 결론이었다.

오늘 1교시는 형사소송법이었고, 2교시와 3교시는 공강이었다. 시간표가 이럴 경우, 4교시 전까지 자습실에서 시간을 보내는 것이 법과 대학원생의 일상이다. 각자 책상이 배정된 자습실은 스물네 시간 내내 이용이 가능하다.

하지만 이용 실태는 이상과 동떨어져 있다. 휴대전화를 만지작거리거나 낮잠을 잔다면, 남에게 피해는 주지 않으니까 그나마 낫다. 하지만 이어폰도 끼지 않고 컴퓨터로 동영상을 보는 사람이나 큰 소리로 사담을 나누는 사람까지 있는 탓에 집중해서 공부하기는 불가능에 가까운 환경이다.

밑바닥 로스쿨. 서글프게도 그것이 호토대학교 로스쿨에 매겨진 평가다.

카드 키로 자습실에 들어가자마자 나는 한숨을 내쉬었다.

"다음 주 회식에 참석할지 말지 빨리 답 줘."

"회식, 수요일이었나?"

"화요일이야. 6시에 집합. 상가 아케이드 끝에 있는 가게."

"또 거기야? 회비는?"

"3천 엔. 지참채무•야."

"지참채무? 아아, 총무에게 미리 내라는 건가."

그런 한심한 대화가 곳곳에서 들려왔다.

지난 오 년간, 호토대학교 로스쿨을 졸업하고 사법시험에 합격한 사람은 없다. 어려운 시험이라고는 하지만 너무나 처참한 결과다. 하지만 그들 대화에 귀를 기울여 보면, 당연한 결과라고 수긍할 것이다. 나는 잡음을 차단하기 위해 커널형 이어폰을 꼈다.

헌법 기출문제를 다 풀었을 때 책상 위에 회식 안내문이 놓여 있는 걸 알아차렸다. 회식 안내문을 대충 훑어 보다가 나쿠라 교수님에게 호출을 받은 것이 생각났다.

11시 15분부터 11시 30분까지 약 십오 분간, 나는 자습실에 없었다. 이 십오 분이 범행 시간을 특정하는 데 큰 의미가 있다.

2층 자습실을 나서서 3층에 있는 연구실 문을 두드렸다.

"늦어서 죄송합니다."

"아아……. 구가로군. 갑자기 오라고 해서 미안해."

• 채무자가 채권자의 주소 또는 영업소에서 이행해야 하는 채무

나름대로 넓은 방이지만 수많은 전문 서적이 난잡하게 흩어져 있어서 발을 디딜 곳이 별로 없었다. 우리는 한가운데 있는 응접 공간에 마주 앉았다.

"제가 뭔가 잘못한 거라도 있나요?"

"설교하려고 부른 게 아니야. 오히려 그 반대지. 내년에는 꼭 합격자를 배출하라고 위에서 난리거든. 그래서 붙을 법한 학생을 이렇게 불러서 격려하는 거지."

"아주 직설적이시군요."

"칭찬하는 거니까 상관없잖아. 덧붙여 가망이 있는 건 구가랑 오리모토 정도야. 그 외에는 사법시험이고 뭐고 내 강의에서 학점이나 제대로 받을 수 있을지 의심스러워."

젊은 나이에 부교수가 된 만큼 나쿠라 교수님은 아주 명석하다. 주변 사람을 배려해 완곡하게 돌려 말하지 않는 건, 남을 배려할 필요성을 느끼지 않기 때문이리라.

"저희 학년 강의 중에 교수님이 담당하시는 건 모의 재판이었던가요?"

졸업이 지척이므로 수강하는 강의는 그렇게 많지 않다. 사법시험 공부에 시간을 많이 할애하는 것이 현실이다.

"변호인 역할을 맡은 구가가 검사 역할을 맡은 학생을 논파해서 절차고 뭐고 엉망이 됐던 모의 재판이지. 그건 걸작이었어."

"반성하고 있습니다."

"그게 변호인이 할 일이니까 괜찮아. 검사 역할은 누구였더라……."

"겐지입니다."

겐지는 잔뜩 상기된 얼굴로 엉망이 된 논고를 어떻게든 이어 나가려다가 교수님에게 발언을 제지당했다.

"후지카타 겐지. 구가, 평소 넌 냉정한 편인데 왜 그때는 후지카타를 박살 낸 거지?"

"너무 막무가내로 논리를 전개하길래 저도 모르게 그만."

"오리모토가 피고인 역할을 맡아서 의욕이 넘친 건 줄 알았는데."

"미레이요? 걔는 상관없습니다."

더는 질문을 받기 싫었으므로 나는 화제를 바꾸었다.

"아까 가망이 있는 학생이라고 하셨는데, 가오루는 제외하는 거겠죠?"

"유키는……. 왜 여기에 진학한 건지 원."

"동감입니다."

놀랍게도 가오루는 이미 사법시험에 합격했다. 로스쿨을 거치지 않고 수험 자격을 얻을 수 있는 지름길이 딱 하나 있는데, 그 가시밭길을 돌파했다.

"구가도 좀 더 합격률이 높은 곳에 갈 수 있었을 텐데."

"가오루와 나란히 놓고 보시면 곤란합니다. 그리고 저는 순수하게 학비 문제 때문이에요."

"등록금을 전액 면제받는 장학생이었지. 뭐……, 앞으로도 지금처럼 열심히 해."

"알겠습니다. 이만 가도 될까요?"

내가 의자에서 일어서자 나쿠라 교수님이 마침 생각났다는 것처럼 말했다.

"그러고 보니 재미있는 게임을 하는 모양이던데."

화제가 예상외의 방향으로 확 꺾였다.

"어, 그게……, 무고 게임 말씀이세요?"

"응. 처음에는 학생들 사이에서 유행하는 시시한 게임이라고 생각했는데, 유키와 구가도 참여한다는 소리를 듣고 흥미가 생겼어. 어떤 게임이지?"

"말로 설명하기는 어려운데요."

"그럼 보여 줘."

"무고 게임을요? 그건 상관없습니다만, 언제 할지 모르는데요."

그렇게까지 흥미를 보일 줄은 몰랐기에 놀랐다.

"느긋하게 기다릴게."

면담을 마치고 자습실로 돌아오자 거의 모두가 내 얼굴을 바라봤다. 찜찜한 기분이 든 것도 잠시, 주목받은 이유를 금방 알아냈다.

옆자리에 앉은 미레이가 종이를 한 장 들고 내 얼굴을 올려다 보았다. 당혹감과 비난이 섞인 시선이었던 것을 기억한다. 미레이가 든 종이에는 사진 두 장과 짧은 문장이 인쇄되어 있었다.

"뭐야, 이거……."

나도 모르게 그런 말이 튀어나왔다.

미레이는 아무 대답도 하지 않았다. 원래 로스쿨에서는 서로 말을 하지 않기로 했다. 나는 손을 뻗어 미레이가 들고 있는 종이를 낚아챘다.

감촉이 매끈매끈하니 질 좋은 A4 크기의 종이다. 위쪽과 아래쪽에 균등한 간격으로 사진을 배치했다. 사진을 번갈아 보던 나는 얼굴에서 핏기가 싹 가셨다.

첫 번째 사진은 '마음의 집'이라고 새겨진 현판 앞에서 찍은 단체 사진이다. 한가운데 서 있는 교복 차림 남자아이에게 동그라미를 치고 '구가 기요요시'라고 써 놓았다.

두 번째 사진은 오려 낸 신문 기사를 가까이에서 찍은 것으로 추정되는 사진이었다.

아동양육시설 '마음의 집'에서 생활 중인 고등학교 1학년 남학생(16)이 원장(48)의 가슴을 칼로 찔러 다치게 한 혐의로 체포됐다. 경찰 발표에 따르면 남학생은 혐의를 인정했다고 한다.

몇 줄 안 되는 이 기사의 내용은 완벽하게 기억하고 있다. 법무교관•과 조사관이 사실과 똑바로 마주하라고 거듭 요구했기 때문이다.

이것은 내가 과거에 저지른 죄다.

피부를 찢는 감촉, 흘러나온 피, 소녀의 비명…….

기사에 남학생의 이름은 공개되지 않았다. 하지만 노골적으로 배치한 사진과 일치하는 시설 명칭을 보면, 죄를 저지른 16세 남학생과 구가 기요요시를 결부시키기가 어렵지는 않으리라.

종이 제일 아래쪽에는 '일그러진 정의를 짊어진 자에게 법조인이 될 자격이 있을까?'라는 문장과 천칭 일러스트가 남겨져 있었다.

상황을 일부는 이해했다. 누군가 내게 무고 게임을 신청한 것이다.

무고 게임에는 수많은 규정이 있다. 그중 가해자가 지켜야 할 규정은 두 가지다. 형벌 법규를 위반하는 죄를 저지르고, 천칭을 남겨서 표시할 것……. 불특정 다수의 책상에 내 명예를 훼손하는 종이를 배포하고, 종이에 천칭 일러스트를 곁들임으로써 범인은 두 가지 요건을 충족했다.

밀고하느냐, 꾹 참고 견디느냐, 게임에 응하느냐. 피해자에게

• 주로 소년원이나 소년 분류 심사원에서 지도, 교육, 지원을 맡는 공무원. 한국의 보호직 공무원과 비슷하다.

는 세 가지 선택지가 주어진다. 밀고란 교무과나 경찰에 상담하는 것을 의미한다. 하지만 '결국은 게임일 뿐이야…….' 이 무책임한 한마디 때문에 정당한 해결책은 비겁한 선택지로 간주된다.

이번 죄는 명예훼손이다. 내가 과거에 저지른 상해 사건을 공공연하게 드러내는 바람에, 사회적 평판이 안 좋아졌다. 솔직히 죄를 폭로한 행위는 눈감고 넘어갈 수 있다. 남의 평가에는 흥미 없고, 이미 마무리된 문제이기 때문이다.

하지만 시설에서 찍은 단체 사진이 유출된 일은 그냥 넘어갈 수 없다. 누가, 무슨 목적으로 이 사진을 입수했는가. 정답이 무엇인가에 따라 최악의 사태로 발전할 우려가 있다.

이것은 나 혼자만의 문제에 그치지 않는다. 미레이까지 당사자로서 휘말렸다. 따라서 꾹 참고 견딘다는 선택지는 고를 수 없다.

불합리한 세 가지 선택지 가운데 두 가지는 사라졌다. 앞으로 나아가려면 게임에 응하는 수밖에 없다.

4

"이게 가오루가 심판해 줬으면 하는 죄야."

시간을 십 분쯤 들여서 종이를 발견하기까지의 흐름을 설명했다. 나쿠라 교수님과 면담한 내용은 대부분 생략했다. 나와 미레이를 제외하고는 사법시험에 합격할 가망이 없다. 나쿠라 교수님이 그렇게 생각한다는 사실을 밝히면 이 자리에서 폭동이 일어날지도 모른다.

가오루는 평소처럼 고소인인 내 말에 묵묵히 귀를 기울였다.

"입증은 어떻게 할래?"

내 설명이 끝나자 가오루는 대뜸 그렇게 말했다. 죄를 특정한 다음 단계는 증거 조사다. 고소인이 준비한 증거를 통해 사건을 진상으로 이끌기 위한 절차다.

"자습실에서 발견한 종이가 서증•. 그리고 내 옆자리에 앉아 있었던 오리모토 미레이를 증인으로 신청할게."

"서증의 입증 취지는?"

입증 취지란, 그 증거로 뭘 입증하겠다는 의사를 표명하는 것이다.

"범행 행태 및 피해 정도 등을 입증할 거야."

"증인으로는?"

"본 사건의 증거인 종이를 발견한 경위 및 범인의 정체 등을 입증할 거야."

"알았어. 그럼 서증을 제출해."

● 재판에서 문서를 증거로 삼는 것을 가리킨다.

나는 증언대를 벗어나 법대로 다가갔다.

"증인신문 때 사용하고 싶으니까 확인하고 돌려줄래?"

가오루는 종이를 오른손으로 들고 얼굴 앞에다 앞뒤로 흔들었다.

"응, 이제 됐어."

"제대로 읽은 거야?"

"쓸데없는 내용이라는 걸 알았으니까 그걸로 충분해."

가오루는 일 분도 지나지 않아서 종이를 되돌려주었다. 법복 소맷자락 밑으로 드러난 앙상한 팔을 보니, 건강이라는 말과는 거리가 멀다는 걸 알 수 있었다.

"증인, 앞으로."

가오루의 재촉에 미레이가 울타리 안쪽으로 들어왔다. 나는 증언대를 양보하고 법대 왼쪽의 당사자석에 섰다. 형사재판에서는 검사가 앉는 자리다. 고소인은 소추권자인 검사와 비슷한 입장이다. 피해자인 동시에 공소도 제기해야 한다.

미레이는 증언대에 서서 법대를 똑바로 바라보았다. 옆자리에 앉아 있었다는 그럴싸한 이유를 대기는 했지만, 증인신문을 미레이가 기꺼워하지 않는 건 명백했다.

"이름과 학번은?"

"오리모토 미레이. Y8JB1108."

학생 수가 적어서 그런지 오리모토와 구가인데도 오십음도 순서대로 정한 학번은 숫자 하나 차이였다.

"증인신문의 규정은 알지?"

"알아."

"이번에는 나쿠라 교수님이 방청하고 계시니까 한번 확인하고 넘어가자. 일단 증인은 거짓말을 하면 안 돼. 다만 이 원칙에는 예외가 있어."

"자신의 죄를 폭로하는 질문에는 거짓말이 허용된다."

선수를 치듯 미레이가 먼저 말했다.

"맞아. 다음으로 증인은 고소인의 질문에 긍정이나 부정으로만 의사를 표명할 수 있어. 또한 질문의 행간을 읽고 대답하는 것도 용납되지 않아. 예를 들어 오늘 날씨는 좋았느냐는 질문을 받았는데 날씨가 흐렸을 경우, 비가 오지는 않았다는 사실을 확인하려는 의도가 명백히 보이더라도 부정하는 대답을 해야 해."

"알아."

"마지막으로 고소인이 질문을 마치고 심판자에게 순서를 넘겼을 때, 내 질문에는 자유롭게 대답해도 상관없어. 위증에 관해서는 고소인의 질문에 대답할 때와 동일하고."

미리 준비라도 한 것처럼 나쿠라 교수님이 의문을 하나 꺼냈다.

"증인이 이유 없이 거짓말을 했는지는 유키가 판단하는 건가?"

"그걸 제가 판단하기는 불가능하죠."

"원칙상 거짓말을 해서는 안 된다는 규정이 있는데도?"

"실제 형사재판에서도 위증죄를 저지르면 처벌받습니다. 그렇다고 증인이 거짓말 탐지기를 달고 증언하나요?"

"처벌받는다는 걸 알려서 사실상 위증을 억제할 뿐이지. 괜히 끼어들어서 미안해."

가오루가 설명한 대로 무고 게임의 증인신문에서는 긍정과 부정 외에 다른 대답을 증인에게 요구할 수 없다. 따라서 조리 없이 질문했다가는 아무 증언도 얻어 내지 못할 가능성도 있다.

이제부터가 중요하다. 나는 증언대로 다가가 고급 재질 종이를 탁상에 내려놓았다.

"이 종이 본 적 있어?"

시설과 신문 기사 사진을 보여 주자 미레이가 눈썹을 씰룩했다.

"응."

"이건 미레이의 책상에 놓여 있던 건데, 자습실에 있었던 다른 사람들도 똑같은 종이를 가지고 있었지?"

"응."

"전후 상황도 확인할게. 1교시가 끝난 후에 바로 자습실에 갔어?"

미레이가 대답을 망설이자 가오루가 입을 열었다.

"방금 질문은 추상적이야. 바로가 얼마쯤인지는 개인의 감각에 따라 다르니까."

"알았어. 질문을 철회할게."

부적절한 질문을 하면 지금처럼 심판자가 개입한다.

"내가 자습실에 들어갔을 때 미레이는 이미 자리에 앉아 있었지?"

"그렇게 기억해."

"내가 미레이의 책상에 놓여 있던 종이를 볼 때까지 자리를 비운 적은?"

"한 번도 비운 적 없어."

예상했던 대로 대답이 나왔다. 이번 사건의 범인이 누구인지 도출하기는 어렵지 않을 것 같았다. 자습실에 범행을 목격한 학생이 있으리라고 예측됐기 때문이다. 그리고 방금 대답에 따라 미레이가 바로 그 학생일 것이라고 확신했다.

호토대학교 로스쿨의 자습실은 스물네 시간 내내 이용이 가능하다. 범인이 심야에 종이를 놓아두었다면 목격자를 기대할 수 없었으리라. 하지만 내가 1교시 강의를 듣고 자습실에 갔을 때, 문제의 종이는 아직 배포되지 않았다. 그렇다면 내가 나쿠라 교수님과 면담하는 사이에 이 고급 재질 종이를 배포했다고 특정할 수 있으며, 자리를 비우지 않았던 미레이는 범인이 범행을 저지르는 장면을 목격했을 것이라는 결론이 나온다.

다음 질문에 고개를 끄덕인다면, 가오루에게 맡기면 된다. 범인의 이름은 거기서 명백하게 드러난다.

"내가 나쿠라 교수님의 연구실에 간 사이에, 그 종이를 미레이의 책상에 놓아둔 사람이 있었지?"

"아니, 없었어."

어라, 싶었다. 내가 특정한 시간대에 구멍이 있었던 걸까.

"내가 자습실을 나갔다가 돌아오기까지……, 그런 의미인데."

"대답은 똑같아. 그런 사람은 없었어."

이상하다. 범행 시간대를 한정하는 논리에 오류는 없었을 것이다.

만약을 위해 한 가지 가능성을 확인하고 넘어가기로 했다.

"미레이가 자습실에 들어왔을 때 이미 책상에 종이가 놓여 있었다는 거야?"

"아니, 안 놓여 있었어."

지금까지 무고 게임을 방청석에서 여러 번 봤다. 긍정적인 대답이 나와야 할 질문에 부정적인 대답이 나왔을 때, 제일 먼저 의심해야 할 가능성이 뭔지는 잘 알고 있다.

증인이 거짓말을 했다.

동시에 이것은 증인이 범인이라는 뜻이다.

내가 연구실에 간 사이에 자습실에 있던 사람이라면, 누가 증언대에 서도 상관없었다. 다만 거짓말이 허용되는 범인을 증인으로 지정하는 것만큼은 피해야 했다. 그렇기에 싫어하는 줄 알면서도 미레이를 증인으로 선택했다.

진정하라고 나 자신을 타일렀다. 미레이가 범인일 리 없다.

"내가 자습실에 있는 동안 이 종이가 배포됐다. 그런 거지?"

제일 먼저 배제했던 가능성이지만, 남은 답은 그것밖에 없었다.

"응, 맞아."

방청석에서 몇몇이 웅성거렸다. 그들도 답을 알고 있다.

아직 문제는 해결되지 않았다. 이래서는 피해자 앞에서 당당하게 배포했는데도, 본인은 몰랐다는 얼빠진 결론이 나온다.

무의식중에 힘이 들어갔는지, 증언대에 놓아둔 종이를 오른손으로 꾹 누르고 있었다. 손바닥을 들자 종이도 함께 딸려 올라왔다. 땀 때문인 줄 알았는데 아니었다. 종이 표면에 약간이지만 접착력이 남아 있었다.

매끈매끈한 감촉의 질 좋은 종이, 약간 남아 있는 접착력……. 그 두 가지 요소가 머릿속에서 합쳐진 결과, 단순한 결론에 도달했다. 이 종이에는 뭔가가 붙어 있었다.

그렇구나. 무고 게임의 규정을 이용한 속임수에 하마터면 속아 넘어갈 뻔했다. 물어보아야 할 것은 종이가 배포된 시기가 아니라 종이에 적힌 내용이었다.

불안한 표정으로 나를 올려다보고 있던 미레이에게 웃음을 지었다.

"처음에 인쇄돼 있던 내용은 이게 아니었어."

"응. 다른 내용이었어."

드디어 원하던 답을 끌어냈다. 이제는 단순히 답을 맞혀 나가면 된다. 자습실에 있었을 때, 유인물을 하나 받았다. 이 사건의 실행 행위가 끝난 것은 그 순간이었다.

"처음 받았을 때는 다음 주에 있을 회식을 안내하는 내용이 실려 있었지?"

"정답."

"나 말고 다른 사람에게 배포된 유인물은 스티커 인쇄로 만든 거였어. 자세히 보지 않으면 몰랐을 거야. 내가 나쿠라 교수님과 면담하는 사이에, 스티커를 떼어 내라는 지시가 내려졌지. 그리고 스티커 아래쪽 종이에 인쇄된 내용이 이거였어."

"그것도 정답."

나는 숨을 내쉬었다. 다음 질문으로 끝내자.

"미레이는 회식 안내문을 나누어 준 사람이 누구인지 알지?"

"응, 알아."

나는 증언대를 떠나서 왼쪽의 당사자석으로 돌아갔다.

"이걸로 질문을 마칠게."

자유로운 질문이 허용되는 심판자는 생각할 시간을 거의 쓰지 않고 미레이에게 물었다.

"아까 질문에 나왔던 회식 안내문을 너한테 준 건 누구지?"

"재."

방청석으로 몸을 돌린 미레이는 모의 재판 때 검사 역할을 맡은 인물을 가리켰다. 과연……, 그랬구나.

"나는 후지카타 겐지를 범인으로 지목할게."

5

"벌을 선고하기 전에 하고 싶은 말은?"

증인신문이 끝나자 미레이는 방청석으로 돌아갔고, 지금은 겐지가 증언대에 서 있다.

"그냥 장난삼아 그런 거야. 우등생인 세이기도 어두운 과거를 짊어지고 있다는 사실을 모두가 알아줬으면 했지. 한 번만 관대하게 봐주면 안 될까? 부탁이야."

알랑거리는 겐지를 보고 있자니 역겨워서 욕지기가 났다.

"장난삼아 그런 사진까지 준비했어?"

"잡담은 그만."

가오루가 제지하며 말을 이었다.

"특정한 죄에 대해 변명할 말이 있는지 확인했을 뿐이야. 없다면 절차를 끝낼게."

가오루가 천천히 일어섰다. 그 움직임에 맞춰서 법복이 펄럭였다.

"일단 벌을 선고한다. 유죄라면 겐지에게, 무죄라면 세이기에게 내려질 벌이야."

법정에서 공개된 모든 자료를 바탕으로 심판자가 벌을 결정한다.

"잠깐만."

나쿠라 교수님이 손을 들었다.

"난 이만 가 보마. 더는 듣지 않는 편이 좋겠지. 자백하자면 조사해 보라는 윗선의 명령을 받았어."

"조사요?"

가오루가 되물었다.

"모의 법정을 독점적으로 사용하는 거니까 말이야. 부적절한 내용이라면 중지를 권고하라는 지시도 받았어."

잠자코 보고하면 될 텐데, 정직한 사람이다.

가오루는 모의 법정을 자습실 대신 사용하므로, 무고 게임으로만 독점하는 것이 아니다. 지금까지 묵인해 온 것이 신기할 정도였다.

"결론은요?"

"실제 형사재판에서 도움이 될 실력을 양성하기 위한 적절한 연습이었다고 보고할게."

"괜찮으시겠습니까? 윤리적으로도 법률적으로도, 위험한 게임이라고 생각하는데요."

"난 윤리나 도덕 같은 모호한 기준을 신용하지 않아. 좋은 말씀을 많이 할수록 훌륭한 사람이라고 생각하지도 않고 말이야. 법률적인 문제는 검토했고, 지금 시점에서는 딱히 문제가 없어. 벌도 마찬가지라고 믿지만, 보고 들은 내용은 보고해야 하거든. 그러니 내가 나간 후에 계속하도록 해."

나쿠라 교수님은 일어서서 말을 이었다.

"한 가지만 말해 두마. 무고 게임은 완성도가 높지만, 실제 형사재판은 더 자극적이야. 현재 상태에 만족하지 마. 너희의 목표는 법률 전문가로서 법정에 서는 거지, 법률을 사용한 게임을 즐기는 게 아닐 테니까."

떫은 표정을 짓는 사람, 나쿠라 교수님의 뒷모습을 노려보는 사람, 주변을 두리번두리번 둘러보는 사람. 그런 방관자들이 많았다. 무자비한 현실을 들이댄 탓에 반발을 산 것이리라.

"벌을 다시 선고할게."

헛기침을 한 가오루에게 다시 시선이 모였다.

"명예훼손을 처벌하는 이유는 개인의 사회적인 신용도가 이유 없이 낮아지는 걸 방지하기 위해서야. 그렇다면 까닭 없이 명예훼손 행위를 저지른 사람도 피해자와 비슷한 수준까지 사회적 신용도가 낮아지는 걸 감수해야 무고 게임의 이념과 일치하겠지. 고로 심판자는 패자에게, 스물네 시간 동안 승자 앞에서 자신의 사회적 신용도를 유지할 권리를 주장할 수 없다는 벌을 선고한다."

방청석에서 말소리가 들렸지만 가오루는 선고를 계속했다.

"본 게임에서 조사한 각 관련 증거를 바탕으로, 이번에 죄를 저지른 인물을 후지카타 겐지로 특정한다. 이에 고소인이 지목한 범인과 심판자가 특정한 범인이 일치했으므로, 승자는 구가 기요요시. 패자는 아까 선고한 벌을 받는다. 벌은 적당한 방법으로 집행할 것. 이로써 판결을 마친다. 다들 해산하도록."

가오루가 폐정을 선언하자 흥미를 잃은 방관자들이 법정을 빠져나갔다.

손바닥이 땀으로 흥건했다. 위험할 뻔했다. 스티커 인쇄로 속임수를 썼다는 사실을 알아차리지 못해서 미레이에게 증언을 얻어 내는 데 실패했다면, 가오루는 패자로서 내 이름을 불렀을 것이다. 내가 벌을 받는 입장이 됐더라도 이상할 것 없었다.

경기자를 맡느냐, 방관자로 일관하느냐에 따라 무고 게임은 그 모습이 확 달라진다.

"과연 세이기담군."

고헤이가 울타리로 다가와 말을 걸었다. 호리호리하고 키도 훤칠하게 크다. 로스쿨에서는 보기 드물게 운동부 같은 체격이다. 게임이 시작된 직후에 고헤이가 야유를 던진 것이 생각났다.

"고헤이도 참 너답게 분위기를 띄우더라."

"긴장을 풀어 주려고 한 거야. 얼굴이 새파랗게 질렸더라고."

"이쪽에 서니까 긴장되긴 했어."

법정에 남은 사람은 나와 고헤이뿐이었다. 가오루도 어딘가로 자취를 감추었다.

"재미있는 벌을 획득했네. 집행할 보람이 있겠어."

"그래? 벌금 1만 엔 같은 게 편해서 좋은데."

"무고 게임의 벌은 가해자의 죄가 본인에게 되돌아가는 동해보복의 사고방식으로 결정돼. 당한 만큼 갚아 줘라 그거지. 지금이 어느 시대냐 싶다니까. 그러니 벌금이 안 나올 것 정도는 알고 있었을 텐데."

"농담이야."

어떤 벌이 내려질지에는 흥미가 없었으므로 깊이 생각해 보지 않았다.

"어떻게 집행할 거야?"

"음……, 벌의 내용이 뭐였지?"

"야, 정신을 어디 놓고 다니는 거야? 스물네 시간 동안 사회적 신용도를 유지할 권리를 박탈당했잖아. 요컨대 내일까지 세이기는 겐지의 명예를 아무리 훼손해도 괜찮은 거야. 녀석의 알몸 사진을 인터넷에 뿌리는 건 어때? 수요가 있을지는 모르지만 완벽한 제재 같은데."

상상만 해도 소름이 끼칠 것 같았다.

"그건 안 되지. 다른 죄를 저지르는 셈이니까. 외설물 유포죄에 해당하지 않으려나."

외설물 유포죄의 보호법익• 중 하나는 질서 유지이므로, 겐지가 동의하더라도 위법성 조각•• 사유에 해당하지 않는다. 본인이 바랐더라도, 알몸 사진을 본 사람은 불쾌하기 때문이다.

"머리는 잘 돌아가네. 뭐……, 이번 일로 녀석의 신용도는 바닥에 떨어졌으니까. 달리 이용할 방법을 찾아보는 편이 좋겠지."

"예를 들면?"

못된 꾀를 낼 때 고헤이는 묘하게 생기가 넘친다.

"알몸 사진을 유포당하기 싫으면 화해금을 내라든가. 그러면 신용을 박탈하는 벌을 벌금으로 바꿀 수 있어."

"그러니까 알몸 사진은 안 된대도. 하지만 화해라는 발상은 재미있네. 자존심이 높은 겐지는 잃어버린 신용을 되찾고 싶을 테니까."

"너무 심하게 하지는 말고."

"네가 할 소리야?"

둘밖에 없는 법정에서 우리는 소리 죽여 웃었다.

"겐지의 여자친구한테 손이라도 댔어? 어지간한 원한 없이는 그런 짓을 안 할 텐데. 밤중에 종이를 놓아둔 게 아니라, 굳이 세이기가 있을 때 종이를 나누어 준 이유를 알겠어?"

"자신감이 넘쳐서?"

● 어떤 법 규정이 보호하려고 하는 이익을 가리키는 말
●● 범죄의 성립 요건 중 하나인 위법성을 갖추지 못하는 것을 가리킨다.

“무고 게임의 규정을 이용해 세이기에게 창피를 주고 싶었던 거야.”

그것이 정답이라고 확신하는 말투였다.

“어쩐지 고헤이가 범인 같은 기분이 드네.”

“열등생의 마음은 나도 잘 알아. 가오루나 세이기같이 우수한 녀석은 남에게 열등감을 안기지. 특히 이곳처럼 머리가 좋은 것이 정의라고 주입하는 세상에 있으면 말이야.”

“나랑 가오루를 같은 위치에 놓지 마. 가오루에게 실례야.”

“세이기가 보기에는 가오루가 더 특별해 보이겠지만, 나 같은 보통 사람이 보기에는 둘 다 특별한 범주에 들어가. 무슨 말인지 알겠어?”

“아니, 전혀.”

“고릴라와 불곰이 싸우면 뭐가 이길까?”

너무 생뚱맞은 질문이라 상상력을 발휘할 수조차 없었다.

“정답이 뭔지 알아?”

“불곰이 고릴라보다 세 배 넘게 무거워. 거의 틀림없이 불곰이 이기겠지.”

“이야, 그렇구나. 그래서 그게 어쨌는데?”

“인간 입장에서는 고릴라든 불곰이든 당해 낼 수 없는 동물의 범주에 들어간다는 거지. 학자나 잡학 마니아가 아닌 한, 뭐가 더 강한지 관심도 없어. 알겠냐? 같은 수준이 아니면 세세한 차이는 실감하지 못하는 법이라고."

"우리를 곰이나 고릴라에 비유하지 마."

어쩐지 쑥스러워서 말을 슬쩍 얼버무렸다.

"그나저나 겐지가 왜 게임을 신청했는지 짚이는 구석은 있어?"

"없지는 않아. 그런 일로 이러나 싶기는 하지만, 사람마다 받아들이는 방식은 다를 테니까."

고헤이와 이야기하는 동안, 이거다 싶은 정답에 생각이 미쳤다.

"그렇구나. 그럼 내 협력은 필요 없을 것 같군. 하지만 벌은 일찌감치 집행해."

"알았어. 여러모로 충고해 줘서 고마워."

울타리 밖으로 나가려는데 고헤이가 또 말을 걸었다.

"나쿠라, 그 인간. 마지막에 한마디만 덜 하고 갔으면 참 좋았을 텐데."

"무고 게임에 만족하지 말라는 말?"

"응. 솔직히 아픈 곳을 푹 찔렸어. 그럴 의도 없이 한 말이라 질이 더 안 좋아."

"올바른 절차를 배우기 위한 로스쿨에서 사적제재를 옹호하는 게임을 벌이고 있잖아. 나쿠라 교수님이 아니더라도 잔소리를 하고 싶어질걸."

"재판 놀이에 불과하다는 건 우리도 알아. 하지만 이런 밑바닥 로스쿨에 다니는 녀석들은 대부분 진짜 경기자가 돼서 법정에 서기를 반쯤 포기했지. 세이기, 괴물 같은 재능을 지닌 인간이 지척에 있는 게 얼마나 괴로운 일인지 이해할 수 있겠어?"

대답이 궁했다. 긍정해도 부정해도 반감을 살 뿐이리라.

입학했을 때만 해도 자기는 다른 낙오자들과 다르다고 믿었을 것이다. 밑바닥 로스쿨이라는 평가를 받든 말든, 사법시험에 당당히 합격하겠다는 의욕이 넘쳤을 것이다. 그렇지만 시험이 다가올수록 펄펄 끓던 열의가 점점 사라졌다.

"무고 게임이 법률 지식을 선보일 기회를 준다. 나쿠라 교수님도 그건 알 거야. 그걸 이해하고서 법조인의 길을 포기하지 말라는 마음을 전하고 싶었던 것 아닐까?"

"루저의 마음도 배려해 줄 줄 알다니, 역시 세이기는 변호사가 되어야 해."

자조하듯 웃는 고헤이를 보자 복잡한 기분이었다.

"루저는 나야. 신문에 실린 16세 소년은 나 맞아. 상해사건을 일으켜 소년 심판을 받고, 다른 아동양육시설로 보내졌지. 더 자세한 사정을 알고 싶어?"

이번에는 고헤이가 말문이 막힐 차례였다.

"옛날이야기잖아. 억지로 들을 생각은 없어."

"고마워. 고헤이는 착하구나."

거북한 듯 우두커니 서 있는 고헤이를 남겨 놓고 나는 모의 법정을 나섰다.

고헤이의 충고를 받아들여 자습실에 있던 겐지를 바로 불러냈다. 빈 강의실에 들어가자 겐지는 의자에 앉아 다리를 꼬았다. 유명한 브랜드의 재킷, 헤어 왁스를 적정량보다 많이 발라서 다듬은 짧은 머리. 높은 자의식이 온몸에서 배어났다.

"왜 그런 짓을 한 거야?"

묻고 싶은 것이 산더미처럼 많았다.

"그러니까 장난이래도. 그렇게 무서운 표정 짓지 마."

"시설 사진은 어디서 구했어?"

시설 사진을 어디서 어떻게 구했는지부터 캐물어야 한다고 판단했다.

"역시 사진 속 그 소년은 세이기였구나."

"질문에 대답해 주지 않을래?"

"길에 떨어져 있는 걸 주웠어. 경찰에 갖다줄 걸 그랬나?"

나는 말을 끊고, 도발적인 자세로 앉아 있는 겐지를 쏘아보았다.

"겐지, 지금 어떤 입장인지는 알지?"

"게임에서 이겼답시고 거만하게 굴기는."

"우리는 게임을 했고 넌 졌어, 겐지. 정해진 벌은 받아야겠지."

벌이라는 말을 꺼내자 겐지의 얼굴이 약간 일그러졌다.

"큰 소리로 내 욕을 하면서 복도라도 돌아다니려고? 그걸로 속이 시원해진다면 마음대로 해. 대단한 벌도 아닌걸. 위협조차 안 돼."

"그럴까. 상상력만 있으면 나름대로 매력적인 벌을 내릴 수 있겠지. 솔직히 아까 게임 때는 어금니에 뭔가 낀 느낌이었어. 누가 그랬고, 어떻게 했는지까지는 밝혀냈지만, 왜 그랬는지는 설명하지 못했으니까."

"이야, 우수한 우리 세이기 학생이 사람 마음까지 꿰뚫어 보겠다는 건가."

"모의 재판 때는 내가 좀 심했다고 생각해."

"……무슨 소리야?"

필수과목인 모의 재판에서는 판사, 피고인, 검사, 변호인, 증인 역할을 분담해서 절차를 진행한다. 무작위로 정해진 그룹에서 가오루가 판사, 미레이가 피고인, 겐지가 검사, 내가 변호인, 다른 여학생이 증인을 맡았다.

준비된 시나리오에 따라 역할을 연기하면 학점을 받을 수 있다. 편한 강의다.

하지만 겐지가 무단으로 시나리오에 애드리브를 넣었다. 금전적으로 궁핍했던 피고인이 절도를 하게 된 경위를 모두진술• 단계에서 장황하게 늘어놓았다. 악의는 없었을지도 모른다. 모의 재판을 좀 더 실감 나게 만들기 위해 그랬다고 볼 수도 있으리라.

• 사건의 주요한 쟁점을 인식시키고, 재판 과정에서 각자가 증명하고자 하는 바를 알리기 위해 재판 첫머리에 행하는 진술

하지만 나는 용서할 수 없었다. 피고인 역할이 미레이였기 때문이다.

"증인신문이고, 피고인 질문이고 검사가 너무 어설프게 진행하길래 나도 애드리브로 대응했어. 결과적으로 원래 유죄판결이 나야 할 시나리오가 무죄판결로 변했지. 검사 역할은 학점을 못 받을 뻔했다고 들었어. 어때, 그렇지?"

"기억 안 나, 그딴 거."

목소리가 떨렸고 시선도 흔들렸다. 엉망진창이 됐던 모의 재판을 떠올렸다. 강경한 태도는 자신 없다는 심리의 반영에 불과하다.

"어, 그래? 그럼 헛수고였을지도 모르겠네."

들으라는 듯이 말했다.

"헛수고?"

"그게 이번 사건의 동기인 줄 알았거든. 그래서 무고 게임의 이념에 따라 동해보복을 했어. 동기를 결과로 바꿔서 돌려준 거지."

"대체 무슨 소리를……."

"모의 재판은 나중에 교수님이 채점하기 위해 진행 상황을 촬영해. 서기관석에 놓여 있는 비디오카메라를 확인해 보니 아직 지워지지 않았더라고. 아까 너 빼고 다른 사람들에게 그 데이터를 첨부한 메일을 보냈어. 그게 이번 벌의 집행이야. 하지만 겐지가 기억나지 않는다면 아무 의미도 없는 짓이었네. 내 착각이었어.”

“정말……, 이야?”

얼굴이 새파랗게 질렸다. 참 알기 쉬운 녀석이다.

“지금쯤 자습실에서 영상을 확인하고 있지 않으려나.”

겐지가 벌떡 일어서서 내 멱살을 잡았다.

“진정해. 신경 안 쓴다면서? 그럼 상관없잖아.”

“네 녀석의 그런 점이 마음에 안 드는 거야!”

“모의 재판 때 당한 일이 동기라고 인정하는 거로군.”

겐지는 콧김만 거칠게 내쉴 뿐 아무 말도 하지 않았다. 이제 충분하리라. 언질을 받는 데 의미가 있는 것은 아니다.

“거짓말이야. 아직 안 보냈어. 메일을 작성했을 뿐이야.”

“뭐?”

“이것 좀 놔. 숨 막혀.”

“어……, 아아.”

나는 흐트러진 옷매무새를 정리하고 나서 단도직입적으로 물었다.

“모의 재판 영상이 공개되는 게 싫으면, 알고 있는 사실을 모조리 말해. 시설 사진은 어디서 입수했어?”

겐지는 몇 초 굳어 버렸지만, 결국 단념한 듯 입을 열었다.

“정말로 몰라. 저번 주에 자습실 사물함을 열었더니 사진이 들어 있었어. 구가 기요요시라는 이름까지 적힌 상태로."

"신문 기사는?"

"그것도……, 복사본이 같이 들어 있었지."

"누가 사물함에 넣었을지 짐작은 가?"

"아니. 거짓말 아니야. 난 이용당했을 뿐이라고."

자기는 잘못한 것 없다고 주장하는 듯한 말투에 짜증이 났다.

"사진을 교묘하게 숨겨서 나누어 준 것도 남에게 지시받은 거야?"

"그건……."

"됐어."

더 이상 변명을 들어 본들 수확은 없으리라.

"뭔가 생각나는 것 있으면 알려 줘. 그리고 다음번은 없을 줄 알아. 적반하장으로 나오기 전에 본인의 능력을 키울 노력부터 해."

뭔가 할 말이 있어 보이는 겐지를 남겨 놓고 강의실에서 나가려 했다.

"영상 지워 줘. 부탁이야."

문에 손을 댄 채 돌아보았다. 이대로 놔두면 역시 좀 불쌍한가.

"애초에 그런 영상은 없었어."

겐지는 입을 반쯤 벌린 채 굳어 버렸다. 서기관석에 비디오 카메라가 설치되어 있기는 하지만, 촬영한 영상을 장기간 저장해 두지는 않을 것이다.

"범죄자 주제에……, 건방지게 굴기는."

오기를 부리느라 내뱉은 말이라는 건 알지만, 흘려 넘길 수는 없었다.

"비행력•이 있을 뿐 전과는 없어."

"범죄는 범죄잖아. 그딴 핑계는 사회에서 안 통해."

"그럴지도 모르지. 하지만 법률가를 지망한다면 법률로 따져야 하지 않겠어? 법조인이 될 자격이 있겠느냐고 사진에 써 놨던데, 비행력은 결격사유에 해당하지 않아."

얼굴이 일그러진 겐지를 내버려두고 자습실로 돌아가자 휴대전화에 미레이의 메시지가 와 있었다. 바로 옆에 앉아 있지만 말은 걸지 않는다.

'할 이야기가 있어'

메시지에는 그렇게 적혀 있었다.

'내일 집으로 갈게'

미레이의 휴대전화가 진동하는 것을 확인하고 나는 다시 자리를 떴다.

• 비행소년으로서 검거되거나 계도 처분을 받은 경력을 가리키는 말

6

만원 전철이 되기 이보직전이라고 할까.

어느 정도는 팔다리를 자유롭게 움직일 수 있다. 하지만 승객이 같은 방향으로 움직이면 몸이 부딪힌다. 불쾌감을 느끼지 않으려면 손잡이를 잡고 눈을 감은 채 무심히 견디는 수밖에 없다.

부정적인 요소밖에 없을 지하철의 현재 상황을 긍정적으로 받아들일 존재가 몇 종류 있다.

만지는 자, 훔치는 자, 자르는 자, 덮어씌우는 자.

정차한 전철이 다시 움직였다. 승객의 몸이 약간 기울어졌다. 내 앞에 서 있던 덩치 큰 남자가 내린 덕분에 어느 정도는 전철 칸을 자유롭게 둘러볼 수 있었다.

데님 소재 백팩을 멘 여고생이 일단 시야에 들어왔다. 짧은 치마에 연한 갈색 피부. 관찰은 여기서 끝내자. 치한으로 오해받으면 큰일이다.

그렇다. 만지는 자는 치한을 의미한다.

승객이 많을수록 실제로 만졌는지 만지지 않았는지 판단하기가 어려워지는 법이다. 실수로 손이 닿았을 뿐이라는 변명이 신빙성을 얻기 때문이다. 저 여고생을 점찍은 치한 상습범이 기회를 노리고 있었다고 해도 이상한 이야기는 아니다.

여고생에게서 조금 떨어진 곳에 대학원생인 내가 보기에도 만듦새가 좋은 양복을 입은 중년 남자가 서 있었다. 이 혼잡한 지하철에서 빨리 내리고 싶다고 간절하게 바라는 듯한 표정이었다. 바지 뒷주머니에서 장지갑 끄트머리가 살짝 튀어나와 있었다.

말할 필요도 없이 훔치는 자는 소매치기를 의미한다.

몸이 밀착되면 의심받지 않고 호주머니를 건드릴 수 있다. 훔쳤다가 들켜도 주웠다고 우길 여지가 있다. 이 환경은 소매치기에게도 호재로 작용할 만하다.

요즘은 치마를 자르는 범죄, 자르는 자도 늘어났다고 들었다.

사람들로 붐비는 전철은 범죄의 온상이라고 해도 과언이 아니다. 아무 말썽도 없이 하루 영업을 마치는 철도 회사가 과연 존재할까.

그리고 범죄가 발생하기 쉬운 환경은, 뒤집어 말하면 원죄(冤罪)•가 발생하기 쉬운 환경이기도 하다. 아이러니한 이야기지만, 범죄가 원죄를 낳을 뿐만 아니라 원죄가 범죄를 낳기도 한다.

가해자인 줄 알았던 사람이 실은 피해자였다.

피해자인 줄 알았던 사람이 실은…….

여고생의 낌새가 내내 마음에 걸렸다.

처음에는 내 뒤편에 있었는데, 어느 틈엔가 앞쪽으로 이동했

• 억울하게 뒤집어쓴 죄

다. 힐끗힐끗 시선을 움직이며 서 있는 위치를 조정했다. 그러다가 양복 차림 남자의 등 뒤에 멈췄다. 어깨와 머리가 부딪칠 듯한 절묘한 키 차이와 거리감.

나도 슬그머니 다가갔다. 여고생은 뭔가 행동에 나서려 한다. 몸의 방향으로 추측건대 지갑이 목적은 아닌 듯했다. 그렇다면…….

주위를 관찰했지만 협력자 같은 사람은 보이지 않았다. 단독범이라면 위험성이 너무 높다. 아니, 무모하다고 하는 편이 정확할지도 모르겠다.

그때 전철이 흔들렸다. 남자가 균형을 잡기 위해 몸을 움직이자 양복의 플라워 홀•에 달린 배지가 눈에 들어왔다.

무엇을 의미하는 배지인지 금방 알아 봤다. 여고생이 서 있는 위치에서는 보이지 않는다. 이대로 범행에 나서면 반격을 당할 가능성이 크다.

자업자득이다. 참견하지 말고 내버려두면 된다.

하지만…….

실밥이 풀린 치맛자락. 뒷굽이 닳은 로퍼. 바르르 떨리는 손끝.

나도 모르게 여고생의 오른손을 붙잡았다. 정전기라도 통한 것처럼 여고생이 몸을 움찔했다.

• 양복의 접힌 옷깃에 있는 장식 구멍

"뭐, 뭐 하는 거예요……."

여고생이 가녀린 목소리로 중얼거리듯 말했다.

야단났다. 어떻게 설명하면 좋을까. 아직 행동에 나서지 않았으니 현행범 체포도 아니다. 남들이 보기에 나는 성추행을 시도한 변태다.

자……, 어떻게 할 것인가. 마침 다음 역에 도착했다. 신이 내린 듯한 타이밍이었다. 이렇게 된 이상 나머지는 흐름에 맡기는 수밖에 없다. 나는 여고생의 오른손을 꽉 쥔 채 전철에서 내렸다.

"자, 잠깐만요."

전철역 플랫폼에서 우리는 마주 섰다.

여고생은 경계심과 당혹감이 섞인 표정으로 나를 쳐다보았다.

"네가 노렸던 사람, 변호사야."

"네?"

남자는 바깥쪽을 둘러싼 해바라기 꽃잎 한복판에 천칭을 배치한 디자인의 금색 배지를 달고 있었다. 적어도 법학부생이라면 그것이 변호사의 기장임을 알고 있어야 마땅하다.

"몰랐지? 상대는 가려야 할 것 아니야."

"아까부터 무슨 말을 하는 거예요?"

그야 그렇겠지. 예상한 전개다. 지나가는 사람이 신기하다는 듯 우리를 바라보며 걸어갔다. 남매가 싸운다는 식으로 받아들이면 고맙겠다만.

"변호사에게 치한 사기를 치려고 하다니, 복싱 선수와 주먹다짐을 벌이는 거나 마찬가지야."

일부러 치한 사기라는 구체적인 명칭을 꺼냈다.

"치한 사기가 뭔데요? 난 몰라요."

"정확하게는 치한 원죄 사기. 성추행을 당했다고 생트집을 잡고는, 합의금을 주면 신고는 하지 않겠다고 닦달하는 짓이지. 내가 말리지 않았다면 넌 변호사의 오른손을 잡고서 큰 소리를 질렀을 거야. 아닌가?"

"생사람 잡지 말아요! 역무원을 부를 거예요."

해볼 테면 해보라는 생각이었지만, 일이 커지는 것은 피해야 하리라.

"딱히 널 어떻게 하겠다는 건 아니야. 미수에 그쳤고, 증거도 없으니까. 여기서 내리려던 게 아니었다면 다음 전철을 타고 가도 돼. 하지만 궁금하지 않아?"

"뭐가……."

"네가 치한 사기를 치려고 한다는 걸 내가 어떻게 알아차렸는지."

"그러니까, 왜 단정하는 거냐고요?"

"내 오해였다면 사과할게. 하지만 치한 사기를 치려고 했다면 넌 내게 물어봐야 해. 어떻게 알았느냐고 말이야. 아니면 같은 실수를 반복하다 결국은 붙잡힐 거야."

여고생의 시선이 좌우로 흔들렸다. 이해가 안 되는 사태에 동요한 것이 분명했다.

"다시는 나랑 엮이지 말아요. 다음번에는 안 봐줄 거니까."

여고생은 몸을 돌려 계단을 올라갔다.

뭐, 어쩔 수 없나. 휴대전화를 꺼내서 시간을 확인했다. 1교시 강의에는 제때 못 들어갈 것 같았다. 다음 전철이 언제 오는지 휴대전화로 알아보았다.

그 아이는 학교에 지각하지 않을까. 조례 시간은 몇 시부터였더라. 멍하니 그런 생각을 하고 있는데 그 여고생이 다시 계단을 내려왔다.

"몇 분 안 돼서 또 보네."

"일단 물어보려고요."

"뭘?"

"내가 치한 사기를 치려고 했다고……, 당신이 착각한 이유요."

7

호텔에라도 끌고 갈까 봐 무서웠는지, 여고생은 역 앞 카페를 대화 장소로 지정했다.

"이름은 뭐니?"

여고생이 선택한 로열 밀크티는 내가 사 주었다.

"……사쿠라."

"이야, 예쁜 이름이네."

봄에 피는 벚꽃(桜)이라는 뜻으로 생각해 흔히 나올 법한 반응을 했다.

"사쿠라(佐倉)는 성씨예요. 수상한 사람에게 이름을 가르쳐 주기는 싫네요."

사쿠라는 빨대로 얼음을 돌리면서 말했다.

"난 기요요시. 잘 부탁해."

"기요요시……, 발음하기 힘든 이름이네요. 말하다 씹겠어요."

"그래서 세이기라고 부르는 사람이 많아."

테이블에 있던 설문 용지를 뒤집어서 한자를 설명했다.

"그건 그것대로 촌스러운데요."

"하하. 마음대로 편하게 부르면 돼."

높이 틀어 올린 검은 머리와 앙증맞은 이목구비. 청초한 여고생을 그림으로 그린 듯한 외모다. 이렇게 마주 앉아 있으니 치한 사기를 칠 만한 아이로는 보이지 않았다.

"그런데, 어떻게 알았어요?"

"그렇게 물어보면 죄를 인정하는 거나 마찬가지야."

"가령 그렇게 치자는 거죠. 그렇게 행동이 부자연스러웠나요?"

사쿠라는 고개를 갸웃했다. 나는 블랙커피를 한 모금 마시고 나서 대답했다.

"아아, 걱정할 것 없어. 아마 다른 사람들은 못 알아차렸을 거야. 너랑 좀 더 이야기를 하고 싶은 마음에 과장해서 흥미를 끈 거지."

"신종 플러팅인가요?"

사쿠라가 방어적으로 돌아섰다는 것을 알 수 있었다.

"하지만 치한 사기를 치려고 했던 건 사실이잖아."

"오빠는 치한 적발꾼?"

커피를 뿜을 뻔했다. 처음 듣는 용어였다.

전철에서 내린 순간 "이봐요, 이분의 엉덩이를 만졌죠." 하고 별실로 데려간다. 이렇게나 치한이 만연한 세상이니, 그런 직종도 존재할지 모른다.

"넌 미리 목표물을 정한 게 아니라 전철을 탄 후에 돈이 있을 법한 중년 남자를 찾았어."

"노코멘트할게요."

"전철 승객이 하는 행동 하면, 뭐가 떠오르니?"

"스마트폰을 본다, 음악을 듣는다, 코를 골며 잔다."

"매너 없이 친구와 큰 소리로 떠드는 학생도 있겠지."

"학생이라고 단정하는 건 편견이에요. 술에 취해서 소란을 떠는 아저씨도 있잖아요. 그쪽이 더 매너 없고 냄새나요."

상상했던 것보다 응답이 빠르다. 타고난 머리는 좋은 듯했다.

"공통점은 다른 승객의 존재를 차단한다는 거지. 남에게 흥미를 보이는 전철 승객은 거의 없어. 그런 사람들 속에서 힐끗힐끗 주변을 살펴보는 너는 상당히 두드러져 보였어."

"전철에서 사람을 만나기로 했을 가능성도 없지는 않잖아요."

"네가 찾아낸 건 비싸 보이는 양복을 입은 중년 남자였지. 여고생이 만나기로 한 상대치고는 좀 뜬금없지 않아?"

"여고생과 중년 남자……. 원조 교제의 전형적인 조합이군요."

"처음으로 떠올려야 할 조합은 아버지와 딸 아닐까?"

"전철에서 만나기로 약속할 만큼 사이좋은 아버지와 딸이라니, 난 상상이 안 되는데요."

"이야기가 엇나갔네."

나는 가볍게 헛기침을 하며 말을 이었다.

"하지만 넌 그 남자에게 말을 걸지 않았어. 뒤에 서서 침착하지 못하게 몸을 움찔거렸을 뿐이지. 만나기로 했다면서 그렇게 할까?"

퀴즈에 대답하듯 사쿠라가 테이블을 가볍게 두드렸다.

"다음 역에서 내리기 위해 움직이다가 온기가 느껴지는 아저씨 등 뒤에서 기다린 거예요."

"아깝군. 네가 이동한 쪽은 내리는 문과 반대 방향이었어."

"음……. 알았다! 난 그 사람의 스토커예요."

"큰 소리로 그런 말 하지 마. 덧붙여 스토커라면 그렇게 가까이 접근하지 않아."

다른 손님의 동태를 살폈다.

"확실히 그러네요."

사쿠라는 천진난만하게 깔깔 웃었다. 재미있는 아이다.

"이만 포기하지그래?"

"전철에서 그런 생각을 했어요? 사람을 관찰하는 게 취미라거나?"

"반 이상은 나중에 갖다 붙인 거야. 실제로는 직감으로 알았지. 남자의 오른손을 쥐고 크게 소리를 지를 것 같은 분위기가 느껴졌어. 처음부터 그렇게 말했어도 넌 믿지 않았겠지."

"역시 치한 적발꾼 아닌가요?"

"그럴지도."

"내가 그렇게 수상쩍었구나……."

사쿠라는 밀크티를 다 마셨다. 녹은 얼음이 달그락 소리를 냈다.

"오빠의 직감이 맞았어요. 그때 크게 소리를 지르기 직전이었죠."

"그렇구나."

증거는 없으니까 끝까지 모르쇠로 일관해도 그만이었다. 이 아이는 천성부터 악인은 아니다. 그렇게 생각했기에 전철에서 이 아이의 오른손을 붙잡았다.

"날 경찰에 넘길 건가요?"

"아니. 충고를 하고 싶었을 뿐이야."

"왜요? 우리 초면이잖아요."

사쿠라는 자기 잘못을 솔직하게 털어놓았다. 그렇다면 나도 진지하게 대응해야 한다.

"나도 옛날에 비슷한 짓을 했거든. 그래서 네 수상한 행동을 눈치챈 거고."

"남자인 오빠가 치한 사기를?"

"역할 분담의 문제지. 그 무렵은 그런 사기가 있다는 걸 아는 사람이 많지 않았어. 하지만 지금은 달라. 인터넷으로 검색하면 대응 방법이 바로 뜨고, 손바닥에 옷의 섬유 조각이 묻었는지 확인하는 키트도 있어. 어중간한 방법으로는 금방 잡혀가. 내가 말리지 않았다면 그 변호사에게 고소당했을지도 모르지."

벌건 대낮에 카페에서 이런 이야기를 하고 있다는 것을, 주변 손님과 종업원은 상상도 못 하리라.

"멍청한 나한테는 무리라고요?"

"각오의 문제라는 뜻이야. 넌 전철에서 망설이는 것처럼 보였어."

"나에 대해……, 뭘 안다고 그러는 건데요?"

"아무것도 몰라. 하지만 라이브 공연 티켓이나 명품을 사기 위해 용돈 벌이를 하는 건 아니겠지. 스릴을 즐기는 것처럼 보였다면 나도 말리지 않았을 거야."

사쿠라는 고개를 숙여 너절해진 교복과 닳은 신발을 바라보았다.

"살기 위해서예요."

지금까지와는 다르게 굳은 심지가 느껴지는 목소리였다.

"그렇다면 더더욱 붙잡히지 말아야겠지. 어중간한 게 제일 안 좋아."

"그만두라고 하지는 않는군요."

"고등학생이 제대로 일해서 돈을 벌기가 힘들다는 건 나도 아니까."

"정말이지 뭐 하는 사람이에요?"

"네 인생의 선배."

"내 참 기가 막혀서."

사쿠라의 표정이 다시 풀어졌다. 나는 사쿠라에게 뭐라고 말해 줘야 할까.

"앞으로 어떻게 할지는 네가 정하면 돼. 하지만 한 가지만 약속해 줘."

"뭘요?"

"진심으로 치한 사기를 치다 보면 언젠가 반드시 직면할 문제가 있어."

"문제는 산더미처럼 많을 것 같은데요."

"절대로 안 그랬다, 자기는 누명을 썼다고 완고하게 주장하며 물러나지 않는 사람을 만나면 어떻게 할래?"

몇 초간 사쿠라는 생각하는 표정을 지었다.

"경찰에 넘기고 튀어야죠."

"그것만큼은 용납할 수 없어."

내 매서운 말투에 놀랐는지 사쿠라의 대답이 멈칫했다.

"……어째서요? 어중간한 게 제일 안 좋다면서요?"

"살기 위해 죄를 저지르지 말라고는 하지 않겠어. 하지만 자신이 달아나기 위해 무고한 사람에게 죄를 뒤집어씌우는 건 마지막 선을 넘는 짓이야."

내게 이런 말을 할 자격은 없다. 그래도 사쿠라에게는 마음을 전하고 싶었다.

"무고한 사람? 무고한이라는 나라가 있나요?"

"아무 죄도 저지르지 않은 사람이라는 뜻이야."

"돈을 뜯어내는 건 인정한다. 하지만 죄를 뒤집어씌우는 건 용납할 수 없다. 그런 말이죠?"

나는 말없이 고개를 끄덕였다. 내 마음이 전해졌을까.

"학교에서는 둘 다 똑같이 나쁜 짓이라고 가르칠 것 같은데……."

"밤길에 치한과 마주치면 사타구니를 걷어차도 된다. 괴롭힘을 당하면 폭력으로 응수해도 된다. 그런 것도 학교에서는 안 가르쳐 주잖아."

"그래도 되나요?"

"살기 위해서라면. 적어도 나는 허락할게."

"든든하네요."

농담을 던지기는 하지만, 사쿠라는 내 말을 진지하게 들어주었다.

"그래서 대답은?"

"알았어요. 약속할게요."

"이걸로 나는 사기 교사범이야."

"교사범?"

"사기를 쳐도 된다고 여고생을 꼬드긴 나쁜 놈이라는 뜻이지."

원래부터 죄를 저지를 의사는 있었으니까 범죄행위를 용이하게 했다, 즉 방조에 그치지 않을까. 그렇듯 아무래도 상관없는 일을 멍하니 생각했다.

"이 촌스러운 교복, 코스튬플레이예요. 진짜 고등학생으로 보였어요?"

"응. 아무 의심도 안 했어."

"지난달까지는 진짜 고등학생이었으니까요. 하지만……, 스스로 때려치웠죠. 학생이라는 신분이 없으면 코스튬플레이가 된다. 신기하네요."

"그렇구나."

"왜 때려치웠는지 안 물어보는군요."

사쿠라는 스스로 때려치웠다고 일부러 강조해서 말했다. 불상사를 일으켜 퇴학당한 것이 아니라는 사실을 알아줬으면 했던 것이리라. 배려심을 발휘해 물어봐야 했는지도 모르겠다.

"이야기하고 싶으면 들을게."

"아니요, 시시한 이야기니까요. 이번에는 됐어요."

"다음이 있어?"

"또 전철에서 의심받을 행동을 하면 알려 줘요. 작전 회의를 여는 거죠."

"이 시간대에 전철을 탈 일은 별로 없어."

둘 다 음료를 다 마셨으므로 카페를 나서기로 했다. 이제 사쿠라와 만날 일은 없으리라. 깊이 파고들어서는 안 된다는 것은 나도 잘 안다.

"사키예요."

내가 쟁반을 들고 걸어가는데 뒤에서 사키가 말했다.

"내 이름. 꽃이 핀다는 한자를 써서 사키."

이름을 알려 줄 마음이 생긴 모양이다. 성씨와 이름을 이어서 중얼거리다가 알아차렸다.

"사쿠라 사쿠•."

● '벚꽃이 핀다'라는 뜻

"사쿠가 아니라 사키요."

"역시 예쁜 이름이잖아."

겨우 사쿠라의 이름을 올바르게 칭찬해 줄 수 있었다.

8

예정보다 두 시간 가까이 늦게 로스쿨에 도착했다.

카드 키를 사용해 자습실에 들어가자 어제처럼 수많은 시선이 날아들었다.

벌은 집행했는지, 기사에 난 남학생은 내가 맞는지, 궁금해서 죽을 지경이리라. 패자인 겐지는 내가 온 걸 모르는 척 기본서를 보고 있었다.

노골적인 반응, 과도한 자의식, 무의미한 오기. 전부 신경에 거슬렸다.

옆자리에 미레이는 없었다. 점심을 먹으러 갔나 싶었지만, 책상이 너무 깨끗했다. 휴대전화에는 아무 메시지도 없었다. 고헤이를 불러서 물어보기로 했다.

"벌칙을 상담하려고? 비장의 아이디어가 있어."

"그건 이미 끝났어."

고헤이는 아쉽다는 듯 어깨를 움츠렸다.

"그럼 뭔데?"

"미레이는 1교시에 들어왔어?"

"아니, 쉬었는데. 우수한 학생인 세이기와 오리모토가 결석해서 교수 기분이 완전히 별로였어."

호토대학교 로스쿨은 강의의 출결을 엄격하게 관리한다. 세 번 결석하면 학점 취득은 물 건너간다고 들었을 정도다.

"세이기, 왜 쉬었어? 별일이네."

"전철에서 말썽에 휘말렸거든."

"말썽? 치한으로 오해를 받았다거나?"

"아깝네."

말은 그렇게 했지만 거의 정답이다.

"오리모토와 데이트를 한 건 아니겠지? 몰래 사귀는 건 반칙이야. 미레이라고 친하게 이름으로 부르질 않나, 여간 의심스럽지가 않단 말이지. 출석까지 신경 쓰다니 더더욱 수상해. 혹시 어젯밤……."

"너무 앞서 나가지 마. 나만 이름으로 부르는 것도 아니잖아. 감사 인사를 하고 싶어서 그래. 내 멋대로 증인으로 불러냈잖아."

"아아, 그렇구나."

아무래도 수긍한 모양이었다.

고헤이와 헤어져 미레이의 집에 가기로 했다.

시설의 현판 앞에서 찍은 단체 사진에는 미레이도 있었다.

고등학생 때고, 화장도 거의 하지 않아서 아무도 눈치채지 못한 듯했다.

나와 미레이는 그 아동양육시설에서 만났다. 벌써 십 년 가까이 지난 일이다.

언제든 함께였다. 미레이 곁에는 내가 있었고, 내 곁에는 미레이가 있었다.

하지만 그 반대쪽 옆에는 아무도 없었다.

우리는 친구 사이도, 연인 사이도 아니다. 가족이 제일 가까운 표현인 것 같지만, 완벽하게 딱 와닿지는 않는다. 굳이 말하자면 서로가 서로의 그림자 역할을 수행해 왔다.

한쪽이 잘못을 저질렀을 때는 다른 쪽이 뒤처리를 맡는다. 그걸 당연하게 여겼다.

미레이가 사는 연립주택은 로스쿨에서 걸어서 약 이십 분 거리다. 휴대전화를 꺼내서 어떤 번호로 전화를 걸었다.

전화번호가 바뀌었을 가능성도 있었지만, 신호음이 들렸으므로 안심했다.

"여보세요?"

상대는 바로 전화를 받았다.

"기타 선생님? 구가 기요요시입니다."

전화 저편에서 숨을 삼키는 기척이 전해졌다.

"너……, 어째서……."

"잘 지내셨어요?"

"……왜 전화했어?"

"너무하시네. 퇴소생이 전화 한 통쯤 걸 수도 있잖아요."

"달라는 대로 다 줬잖아. 이제 와서……."

기타는 분명 주름이 자글자글하니 꼴 보기 싫은 표정으로 휴대전화를 움켜쥐고 있을 것이다.

"사정이 달라졌습니다."

"그만큼 뜯어먹었으면서 아직도 모자란다는 거냐?"

"아니에요. 충분히 받았으니 이제 돈은 필요 없습니다. 선생님이 아니었으면 대학에 들어가지 못했을 거예요. 감사합니다."

"이 자식이……, 선생님이라고 부르지 마!"

"자기만 피해자인 척하는 겁니까? 인생이 꼬인 건 이쪽도 마찬가지예요."

기타 히데아키는 마음의 집의 전직 원장이다. 나는 이 남자의 가슴을 칼로 찔렀다.

"돈이 아니라면 무슨 용건인데?"

"우리 뒤를 캐는 사람이 있는데, 뭔가 짚이는 것 없어요?"

단도직입적으로 물었다. 시간도 없는 데다 기타를 상대로 흥정은 불필요하다.

"우리?"

"나랑 미레이."

거기서 대화에 약간 빈틈이 생겼다. 미레이의 이름을 잊어버린 것은 아니리라.

“왜 그걸 나한테 묻지?”

“우리를 원망할 만한 사람으로 제일 먼저 떠오른 게 당신이었거든요.”

건조한 웃음소리가 들렸다.

“그런 사람은 차고 넘치겠지. 퇴소 후에 어떻게 지냈는지 내가 모를 줄 알았나?”

“조사하고 다닌다는 건 눈치챘죠. 그래도 접촉하지 않은 건 명확한 증거를 확보하지 못했기 때문 아닙니까?”

기타는 입을 다물었다. 계속 따질 생각은 없었기에 이야기를 진행하기로 했다.

“그자는 시설에서 찍은 사진을 유출했어요. 말마따나 우리에게 원한을 품은 사람이 많을지도 모르지만, 시설 관계자라면 대상자는 당신 한 명으로 좁혀지죠.”

“흠……. 모르겠는데. 설령 범인이라 치더라도 순순히 인정할 거라고 생각하나?”

“반응을 확인하는 거예요. 당신은 알기 쉽거든요.”

“도발해도 소용없어. 너희 수법은 다 꿰고 있으니까.”

분노를 억누르려 한다는 것을 떨리는 목소리로 알 수 있었다.

“뭔가 알아내면 알려 주세요.”

"지랄하고 있네. 다시는 이 번호로 전화하지 마."

"알겠습니다. 다음에는 직접 만나서 이야기하죠."

"죽여 버리고 싶을 만큼 너희가 증오스러워."

노인의 잠꼬대다. 옛날의 나는 이 남자의 무엇을 두려워한 걸까.

"우연이로군요. 나도 칼로 좀 더 깊이 쑤실 걸 그랬다고……."

말을 끝맺기도 전에 전화가 끊겼다. 용건은 마쳤으므로 휴대전화를 호주머니에 넣었다.

만약을 위해 확인한 것에 지나지 않지만, 역시 기타가 범인일 가능성은 희박할 듯했다. 내가 기타를 찌른 지 수년이 지났다. 이제 와서 복수에 나서지는 않을 것 같았다.

이것저것 생각하는 사이에 미레이가 사는 연립주택이 보였다.

녹슨 함석지붕, 보기 싫게 빙 둘러쳐진 물홈통, 무성한 풀과 나무.

허름한 목조 연립주택은 고학생이라도 입주를 망설일 만하게 생겼다. 거기에 사는 미레이는 그야말로 고학생이지만, 저렴한 방세 하나만 보고 즉시 계약했다.

변색된 계단을 오르자 삐걱삐걱, 하고 불안감을 자아내는 소리가 났다.

열 단째에서 늦잠을 잤을 뿐일지도 모른다고 낙관적으로 생각해 보았다.

하지만, 2층 통로가 보이는 열네 단째에서 사태의 심각성을 깨달았다.

앞쪽에서 세 번째 집의 상태가 명백하게 이상했다. 평면이어야 할 문의 일부가 통로 쪽으로 튀어나왔다. 멀리서도 알 수 있을 만큼 이상한 광경이었다.

그 집으로 다가가자 눈으로는 무슨 일이 벌어졌는지 파악했다. 하지만 머리로는 이해가 가지 않았다.

203호실 문의 중앙보다 조금 위쪽에 나무 손잡이 같은 것이 박혀 있었다. 처음에는 철문 자체가 뚫린 것이라고 착각했다. 하지만 자세히 보자, 뚫린 것은 외시경이었다. 실내에서 밖을 보기 위한 구멍의 유리가 산산이 깨졌다.

나무 손잡이 앞쪽이 어떤 상태인지는 이쪽에서 알 수 없다.

그 광경을 몇 초간 바라본 후, 인터폰을 누르지도 경찰에 신고하지도 않고 문에 박힌 나무 손잡이를 뽑았다.

저항 없이 쑥 빠진 그것은 얼음 깨기용 송곳이었다.

외시경이 있었던 곳에 작은 구멍이 생겼다. 불이 켜져 있을 때 들여다보면, 실내를 확인할 수 있으리라. 범인은 그렇듯 옹색한 풍경을 보고 싶었던 걸까.

인터폰을 누르자 문으로 걸어오는 발소리가 들렸다.

"누구……?"

미레이의 목소리였다.

"나야, 열어 줘."

잠금장치가 풀리는 소리와 체인을 벗기는 소리가 잇달아 들리고, 문이 천천히 열렸다. 내가 혼자 통로에 서 있는 걸 확인한 후, 미레이는 내 품으로 뛰어들었다.

"기요요시……!"

"이제 괜찮아. 무슨 일이 있었던 거야?"

셔츠를 붙잡은 미레이의 손에 힘이 꽉 들어 갔고, 호흡도 흐트러졌다.

"그건, 안에서 이야기할게. 들어와."

"이 송곳은 어떻게 할까?"

미레이가 품에 안겼을 때 하마터면 팔을 다칠 뻔했다.

"건드리지 않는 편이 좋을 것 같았는데……, 뽑았으면 어쩔 수 없지. 가지고 들어와."

깊은 생각도 없이 손잡이를 만진 것을 보면, 내가 훨씬 평정심을 잃었는지도 모르겠다.

방으로 들어가자 미레이는 문을 잠그고 체인도 걸라고 했다. 송곳을 꽂은 범인이 침입할까 봐 두려운 것이리라.

최소한 필요한 가구와 가전제품밖에 없는 3평 크기의 원룸. 귀여운 인테리어 소품이나 봉제 인형은 하나도 없다.

"학교에 가려고 했더니 문에 꽂혀 있었어."

"밤중에 그랬다는 거야?"

"어제 오후 9시쯤에 편의점에 다녀온 후부터 아침 사이라는 것밖에 몰라. 깨어 있을 때 외시경이 깨졌으면 알아차렸겠지만."

묻고 싶은 게 참 많았지만, 뭐부터 물어야 할지 망설여졌다.

"왜 집에 있는 거야?"

"여기 있는 편이 안전할 것 같아서."

"안전? 어디가……."

"외시경 밑에 잠금장치가 있어. 송곳으로 뚫은 구멍에 끈 같은 걸 넣어서 잠금장치를 열 수 있을까?"

"그 작은 구멍으로? 안 될걸."

"난 100퍼센트 불가능하지는 않을 것 같았어. 멋대로 들어왔다가는 정말 곤란해."

"도어 체인도 도구가 있으면 간단히 끊을 수 있겠지."

"도범 등 방지법 1조."

그 말이 무슨 뜻인지 이해하는 데 시간이 약간 걸렸다.

"……정당방위 특칙인가."

쇄약•을 열고 주거침입을 시도하는 상대가 있을 시, 닥쳐온 위험을 배제하기 위해 살상 행위를 하여도 정당방위로 추정돼 위법성 조각 사유에 해당할 수 있다. 물론 사인(私人) 체포에 나서는 것도 허용된다.

• 잠금장치 및 자물쇠

요컨대 미레이는 집에서 기다리고 있다가 범인에게 유형력•을 행사하겠다고 선언한 것이다.

"집에서 나간다는 선택지는 내게 존재하지 않았어."

"냉정하구나. 아까는 그렇게 덜덜 떨었으면서."

"문 앞은 감시하고 있을 가능성이 있으니까 겁에 질려 안기는 여자친구를 연기했을 뿐이야."

과연……. 난 감쪽같이 이용당한 셈이다.

"즉시 날 부르지 않은 이유는?"

"오늘 오겠다는 메시지를 받았으니까."

"그건 강의가 끝나면 가겠다는 뜻이었어."

"하지만 기요요시는 왔어. 상정했던 것보다는 늦었지만."

단둘이 있을 때 미레이는 나를 기요요시라고 부른다. 학교에서는 세이기라고 부르면서, 용케도 잘 구분한다. 전철에서 있었던 말썽을 처음부터 설명할 마음은 들지 않았다.

"경찰에는 신고했어?"

"송곳 손잡이에 그게 묶여 있더라고."

미레이가 가리킨 테이블에는 종이 한 장이 뒤집힌 상태로 놓여 있었다.

종이를 뒤집자 굵은 폰트로 인쇄한 도발적인 문장이 눈에 들

• 육체적으로 고통을 주는 물리력

어왔다.

기물손괴죄가 성립한다는 데 이의는 없겠지. 외시경도 재산적 인 가치는 있을 테니까. 문제는 주거침입죄가 성립하느냐야. 송곳 끄트머리가 문을 관통한 것만으로 침입했다고 판단할 수 있을까?

그 밑에 시설 앞에서 찍은 단체 사진이 있었다. 나를 범행 대상으로 삼았을 때와 똑같은 사진이었지만, 다른 점도 있었다. 가장자리에 서 있는 여고생에게 빨간색으로 동그라미를 치고, 자를 사용한 것처럼 부자연스러운 직선으로 '오리모토 미레이'라는 이름을 써 놓았다.

종이의 내용은 다음과 같은 문장으로 마무리됐다.

이 구멍으로 네 행동은 다 새어 나갈 거야. 이게 끝이 아니야. 이게 시작이지. 시설 친구에게 상의하는 게 좋을걸? 넌 과연 범인을 밝혀낼 수 있을까?

천칭 마크도 잊지 않고 곁들여 놓았다.

"무고 게임? 이런 건 그냥 범죄잖아."

"형벌 법규에 저촉되는 죄를 저지른다. 그게 규정이잖아. 범죄니까 게임이 성립해."

"그건 알지만, 너무 심하다는 거야."

"그래도 규정을 위반하지 않은 이상, 난 선택해야 해."

시설 앞에서 찍은 단체 사진을 확인한 순간, 밀고한다는 선택지는 미레이의 머릿속에서 사라졌으리라. 내가 어제 똑같은 선택을 한 것처럼.

"얼음 깨기용 송곳과 협박문만으로는 범인을 유추할 수 없지 않겠어?"

"분명 정보는 앞으로 늘어날 거야."

이것이 시작이라는 문구. 이번 무고 게임은 장기전이 될 것이다.

"범인으로 짐작되는 사람은 있어?"

"오히려 기요요시에게 묻고 싶은데. 나보다 먼저 게임을 했잖아."

어제 무고 게임을 마친 후 겐지와 나눈 대화를 미레이에게 들려주었다.

"시설의 사진을 입수한 건 겐지가 아니었어."

"모의 재판에서 창피를 당한 정도로 과거를 파헤칠 만큼 원한을 품지는 않겠지."

"로스쿨 동기 중에 시설 출신이 있는 걸까?"

"나도 기요요시도 시설에 있었던 아이한테 깊은 원한을 사지는 않았을 거야."

"너무 안이하게 단정하는 거 아니야?"

판례나 문헌을 찾아보면 이상한 동기에서 비롯된 범죄가 수두룩하게 나온다.

"의심해야 할 상대는 그밖에도 있겠지."

"그건……, 특정한 개인?"

미레이는 고개를 저었다.

"이름도 모르는 불특정 다수."

내가 떠올린 해답과는 약간 어긋나는 듯했다.

"하지만 우리를 제일 원망하는 건……."

"내 앞에서 그 이야기는 꺼내지 마."

"벌써 몇 년이나 지났잖아. 분명……, 괜찮을 거야."

"입 다물어!"

웬일로 미레이가 언성을 높였다.

"아무튼 당분간 몸조심 해."

"무슨 일이 일어나기 전에 범인을 밝혀내겠어."

그렇게 딱 잘라 말하는 미레이를 보고 나는 각오를 다졌다.

인과가 돌아온 것이라면, 그 굴레를 끊어 내는 수밖에 없다고.

9

다음 주 화요일, 가오루의 입에서 무고의 구제가 선고됐다.

고소인이 범인으로 지목한 인물을 가오루는 범인으로 인정하지 않았다. 다들 웅성거렸지만 놀랄 정도까지는 아니었다. 무고의 구제가 선고되는 것은 그렇게 드문 일이 아니다.

일본에서 형사재판의 유죄율은 약 99.9퍼센트다. 즉, 기소된 피고인은 거의 예외 없이 유죄판결을 받는다. 이 같은 유죄율이 나오는 주된 요인이 무엇인지도 형사정책 강의 시간에 배웠다.

유죄판결을 얻어 낼 자신감이 있을 때만 기소한다. 이렇듯 깐깐하게 기소하는 검찰의 실무 능력이 다른 국가에서는 유례를 찾아볼 수 없는 유죄율을 뒷받침한다. 그리고 깐깐한 기소의 배경에 존재하는 것은 검찰의 수사 능력과 기소 판단에 대한 사법부의 신뢰다.

형사재판과 무고 게임은 이 신뢰에 큰 차이가 존재한다.

무고 게임에서는 고소인 본인이 검사 역할을 맡는다. 전문가인 검사와 아마추어인 고소인. 어느 쪽이 더 우수할지는 비교할 필요도 없다. 이러한 능력의 차이가, 무고의 구제가 선고되는 건수에 직결된다.

악질적인 피해에 화가 나서 증거를 충분히 모으지도 않고 고소에 나섰다가 심판자에게 부정당한다. 그런 사례를 지금까지 몇 건이나 보았다.

이번 범죄는 절도다. 무고 게임에서 가장 흔한 죄라고 할 수 있다.

피해 물품은 총무가 미리 받은 회식 참석비다. 내 명예를 훼손할 때 위장 공작에 사용된 회식이기도 하므로, 총무 겐지가 고소인 역할을 맡기로 했다.

겐지 말로는 회식 참석비가 담긴 봉투를 자습실 책상에 놓아두고 자리를 비웠다가 볼일을 마치고 돌아오자, 사라진 봉투 대신 천칭을 본뜬 배지가 놓여 있었다고 한다.

진술의 신빙성은 가오루가 판단해야 할 문제지만, 불합리한 점은 보이지 않는 것 같았다.

죄를 특정한 겐지는 절차를 진행했다. 조사를 요청한 증거는 회식 참석비가 담긴 봉투, 그리고 신문을 받을 증인으로 신청한 사람은 나, 구가 기요요시였다.

겐지도 나를 증인으로 신청하기가 내키지는 않았겠지만, 문제의 봉투를 발견했을 때 그 자리에 있었던 것이 나였다.

"세이기, 증인신문의 규정은 알지?"

"거짓말을 하면 안 되고, 긍정 또는 부정으로만 대답해야 해."

오늘은 나쿠라 교수님 같은 손님도 없기에, 절차 확인은 최소한으로 끝났다.

가오루가 손으로 신호를 보내자 겐지가 입을 열었다.

"그럼 시작할게. 이 봉투를 본 적 있지?"

겐지는 불쾌한 표정을 감추려 하지 않고 증언대에 불룩한 봉투를 내려놓았다.

"응, 있어."

"여기에는 오늘 있을 회식의 참석비가 들어 있어. 너도 참석해?"

"아니, 불참이야."

지금 이 질문과 답변으로 피해 금액에 대해 내가 중립적인 입장임이 명백해졌다. 앞으로의 증언은 나름대로 신용할 수 있다고 받아들여지리라.

"2교시가 끝난 후 나 혼자 남아 있던 자습실에 처음 들어온 사람은 세이기였어. 맞지?"

"정정할 점은 없어."

봉투 대신 천칭 모양 배지가 놓여 있다는 것은 2교시가 시작되기 오 분 전에 알아차렸다고 한다. 그 사실을 인지한 겐지는 2교시를 무단으로 결석하고, 범인을 찾기로 결심했다. 그리고 아무도 없는 자습실에서 동기들의 책상을 조사했다.

"세이기가 자습실에 들어왔을 때, 난 아즈미 다케루의 책상 앞에 서 있었어. 이건?"

"그것도 맞아."

뒤쪽에서 웅성거리는 소리가 들렸다. 그들은 방청석 왼쪽 가장자리에 앉은 다케루를 훔쳐보고 있을 것이다. 다케루가 어디 앉았는지는 모의 법정에 들어오자마자 확인했다.

"내가 가지고 있었던 봉투는 다케루의 책상에서 나왔어. 그것도 인정하지?"

"……."

"왜 대답이 없어?"

긍정도 부정도 할 수 없기 때문이다. 난 그 질문의 답을 모른다.

"야, 녀석을 두둔하려는 거야?"

증인신문의 규정을 무시한 발언이다. 나는 법대에 앉은 가오루를 말없이 바라보았다.

"그 이상 질문해 봤자 무익해. 달리 더 묻고 싶은 건?"

가오루가 개입하자 겐지는 혀를 찼다.

"이제 충분해. 범인의 이름은……."

"잠깐. 내 최종 질문이 남았어."

"필요 없잖아. 답은 이미 나왔는걸."

"그걸 판단하는 건 겐지가 아니라 나야. 세이기, 네가 자습실에 들어갔을 때, 겐지는 이미 봉투를 들고 있었지?"

그 질문을 듣고 나는 무고의 구제가 선고되리라는 것을 확신했다.

"겐지가 봉투를 발견하는 순간을 실제로 목격한 건 아니야. 다만 책상 서랍은 열려 있었어. 일단 그건 덧붙여 둘게."

추가로 증거 조사를 요청하지도 않고 겐지는 아즈미 다케루를 범인으로 지목했다. 증언대로 불려 나온 다케루는 가오루에게 진술을 요청받았다.

"겐지가 멋대로 난리를 쳤을 뿐, 난 아무것도 몰라. 얼른 끝내 줘."

평소 조용하고 온후한 다케루가 웬일로 언성을 높였다.

"달리 주장하거나 입증할 내용이 없다면 절차를 종결할게."

썰렁한 분위기가 방청석에 감돌았다. 격한 감정에 사로잡힌 겐지 혼자 자신의 승리를 믿었다.

지난주 무고 게임에서 패배한 후로 겐지의 상태가 이상해졌다. 자습실에서는 책상에 푹 엎드려만 있고, 교수님의 초보적인 질문에도 대답하지 못했다. 정신 상태가 멀쩡했다면 큰돈이 든 봉투를 책상에 놓아두고 자리를 비우지는 않았으리라.

"일단 벌을 선고할게."

가오루가 나지막한 목소리로 말했다.

"절도죄의 보호법익에는 여러 가지 설이 있지만, 재산적 질서를 유지하기 위해, 인간이 사실상 점유하고 있는 재물의 지배권을 보호한다고 해석하는 게 솔직한 견해겠지. 그렇다면 까닭 없이 재산적 질서를 어지럽힌 자에게는 침해 정도에 상응하는 만큼 재산권을 제한해야 무고 게임의 이념과 일치할 거야. 따라서 심판자는 패자가 승자에게 현금 1만 엔을 지불하는 벌을 선고한다."

게임 내에서 집행이 가능한 벌금일 경우는, 나중에 괜한 문제가 발생하지 않도록 범인을 특정하기 전에 현금을 내놓는다. 겐지와 다케루는 지갑에서 1만 엔짜리 지폐를 꺼내 증언대에 내려놓았다. 승자가 패자의 1만 엔을 가져감으로써 이번 게임은 끝난다.

"본 게임에서 조사한 각 관련 증거를 통해서는 죄를 저지른 자를 특정할 수 없었어. 이에 고소인이 지목한 범인은 무고로 추정되므로, 승자는 아즈미 다케루. 패자 후지카타 겐지가 내놓은 벌금은 승자가 가지고 돌아가도 상관없어."

겐지는 믿기지 않는다는 표정으로 우두커니 서 있었다.

"지금 뭐라고 했어?"

"겐지가 패자라고 했어."

가오루는 비정한 현실을 다시 들이댔다.

"어째서? 왜 내가 진 건데?"

"이유를 설명할 필요가 있을까?"

"당연하지!"

"다케루가 봉투에 든 현금을 점유했었다는 사실조차 입증하지 못했잖아. 질 만하니까 졌다고 생각지 않아?"

"녀석의 책상에서 봉투를 발견했다고 했잖아. 뭘 들은 거야?"

겐지는 증언대 앞에 무표정하게 서 있는 다케루를 가리켰다.

"그건 겐지의 주장에 불과해. 서랍에 봉투가 들어 있는 사진은? 발견한 당시 입회했던 사람의 증언은? 범행 시각과 방법의 특정은? 지문을 채취해 오라고까지 하지는 않겠지만, 범인을 도출하기 위해 필요한 입증 활동 정도는 해야지. 어린아이의 싸움박질이 아니잖아."

냉정함을 잃은 겐지는 가오루의 지적을 받고도 자신의 실수를 알아차리지 못한 듯했다.

"입회한 사람이라면 세이기가 있어. 내가 봉투를 발견했을 때 뒤에서 보고 있었다고."

"세이기는 정확하게 증언했어. 자습실에 들어가서 겐지가 봉투를 발견하는 순간을 실제로 목격한 건 아니라고 말이야. 아쉽지만 그걸로는 아무것도 증명할 수 없어."

"어이가 없네. 괜히 말꼬투리 잡지 마."

"사실을 적시한 거야. 말은 정확하게 해야지."

"자기만족을 위해, 죄를 저지른 사람에게 무죄를 선고하다니……, 무슨 신이라도 된 줄 아나."

"진심으로 그렇게 생각한다면, 법조인을 목표로 해 봤자 헛수고야."

가오루가 남을 이렇게나 도발하다니, 의외였다.

"이런 염병할!"

겐지는 크게 고함을 질렀다.

"네가……, 사람을 깔보기만 하는 네가 뭘 안다고 지껄여?"

"그렇게 다짜고짜 단정하는 행위가 원죄를 낳는다는 것 정도? 법률을 처음부터 다시 공부하는 게 좋겠군. 아니면 또 질 거야. 다음이 세 번째던가?"

역시 일부러 도발하는 것이다. 무슨 목적일까.

"이 새끼가!"

겐지는 증언대를 뛰쳐나가 법대로 달려갔다. 좌우에 있는 계단을 올라가면 법대에 다가갈 수 있다. 너무 갑작스러운 일이라 아무도 겐지를 제지하지 못했다.

거의 모두가 겐지의 행동에 시선을 집중하고 있었다. 그래서 반응이 늦었다.

두 사람의 모습이 시야에 담겼을 때, 나는 가오루가 뭔가 쥐고 있다는 걸 알아차렸다. 진짜 가죽이 감긴 손잡이, 깔쭉깔쭉한 형태가 눈길을 끄는 톱니 부분, 매끄럽고 예리한 칼날, 한 손으로 칼날을 펴기 위한 썸 스터드●.

낯익은 흉기였기에 이름이 바로 머릿속에 떠올랐다.

접이식 나이프. 내가 기타의 가슴을 찌른 것과 비슷한 흉기를, 어째선지 법대에 앉은 가오루가 쥐고 있었다. 대체 무슨 일이 일어나고 있는 것인지 머리가 따라가지 못했다.

● 손가락을 대고 힘을 줄 수 있도록 칼날에 붙여 놓은 돌출부

겐지는 방청석에서 볼 때 오른쪽에 있는 계단을 올라 법대의 재판장석으로 다가갔다. 가오루의 오른손은 시야에 들어오지 않을 것이다.

"위험해!"

나는 반사적으로 소리쳤다.

가오루에게 위험을 알리는 것이라고 여겼는지, 겐지는 멈추려는 기색이 없었다.

두 사람의 거리가 몇 발짝으로 좁혀졌을 때, 가오루가 오른손을 머리 위로 쳐들었다. 그리고 접이식 나이프를 수직에 가까운 각도로 내리쳤다.

둔탁한 소리가 났다. 겐지가 움직임을 멈췄다. 방청석에서 비명이 들렸다.

나이프가 박힌 곳은 법대 상판이었다.

"무슨 짓을……."

겐지가 뒷걸음치면서 중얼거렸다.

"여기 꽂혀 있었어."

가오루가 손잡이에서 손을 떼도 나이프는 쓰러지지 않았다.

"오늘 아침에 있었던 일이야. 내가 모의 법정에 들어오자 칼이 책상에 꽂혀 있더라고. 겐지가 그랬을 가능성이 있다고 생각했지. 시험해 봐서 미안해."

"왜 내가?"

"이 펜던트를 봐."

아주 작아서 가오루가 손가락으로 튕길 때까지 몰랐다. 눈을 가늘게 뜨고 유심히 보자, 천칭 모양 펜던트가 칼자루에 묶여 있었다.

"가오루에게 무고 게임을……."

"짐작 가는 사람은 정말 많지만, 일단은 가장 최근의 패자가 의심스러웠어."

기세가 꺾인 듯 겐지는 입을 다물었다. 화를 내야 할지, 안심해야 할지 감이 안 잡히는 것이리라.

"방금 그 행동으로 뭘 시험한 건데?"

방청석에 있던 고헤이가 목소리를 높였다. 변함없이 타이밍이 절묘하다.

"칼을 꽂은 범인이 겐지라면, 법대로 접근하기를 망설일 거야. 내가 가까이에 칼을 보관해 뒀을 가능성도 있으니까. 하지만 겐지는 홧김에 부리나케 다가왔지."

"멧돼지처럼 돌진한 겐지는 무고하다는 건가."

법대에 선 겐지가 고헤이의 얼굴을 쏘아보았다.

"겐지의 반응만 관찰한 건 아니야. 칼을 내리친 순간에 다른 사람들이 보여 준 반응도 흥미로웠어. 법대에서는 방청석이 잘 보이거든."

"자랑거리인 그 관찰력으로 범인을 추려 냈어?"

"음, 글쎄."

"이대로 게임을 받아들여도 돼. 가오루가 고소하면 아주 재미있는 게임이 될 거야."

법대에 꽂혀 있었던 나이프와 천칭 모양 펜던트. 무고 게임의 요건은 충족됐다. 가오루가 법정에서 죄를 특정하면 게임이 시작된다.

"고헤이가 심판자를 맡아 준다면 게임을 해도 상관없는데."

"응?"

"내가 고소하면 다른 사람이 심판자를 맡아야 해. 아니면 짜고 치는 게임이랑 다를 게 뭐야? 꼭 내가 심판자를 맡아야 한다는 규정은 없어. 난 지금 남에게 벌을 내릴 각오는 되어 있느냐고 묻는 거야."

"그건……."

입담이 좋은 고헤이도 가오루는 당해 낼 수 없다.

가오루는 경이로운 성적으로 사법시험에 합격한 수재지만, 현재 시점에서는 호토대학교 로스쿨에 재학 중인 일개 학생에 불과하다. 그런 가오루가 무고 게임에서 내리는 벌을, 다소 분쟁이 일어날 때도 있지만, 패자가 받아들이는 데는 큰 이유가 있다.

반년 전. 무고 게임이 처음으로 열렸을 때, 가오루는 심판자로서 맹세했다. 심판자가 부정을 저질렀음이 증명되면 벌을 받겠노라고. 그 맹세가 바로 가오루가 입에 담은 각오의 의미다.

"농담이야. 남에게 심판자를 맡길 생각은 없어. 범인에게 전하고 싶었던 거야. 난 무고 게임에 응할 생각 없으니까, 게임을 준비해도 허사라고."

그리고 가오루는 여전히 표정이 험악한 겐지를 보았다.

"날 때려야 직성이 풀리겠다면 마음대로 해."

"가오루……, 정말로 녀석이 무고하다고 생각하는 거야?"

"다케루가 봉투를 훔쳤을 수도 있겠지."

가오루는 그 사실을 순순히 인정한 후에 말을 이었다.

"신이라도 된 줄 아느냐고 아까 그랬지? 난 평범한 인간이야. 그래서 망설이는 거고. 인간이 인간을 심판하려면, 확신에 가까운 심증을 형성해야 해. 입증은 거기에 다다르기 위해 필요한 사실과 논리의 축적이고. 길 안내라고 하면 이해하기 쉬우려나."

"유죄일 수도 있는 사람에게 벌을 주지 않는다니, 그런 게 용납된다는 거야?"

맞물리지 않는 대화가 이어졌다. 가오루는 거침없이 말을 이었다.

"내 앞에 피고인이 열 명 있다고 치자. 피고인 중 아홉 명이 살인범이고 한 명은 무고한 사람이야. 아홉 명은 즉시 사형에 처해야 할 죄인이지. 하지만 누가 무고한지는 끝까지 알아낼 수 없었어. 열 명에게 사형을 선고할 것인가, 무죄를 선고할 것인가. 심판자에게는 판단이 요구돼. 살인귀를 사회로 돌려보내면 수많은 피해자가 나올지도 몰라. 하지만 난 망설이지 않고 무죄를 선고할 거야. 단 한 명의 무고한 사람을 구제하기 위해."

겐지는 아무 말도 하지 않았다. 받아칠 말이 떠오르지 않은 건지도 모른다.

"오늘은 이만 폐정할게. 해산해."

폐정이 선언된 모의 법정에 거북한 침묵이 흘렀다. 증언대에서 있던 다케루는 벌금인 1만 엔을 놓아두고 울타리 밖으로 나가려 했다. 그러자 겐지가 다케루의 뒷모습에 대고 말했다.

"네 거야. 가지고 가."

"말해 두겠는데, 정말로 난 안 훔쳤어."

"이제 아무래도 상관없어."

다케루는 한순간 주저한 후, "나중에 두말하기 없기다." 하고 2만 엔을 재킷 호주머니에 넣었다.

법대로 시선을 돌리자 꽂혀 있던 나이프는 어딘가로 사라지고 없었다.

10

그로부터 두 주는 평화로운 나날이 이어졌다.

지하철에서 말썽에 휘말리지도 않았거니와, 무고 게임도 열리지 않았다. 자습실과 자료실에서 기본서를 탐독하는 평범한 일상이었다.

유출된 시설 사진과 문에 꽂힌 얼음 깨기용 송곳.

남겨 둔 두 가지 문제는 양쪽 다 진전이 없었다. 사진을 입수한 경로가 해결의 실마리 아닐까 싶었지만, 마음의 집에 전화를 걸어 봐도 유익한 답변은 기대할 수 없다. 시설에서 찍은 단체 사진을 SNS에 올린 사람이 있다면, 입수처를 추적하기는 불가능에 가깝다. 내가 기타를 찌른 상해사건에 대해서도 같은 시기에 시설에 있던 사람들은 모두 다 알고 있었다.

가장 큰 문제는 사진과 신문 기사를 배포한 결과가 아니라, 그 동기다. 나와 미레이가 시설 출신임을 밝힘으로써 범인은 뭘 얻고 싶었던 걸까.

나보다 과격한 방법으로 게임을 신청받은 미레이에게서는 연락이 끊겼다. 로스쿨에서는 눈도 마주치려 하지 않았고, 진전이 있느냐고 메시지를 보내도 답장이 없었다. 연립주택 동태를 살펴보러 갈 기회를 노리다가 어느덧 두 주나 지나가 버렸다.

어쩐지 기분이 찜찜했다. 나는 의자 등받이에 체중을 싣고 한숨을 내쉬었다. 지금은 301호 강의실에서 특별 강의를 받는 중이다. 주제는 형사재판이 안고 있는 문제점, 담당 교수는 나쿠라 교수님이다. 이제 나쿠라 교수님의 강의를 들을 기회는 없을 줄 알았는데, 수료 직전에 보강을 맡게 됐다고 교수님이 강의를 시작할 때 투덜거렸다.

미레이가 어디 앉아 있는지 확인하는 것이 버릇이 됐다. 자유석일 때는 창가를 고를 때가 많다. 오늘도 뒤에서 세 번째 자리에 앉아 있었다.

창문으로 비쳐 드는 햇빛이 미레이의 자리 주변을 비추었다.

눈초리가 약간 처진 큰 눈, 곧게 뻗은 콧대, 실로 잡아맨 것처럼 작은 입술.

미레이의 옆얼굴을 보자 예전에 고헤이와 나누었던 잡담이 생각났다.

"마음에 드는 상대와 대기 시간이 구십 분인 놀이기구에 줄을 섰다고 치자. 그 시간을 지루하지 않게 보낼 수 있느냐 없느냐로, 연인이 될 수 있느냐 마느냐가 결정된다고 해도 과언이 아니야."

무슨 흐름에서 이 화제가 나왔는지는 기억이 안 난다. 난 분명 "아아."라거나 "흠."이라는 식으로 대답해 별 흥미 없다는 티를 냈을 것이다.

"대화해야 하는 상황을 강제적으로 만들어서 커플의 적합성을 알아보는 테스트야. 하지만 오리모토는 예외겠지. 옆에 오리모토 미레이가 서 있다면 아무 말도 없이 옆얼굴만 바라봐도 유원지 영업시간이 끝날 때까지 줄 설 수 있을걸."

고헤이는 진지한 표정으로 그렇게 말했다. 놀리면 될지 동의하면 될지 몰라서 결국 아무 대답도 하지 못했다.

한편으로 누군가 미레이에게 고백했다는 소문은 들은 적이 없다.

"사귀고 싶다는 생각은 안 들어. 멀리서 바라보는 것만으로도 만족이야."

고헤이는 그렇게 말했다.

대등하게 사귈 수 없으니까 방관자 입장을 감수한다. 무고 게임의 사고방식과 비슷하다. 변호사나 검사 같은 진짜 경기자는 될 수 없으니까, 법률을 이용한 게임으로 만족한다.

그렇다면 그 송곳은……. 안쪽을 엿볼 수 있도록 철문에 뚫은 작은 구멍.

그건 소극적인 방관자가 아니라 적극적인 경기자가 되겠다는 의사를 표명한 걸까.

비밀스러운 연정을 품었다면 짝사랑이지만, 거기에 악의가 섞이면 평가는 싹 달라진다.

악의가 섞인 짝사랑. 그건 스토킹이라고 부른다.

시설 사진, 송곳, 스토커, 무고 게임.

이것저것 생각하는 사이에 미레이의 옆얼굴이 희미해지고, 교단에 선 나쿠라 교수님의 목소리가 멀어졌다.

미레이를 사랑하는 범인은 모든 것을 알고 싶어 했다. 이미 알려진 정보로는 만족하지 못해 과거를 조사한 결과, 사진 한

장을 손에 넣었다. 마음의 집에서 찍은 단체 사진 속에는 미레이 말고도 낯익은 사람이 있었다. 구가 기요요시, 나다.

시설에 있었을 적부터 알고 지냈던 두 사람이 로스쿨에서는 남처럼 서먹하게 군다. 그러한 행동에 왜곡된 해석을 가미해 꼴 보기 싫은 방해자를 배제하기로 결정했다.

내 이름이 적힌 사진은 불특정 다수에게 배포했으면서, 미레이의 이름이 적힌 사진은 본인만 보게끔 배려했다. 그것은 내 명예만 훼손하는 것이 목적이었기 때문이다. 미레이에게는 '네가 아동양육시설 출신이라도 받아들이겠다'라는 메시지를 전달하려 했다.

이것은 그저 속된 망상일까, 범인의 사고방식을 꿰뚫어 본 치밀한 논리일까.

아마도 전자이리라. 교단에서 보이지 않도록 고개를 숙이고 쓴웃음을 지었다. 법률 공부밖에 모르는 로스쿨 학생에게 탐정 흉내가 가당키나 하겠는가.

"구가, 재미있는 일이라도 있었어?"

나쿠라 교수님의 목소리였다. 나름 조심한다고 했지만 고개를 덜 숙였던 모양이다.

"죄송합니다. 다른 생각을 하다가 웃음이 났습니다."

주눅 들지 않고 대답하자 뒤에 앉아 있던 고헤이가 작게 소리 내어 웃었다.

비행력이 드러난 날부터 날 보고 소곤거리는 동기들의 모습이 눈에 띄었다. 하지만 고헤이는 지금까지와 다름없는 태도로 대해 주었다.

"너희가 흥미를 보일 만한 소재를 골랐는데, 따분했나?"

어느덧 강의 주제가 세부적으로 넘어갔다. 화이트보드에는 '원죄와 무죄'라고 큼지막하게 적혀 있었다.

"무고 게임과 상통하는 측면이 있으니까……, 그런 말씀인가요?"

"원죄와 무죄의 차이가 뭔지 알겠니?"

나쿠라 교수님은 교수와 학생의 대화 형식으로 강의를 진행하는 소크라테스식 문답법을 철저하게 활용하기에, 납득이 가는 답변이 나올 때까지는 상대를 놓아주지 않는다. 무작위로 지명하므로 평소 강의 시간에도 시험을 칠 때 같은 긴장감이 강의실을 지배한다.

"죄를 묻지 않는다는 결론은 공통되지만, 원죄가 더 좁은 개념인 것 같습니다."

깊이 생각해 본 적 없는 문제였다. 반응을 살피며 정답을 이끌어 내는 수밖에 없다. 레일을 벗어나지 않았다면 나쿠라 교수님이 올바른 도착 지점으로 유도해 줄 것이다.

"어떤 경우에 무죄가 되지?"

"어, 그러니까……피고인이 죄를 저질렀는지 판단하는 과정에서 합리적인 의혹을 끼워 넣을 여지가 없을 경우요."

"그것뿐이야?"

나름 포괄적으로 대답했으므로 말문이 막혔다.

"죄를 저질렀느냐 저지르지 않았느냐는, 바꿔 말하면 구성요건 해당성의 문제겠지."

"아아, 그렇구나……."

적확한 유도였다.

예를 들어 살인죄의 경우, 살의를 품고 사람을 죽인 사실이 인정되면 형법 제199조로 정해진 구성요건 해당성이 긍정된다. 하지만 살인죄의 구성요건에 해당해도 무죄가 되는 길은 아직 남아 있다.

"위법성 조각 사유나 책임 조각 사유가 인정된 경우도 무죄가 되겠죠."

정당방위나 긴급피난•이 전자, 심신상실이나 형사 미성년자가 후자의 대표적인 예다.

"그럼 원죄라고 인정되는 경우는?"

"역시……, 음, 그렇죠. 원죄는 역전승 무죄와 같은 뜻으로 통용되는 느낌이 듭니다. 일단 유죄 선고를 받은 후 역전해서 무죄를 얻어 낸다. 그러한 전제 조건이 부가되니까 무죄보다 좁은

• 긴급상태에서 자신이나 타인의 법익을 보호하기 위해 부득이하게 취한 행위

개념이 아닐까 싶은데요."

나쿠라 교수님은 만족스럽게 고개를 끄덕였다. 겨우 정답을 이끌어 낸 모양이다.

"그렇게 정의하는 것도 한 가지 방법이겠지."

"그밖에도 있나요?"

"무죄는 법률상 개념이지만, 원죄는 그렇지 않아. 학자에 따라 다르게 정의하는 것이 실상이지. 유키, 그 외에 분류할 방법이 또 없을까?"

가오루는 입구에 제일 가까운 줄의 뒤쪽 자리에 앉아 있었다.

주름 하나 없이 심플한 흰색 셔츠 차림. 심판자로서 스위치가 켜지지 않은 평소 가오루의 모습이다.

"유죄인지 무죄인지는 판사가 결정하지만……, 원죄인지 아닌지는 신밖에 모릅니다."

갑자기 신이라는 말이 튀어나와서 놀랐다.

"재미있는 대답이군."

나쿠라 교수님은 턱수염을 쓰다듬으며 말을 이었다.

"각각의 정의는 어떻지?"

"무죄의 정의는 세이기와 동일합니다. 검사가 입증에 실패했다는 한 가지 결과에 불과해요."

"원죄는?"

"죄를 저지르지 않았는데 유죄판결을 받은 거죠. 재심 청구를 기각당해 사형이 집행돼도, 역사적인 범죄자로서 문헌에 기록돼도, 교도소에서 정신병에 걸려 목숨을 끊어도, 그 사람이 죄를 저지르지 않았다면 전부 원죄입니다."

"죄를 저질렀는지 저지르지 않았는지는 진리를 꿰뚫어 보는 신밖에 판단할 수 없다. 그런 뜻인가?"

나쿠라 교수님의 보충 설명을 듣고 나서야 겨우 이해했다.

"네. 불완전한 인간이 재판을 집행하니까 원죄라는 잘못이 생기는 거죠."

"유키가 말했듯이 원죄인지 아닌지는 신밖에 몰라. 그렇기에 신을 대신해 판단을 요구받는 판사는 신중하게 판단해야 하는 거야."

"요컨대 무고 게임이라는 명칭은 부정확하다는 말씀이시죠?"

"난 아직 아무 말도 안 했는데."

"게임을 보신 후에 이런 강의를 하시면 누구나 눈치채겠죠."

뒤쪽 자리를 보자 고헤이가 고개를 비스듬히 꼬고 있었다. 저 녀석이 무슨 말을 하느냐는 표정이다. 나도 동감이었으므로 가볍게 고개를 끄덕였다.

"반대로 물어보자. 무고란 뭐지?"

그야말로 소크라테스와 제자의 대화처럼 철학적인 문답이 시작됐다.

"죄를 저지르지 않은 겁니다. 어쩐지 이야기가 왔다 갔다 하네요. 원죄와의 차이는 유죄판결 선고라는 전제 조건의 유무뿐이에요."

"무고인지 아닌지는 유키가 판단하는 건가?"

과연……, 그런 뜻인가.

무고 게임에서 심판자 역할을 맡는 가오루는 인간이지 신은 아니다. 사람이 사람을 심판하는 게임의 명칭에 무고라는 단어를 사용하는 것은 이상하지 않느냐. 두 사람은 그런 논의를 하는 중이다.

"학생의 놀이인걸요. 깊은 뜻은 없겠죠."

"별일이군. 유키 나름대로 생각이 있어서 그런 명칭을 붙인 줄 알았는데."

가오루를 도발하며 즐기는 듯한 말투로 들렸다.

"애당초 제가 붙인 게 아닌데요. 어느 틈엔가 다들 그렇게 불렀어요. 하지만 마음에는 듭니다. 그래서 부정확해도 바꿀 마음은 없습니다."

"마음에 든다고? 어디가?"

"인간도 노력하면 신처럼 무고 여부를 판단할 수 있게 될지도 모른다. 그런 기분이 들잖아요."

"흐음. 원죄와 불가분의 관계인 재심 제도에 관한 설명으로 넘어가자."

김빠진 듯한 표정으로 나쿠라 선생님이 말했다.

가오루라면 언젠가 진리를 꿰뚫어 보는 신도 될 수 있지 않을까.

그런 비현실적인 생각은 마음속에 묻어 두고, 나는 재심 제도에 관한 설명에 귀를 기울였다.

11

아무래도 스토커 범인설을 버릴 수 없었기에 내 추리를 미레이에게 알려 주기로 했다.

얼음 깨기용 송곳이 외시경에 박혀 있던 날 이후로 미레이는 자습실에 있는 시간이 줄었다. 일부러 자기 집에 머무르며 범인에게 반격하려는 것일까.

미레이는 피해가 쌓여 가는 것을 잠자코 두고 볼 성격이 아니다. 돌이킬 수 없는 결과를 초래하기 전에 제동을 거는 것이 내가 해야 할 역할이다.

수요일은 3교시까지만 강의가 있다. 현재 시각은 오후 3시 반.

미레이가 사는 연립주택 근처 공원에서는 아이들이 신나게 뛰어놀고 있었다. 모래밭, 미끄럼틀, 철봉. 그러한 놀이기구들이 유원지의 그 어떤 놀이기구보다도 재미있다는 표정이다. 흐려진 어른의 눈에는 보이지 않는, 반짝이는 뭔가가 보이는지도 모르겠다.

아이들이 있는 공원에는 높은 확률로 그들의 부모도 있다. 다치거나 싸우지 않도록 지켜보고, 나쁜 어른이 접근하지 못하도록 감시한다. 힘들겠구나 싶었다.

공원의 서쪽 펜스 앞에 미레이가 서 있었다. 그런 곳에 있을 줄은 몰랐으므로 나도 모르게 멈춰 섰다. 뭘 하는 걸까.

공원 안쪽에서 펜스 너머로 도로를 바라보고 있는 것처럼 보였다. 그 시선 끝에는 미레이가 사는 연립주택 출입구가 있었다.

3미터 거리까지 다가가자 그제야 미레이는 내가 있다는 걸 알아차렸다.

"어쩐 일이야?"

"너희 집에 가려는데 여기 있는 게 보여서."

"그래? 무슨 용건인데?"

"송곳 관련 문제는 해결했어?"

"범인을 잡아내려는 중이야."

"뭐?"

미레이는 한숨을 쉬더니 가느다란 손목에 찬 시계를 보았다.

"이야기를 듣고 싶으면 내 옆에 서."

"범인이 누구인지 알아냈어?"

"내 예상이 맞는다면, 앞으로 이십 분쯤 후에 모습을 드러낼 거야."

오후 4시에 범인이 올 것이라고 미레이는 예상했다.

"아주 구체적인데. 자기가 범인이라고 자수하러 오는 거야?"

"농담할 기분 아니야. 장난질을 치러 오는 거지."

"그걸 어떻게 아는데?"

"범행 주기를 특정했으니까."

"죄송해요!"

뒤쪽에서 축구공이 굴러왔다. 미레이는 응시하고 있던 연립주택 출입구에서 시선을 돌리고, 부랴부랴 달려온 소년에게 축구공을 건넸다.

"누나, 고마워요! 그런데 뭐 하는 거예요?"

"탐정 놀이를 하는 중이야."

미레이는 상냥하게 미소 지었다. 평소는 짓지 않는 표정이다. 공원과 소년이라는 조합에서, 예전에 시설에서 함께 생활했던 어린아이들이 떠올랐는지도 모르겠다.

"탐정?"

"괴롭힘을 당하는 사람을 도와주는 일."

"아아. 나쁜 사람을 혼내 주는 거구나."

"맞아. 하지만 다른 아이들한테는 비밀이야."

"응, 알았어요!"

소년이 돌아가자 미레이는 평소처럼 차가운 눈으로 다시 앞쪽을 바라보았다.

“끝이 아니라 시작이라고 그 종이에는 적혀 있었어.”

“또 그랬던 거로군. 왜 알려 주지 않았어?”

“알려 주면 집으로 찾아올 거잖아. 범인이 연립주택을 감시하고 있을 가능성이 있어. 기요요시가 오면 범인이 모습을 감출지도 모르잖아.”

“무슨 짓을 했는데?”

“대단하지는 않아. 자전거 바퀴를 펑크 내고, 열쇠 구멍에 접착제를 채워 넣고, 우편물을 훔치고 그리고…….”

생생한 피해 상황을 담담한 말투로 전하자 뭐라고 대답해야 할지 막막했다. 한 가지 분명한 점은 못된 장난질이 전부 연립주택 부지 안에서 벌어졌다는 것이다.

“부지 안에서 범행을 되풀이하다니 아주 작정하고 나섰네.”

현재까지는 실내에 침입하거나, 신체적인 위해를 가하는 등 목숨이 위험한 사태까지는 가지 않았다. 불행 중 다행이라는 부적절한 말이 떠올랐다.

“월요일, 수요일, 금요일. 범인은 평일에 이틀 간격으로 장난질을 하러 왔어.”

“그동안 내내 연립주택을 감시한 건 아니겠지?”

“그런 비효율적인 짓은 안 해. 범인이 나타나는 건 4시 전후. 거기까지 범위를 좁혀 놨으니까.”

“……어떻게?”

"말로 설명하기는 어려워. 아무튼 지금은 내 말을 믿어 줘."

상당히 자신이 있는 듯했다. 위험하다고 말려도 소용없으리라.

"4시에 연립주택을 드나드는 사람이 있는지 감시하는 거구나."

"응, 먼저 가도 돼."

"같이 있을게. 그런데 왜 이 공원이야?"

"이번에 범인이 손댈 대상은 우편함이야. 이 연립주택은 정문으로 들어가면 바로 우편함이 있고, 자전거 주차장과 계단은 반대편이잖아. 건물 벽과 담장에 우편함이 가려져서 다른 곳에서는 감시할 수 없어."

연립주택 구조를 떠올려 보자 미레이가 말한 대로였다. 공원에 있어도 우편함이 시야에 들어오는 건 아니지만, 연립주택에 드나드는 사람이 있는지 없는지는 확인할 수 있다.

"우편함에 뭘 어쩌려는지도 알아?"

"보고 있으면 알아."

그 한마디로 펜스와 마주한 채 나누던 대화는 강제로 중단됐다.

미레이는 범행 장면을 직접 확인할 작정이다. 출입구를 지나갔다고 범인이라고 단정할 수는 없지만, 유력한 용의자로 간주할 수는 있다. 방세가 저렴한 것만이 장점인 연립주택에 입주자가 많을 리는 없고, 4시 전후에 갑자기 여러 명이 드나들지도 않을 것이다.

혼자 연립주택 출입구를 바라보는 것보다는 옆에 내가 서 있는 편이 덜 수상하다. 둘이 나란히 서서 4시가 되기를 기다렸다.

4시가 되기 십 분 전부터 심상치 않은 긴장감이 감돌았다. 로스쿨 동기가 출입구로 들어가면 내가 앞장서서 붙잡아야 할까. 그런 생각도 들었다.

하지만 4시 10분이 지나도 연립주택을 드나드는 사람은 한 명도 없었다.

"이상하네……."

4시 15분이 지나자 드디어 미레이가 불쑥 중얼거렸다. 그때까지 우리는 한마디도 말을 나누지 않았다. 묵묵히 연립주택 출입구를 바라보는 시간은, 목적을 잊어버릴 만큼 길게 느껴졌다.

"그 범행 주기, 정말로 믿을 만한 거야? 무고 게임을 신청받은 지 두 주밖에 지나지 않았어. 요일이나 시간이 우연히 편중됐을 가능성도 있잖아."

"눈치챈 건지도 모르겠네."

내 목소리가 들리지 않는 듯 미레이는 혼잣말을 했다.

"저기, 미레이."

"앗……, 미안. 왜?"

드디어 미레이는 나와 시선을 맞추어 주었다.

"혼자 끌어안지 말고 둘이서 생각하는 편이 나아."

"집으로 가자. 거기서 이야기할게."

연립주택에는 금방 도착했다. 미레이는 우편함 앞에 멈춰서

203호실 우편함을 열었다. 우편함에다 장난질을 할 것이라고 미레이는 예측했다. 하지만 감시하는 동안 출입구를 지나가는 사람은 없었다. 따라서 좋지 않은 일이 일어났을 리 없다.

"어떻게 된 거지……."

하지만 미레이의 반응은 달랐다. 재빨리 몸을 돌려 겁먹은 시선으로 자전거 주차장과 출입구를 둘러본 후 우편함에서 종이를 한 장 꺼냈다. 우편물이라면 봉투에 들어 있어야 한다. 즉, 누군가가 이 종이를 직접 우편함에 넣은 것이다.

"그럴 리가……."

우편함을 난폭하게 닫자, 녹슨 금속끼리 맞닿는 불쾌한 소리가 났다.

나는 계단으로 향하는 미레이를 쫓아갔다. 잠금장치를 풀고 203호실에 들어가서 방바닥에 직접 앉았다. 차가운 바닥의 감촉이 느껴지자 머릿속이 차분해졌다.

"좀 보여 줄래?"

"매번 똑같은 종이를 넣어 놔. 계속, 반복해서."

미레이가 건네준 종이는 인터넷 뉴스 기사를 출력한 것이었다.

여고생이 포함된 조직 범죄. 중년 남성을 목표물로 삼은 교묘하고 악질적인 그 수법은?

여고생 네 명이 체포된 사실을 전하는 기사였다.

기사에 따르면 도쿄 도내의 명문 사립 고교에 재학 중인 여고생이 사기단에서 실행범으로 활동하다 적발됐고, 사기단의 배후에는 폭력단 관계자가 있었다고 한다.

기사 중반부에는 조직적으로 자행된 사기 행각이 구체적인 수법과 함께 소개돼 있었다.

인터넷 만남 사이트를 이용해 호텔로 불러낸 후, 미성년자임을 밝히고 금전을 뜯어내는 꽃뱀. 성추행을 당했다고 생트집을 잡고서, 신고하지 않는 대신 화해금을 요구하는 치한 원죄 사기. 원조 교제 때문에 임신했다고 주장하며 낙태 수술 비용과 위자료를 받아 내는 전형적인 사기.

이 사기단의 범행 특징은 성적으로 피해를 당했다고 주장하는 여고생과, 그 피해를 꼬투리 삼아 협박과 사기 행각으로 돈을 갈취하는 폭력단 관계자가 서로 역할을 분담했다는 점이다.

기사는 다른 여고생이 관여했는지 현재도 조사 중이라는 문구로 마무리됐다.

"이 기사가 계속……."

아주 단순하기에 훨씬 으스스했다. 이 기사를 읽으면 무슨 말을 하고 싶은지 알겠지. 그런 의도가 훤히 보였기 때문이다.

"어떻게 생각해?"

미레이는 무표정한 얼굴로 물었다.

“……고발이겠지.”

“뭘 고발하는데?”

“나와 미레이가 저지른 죄.”

“난 이 사기단 소속이 아닌걸.”

“하지만 비슷한 짓을 했어. 그 때문에 인생이 꼬인 사람이 있고.”

미레이는 내 손에서 종이를 빼앗아 양손으로 구겼다.

“이제 와서 다시 들춰내지 마.”

“현실과 마주 봐야 한다고 생각했을 뿐이야. 아니면 범인을 밝혀낼 수 없어. 우리는 분명 죄 없는 어른들에게서 돈을 빼앗았지. 하지만 그것도 과거의 일이잖아. 그로부터 벌써 몇 년이나 지났는데……”

“그딴 건 가해자 쪽의 논리에 지나지 않아. 실제로 시설 사진을 손에 넣고, 연립주택을 샅샅이 조사하면서까지 내게 복수하려는 사람이 있어.”

미레이의 집 우편함에 여고생이 저지른 사기 관련 기사가 들어 있었다. 거기서 복수 이외의 메시지를 읽어 내기가 지금 우리의 심리 상태로는 어려웠다.

“이거 말고 또 무슨 짓을 당했어?”

“공원에서 말했잖아.”

자전거 바퀴를 펑크 냈고, 열쇠 구멍에 접착제를 채워 넣었다고 했다.

"아까 그 기사를 이용해서 그랬던 것처럼 협박을 하지는 않았느냐고 묻는 거야."

"아니. 이것뿐이야. 나머지는 순수하게 악질적인 장난질."

"금전을 요구하지도 않았지?"

미레이는 그저 고개를 끄덕였다. 범인의 목적이 뭔지 더더욱 아리송해졌다.

"그 범행들이 스토커의 짓일 가능성은 있다고 생각해?"

"스토커?"

나쿠라 교수님의 강의 시간에 했던 생각을 미레이에게 알려주었다.

"내게 호감을 품은 사람이 이런 장난질을 했다고? 이해가 안 되는데."

"사랑의 반대는 미움이 아니라 무관심이라고 하잖아."

"어디서 들어 본 말이네."

누가 한 말인지는 몰랐으므로 나는 모호하게 고개를 끄덕였다.

"이 명언에 따르자면, 스토킹은 애정이 뒤집힌 결과가 아닌 셈이야. 관심이 있으니까 끈덕지게 쫓아다니거나 장난질을 하는 거지. 애정과 증오는 종이 한 장 차이의 감정이야."

"범인이 스토커라고 치면 그 목적은?"

"미레이의 전부를 손에 넣는 것."

"문에 박힌 송곳을 보고 내가 범인에게 반하기라도 한다는 거야?"

"아직 준비 단계일지도 모르지. 못된 장난질로 몸과 마음을 약하게 만든 후, 과거를 폭로당하기 싫으면 사귀자고 협박한다. 일단 설명은 되지 않아?"

"상상력 한번 멋지네."

미레이가 보기에 범인은 이해가 불가능한 정신이상자에 불과하리라.

"장난질은 전부 연립주택 부지에서 벌어졌다고 했지? 그 정도로 가까운 곳에서 계속 그랬다면 흔적이 남아도 이상하지 않을 것 같은데."

"나도 기요요시와 같은 생각이었어. 아니……. 좀 더 나아가서 평소 내 동태를 파악하고 있으니까 대담하게 범행에 나설 수 있는 것 아닐까 의심했지."

"그 말은……."

내가 목소리를 낮추자 미레이는 방 한쪽 구석에 있는 작은 선반장을 가리켰다. 두 번째 단에 무전기같이 생긴 기계가 아무렇게나 놓여 있었다.

"도청 탐지기로 온 방을 살폈지만, 아무것도 발견하지 못했어."

"믿을 만한 기계야?"

"이런 기계를 잘 아는 친구가 골라 준 거야."

미레이의 교우 관계에 대해서는 아는 바가 없지만, 농담하는 것은 아니리라.

“범행 시각은 어떻게 특정했는데?”

“범인은 그 인터넷 뉴스 기사를 정기적으로 우편함에 넣어 놨어. 그래서 카메라를 설치해서 우편함 내부를 촬영했지.”

“카메라라니……, 어디에?”

아까부터 의외의 대답만 돌아온다.

“303호실 우편함. 그 집은 현재 미계약 상태라 우편함도 잠겨 있지 않아.”

천장을 올려다보았다. 3층짜리 건물이므로 위에 303호실이 있다.

“적외선 같은 걸로 촬영하는 카메라야?”

“어둠 속에서도 촬영할 수 있는 야간 투시 기능이 있을 뿐, 그렇게 고성능은 아니야. 특수한 건 우편함 구조지. 이 허름한 연립주택은 우편함까지 허술해. 윗면과 아랫면이 성긴 망 모양이라 아래쪽 우편함이 다 보여. 그 부분에 맞춰서 렌즈 방향을 조정하면 우편물이 들어오는 순간을 촬영할 수 있어.”

도청 탐지기와 감시 카메라. 이런 상황에서 개인이 대응할 수 있는 수준을 넘어선 것 같았다.

하지만 범인을 밝혀내기 위한 정보는 착실히 확보했다.

“그래서 오늘 4시에 범인이 우편함에 손을 쓸 거라고 예상한 거구나."

"결과는 기요요시도 보다시피."

"4시 전후에 연립주택 출입구로 드나든 사람은 아무도 없었어. 그런데 우편함에는 신문 기사가 들어 있다……."

"감시를 시작했을 때 이미 우편함에 인터넷 뉴스 기사가 들어 있었다. 그렇게 생각하는 거지? 이만큼 준비해서 몇십 분이나 공원에서 감시했는데, 그런 실수를 할까 봐?"

"그것도 고려했어? 미레이의 착각이 아니라면……."

"우리가 뭔가 잘못 판단한 점이 있어. 처음부터 다시 생각해 봐야겠는걸."

범인을 잡아내기 위해 감시했건만, 사건의 전체 그림은 아직 보이지 않는다.

나와 미레이가 안달하며 괴로워하는 모습을 보고 범인은 비웃고 있을까.

12

다음 날, 자습실에서 헌법 판례집을 읽고 있는데 가오루가 다가왔다. 자습실에는 가오루에게 배정된 자리도 있지만, 거기 앉아 있는 모습은 본 적이 없었다.

"세이기, 잠깐 이야기 좀 할까."

가오루는 나를 모의 법정으로 데려갔다. 가오루는 재판장석에, 나는 그 옆에 앉았다.

"이거 기억나?"

가오루가 법대 서랍을 열고 속에 들어 있던 것을 꺼냈다.

"요전에 보여 준 칼이네."

가까이에서 보자 세세한 부분까지 잘 만들었다는 것을 알 수 있었다. 나름 비싼 물건이리라. 톱니 부분이 불빛을 반사해 으스스하게 빛났다.

"참 골치 아픈 물건을 떠맡겼다니까."

"그런 곳에 넣어 두는 거야?"

"돌려줄 상대가 없으니까. 분실물이라고 교무과에 가지고 갈 수도 없잖아."

"경찰에 신고하면 되지 않겠어?"

"법대에 칼이 꽂혀 있었다. 이건 무슨 죄에 해당할까?"

내가 게임을 신청받았다면, 무고 게임의 첫머리에서 어떻게 죄를 특정할까.

"재산을 요구하지는 않았으니까 공갈로 보기는 힘들어. 애당초 그 행위로 가오루를 협박했다고 판단할 수 있을지도 의심스럽네."

"어째서?"

"모의 법정은 가오루를 위해 만든 자습실이 아니야. 멋대로 점유한 법대에 칼이 꽂혀 있었다고 해서 협박 행위로 인정할 수는 없겠지. 유키 가오루에게 보내는 메시지가 남아 있었다면 이야기는 별개지만."

확실히 알아보고 나서 꺼낸 말은 아니지만, 큰 틀에서 보았을 때 틀리지는 않았을 것이다.

"응, 역시 세이기를 부르길 잘했네."

"무슨 이야기를 하려는 거야?"

불길한 낌새가 느껴졌다. 가오루가 책상 서랍을 닫자 흉흉한 흉기가 시야에서 사라졌다.

"최근의 무고 게임에 대해서 어떻게 생각해?"

"어떻게라니……, 뭐, 흥하고 있긴 하지."

뼈가 담긴 말투가 나오고 말았다.

"이제 때가 된 게 아닐까 싶어. 난 심판자 자리에서 물러날 거야."

"이제 무고 게임을 하지 말아야 한다는 거야?"

"나 말고 심판자로 나설 사람이 있으면 계속해도 상관없어."

"우리한테는 무리야. 너무 무거운 짐이라고. 가오루가 그만두겠다면 거기서 끝나는 거지."

"이유는 안 물어봐?"

"계속하는 것도 그만두는 것도 가오루의 자유니까."

게임은 언젠가 끝난다. 상상했던 것보다 오래갔다 싶을 정도다.

"다들 세이기처럼 이해력이 좋으면 고맙겠는데."

가오루는 쓴웃음을 짓고 나서 말을 이었다.

"무고 게임의 제일 큰 문제점이 뭔지 알아?"

범죄를 허용한다고 착각하는 것, 인간관계가 파괴될 우려가 있는 것, 본업인 공부에 소홀해지는 것…….

문제는 많지만 대부분 자기 책임이라는 한마디로 정리할 수 있다. 가오루는 분명 더 깊이 있는 대답을 원할 것이다.

"벌의 집행력 문제 아닐까."

"놀라운데……, 나랑 답이 똑같아."

"요전에 처음으로 고발자 입장에서 게임에 참가했어. 그때 실감했지. 게임에 이겨도 패자가 벌을 받아들이지 않으면 의미 없다는 걸."

벌금이라면 미리 양쪽 다 지정된 금액을 내놓으면 되지만, 내가 얻어 낸 사회적 신용도의 박탈 같은 벌은, 집행할 방법을 승자가 고민할 필요가 있다.

"형사재판에는 독립된 형벌 집행기관이 존재해. 징역형이나 금고형은 신체의 자유에 제약을 가해서 집행하고, 벌금형도 강제로 집행하거나 노역장에 유치할 수 있지. 집에 돌아갈 때까지가 소풍이라는 말과는 조금 다를지도 모르지만, 집행할 수 있어야 비로소 벌에 억지력이 생겨."

"하지만 그 결점을 심판자가 신경 써야 할까?"

벌과 승자를 선언한 시점에서 심판자의 역할은 끝난다. 벌이 집행되느냐 집행되지 않느냐는 가오루가 관여할 문제가 아닐 것이다.

"요즘 무고 게임이 열리는 빈도가 늘어났고, 죄질도 간과할 수 없는 단계에 이르렀어. 그 원인은 벌을 두려워하지 않기 때문이겠지. 죄질이 무거워지면 벌도 무거워지는 게 당연해. 동해보복의 원리로 벌을 정하니까 말이야. 이미 놀이의 수준을 넘어섰어."

"가오루가 무슨 말을 하는지는 알겠어. 하지만 아직 완전히 손을 못 쓸 수준은 아니잖아?"

"칼이 책상 상판이 아니라 내 몸에 꽂혔다면……. 가끔 그런 생각을 해. 그랬다면 무슨 죄에 해당할까?"

"어……, 상해나 살인."

상해치사나 살인미수일 가능성도 있지만, 전부 언급했다가는 한도 끝도 없다.

"그런 죄를 심판할 벌을 무고 게임에서는 줄 수 없겠지. 칼로 찌르는 걸 허용한다고 내 입으로는 말 못 해. 그렇게 생각하자 한계가 보인 것 같았어."

무고 게임에서 내려지는 벌은 패자의 동의를 얻어 위법성을 조각하는 것을 집행의 근거로 삼는다. 하지만 생명을 침해하는 행위는 피해자의 동의만으로 위법성을 조각할 수 없다.

"범인을 찾아낼 생각은 없어?"

"정보가 너무 적어. 목적이 있다면 다음 행동에 나서겠지. 난 그때를 기다릴 거야."

"다음 행동이라니……."

"알아. 이번에는 내 심장에 칼이 꽂힐지도 모르지."

"역시 경찰에 가야 하지 않을까?"

미레이에게도 비슷한 충고를 했던 것이 생각났다. 우리 주변에서 뒤숭숭한 사건이 너무 많이 일어나고 있다.

"나한테 만에 하나 무슨 일이 생겼을 때, 세이기에게 부탁하고 싶은 일이 있어."

"심판자로서 범인을 심판하라는 부탁이라면 사양할게."

"그런 성가신 역할을 떠맡길 생각은 없어. 간단한 부탁이야."

"일단 들어나 보자."

만에 하나가 어떤 단계를 가리키는 것인지 물어보기가 두려웠다.

"용담꽃을 들고 성묘하러 와 주지 않을래?"

"뭐?"

농담이라 하기에는 무슨 뜻인지 알 수가 없었다.

"아버지와 할아버지가 잠들어 있는 무덤이 있는데, 거기에 용담꽃을 바치러 와 줬으면 해."

"그거, 노랫말 같은 거야?"

"머릿속 한구석에 담아 두면 돼. 늘 잔혹한 벌만 선고하니까, 가끔은 이런 말도 하고 싶어지더라고."

어떻게 반응해야 할지 몰랐다.

하지만 심판자로서 가오루의 생각을 묻기에는 좋은 기회일지도 모른다.

"가오루, 애당초 왜 동해보복에 연연하는 거야?"

"그게 무슨 소리야?"

"벌을 결정하는 방법 말이야. 눈에는 눈 이에는 이, 같은 동해보복은 고대같이 아주 먼 옛날에나 통용된 형태의 형벌이잖아."

역사 수업 때 배운 함무라비 법전은 쐐기문자로 석판에 기록한 것이다.

"옛날 방식이니까 틀렸다니, 아주 거친 사고방식인걸."

"딱히 그런 생각으로 말한 건……."

"세이기, 동해보복이 어떤 사상에서 비롯된 건지 정확하게 알아?"

"요컨대……, 당하면 되갚아 주라는 거잖아?"

"이야, 세이기 정도 돼도 그런 착각을 하는구나."

법제사에 관련된 지식에는 자신이 별로 없었다.

"착각? 보복을 용인하는 사상이 동해보복이라고 생각했는데."

"아니, 정반대야. 동해보복은 관용의 논리거든."

보복이 아니라 관용. 확실히 양쪽은 정반대에 위치하는 개념이다.

"좀 더 알기 쉽게 설명해 주지 않겠어?"

"자신의 눈을 망가뜨린 범인을 내어 주면서 마음대로 복수해도 된다고 했다고 치자. 형벌이 존재하지 않는 무질서한 세상이라면 반쯤 죽이든지, 그야말로 목숨까지 빼앗을지도 몰라. 하지만 빼앗긴 시력의 대가로 목숨을 요구하는 건 아무래도 너무 과하지. 시력을 빼앗겼으니 시력을 빼앗는 것으로 용서해 주어라. 그게 눈에는 눈이라는 말에 담긴 의미야."

"정당한 대가를 받고 용서하는 것이 관용이라는 뜻인가……. 과연. 전혀 몰랐네."

순수하게 감탄했으므로 나는 고개를 살짝 끄덕였다.

"뭐, 한도를 정해 놓고 보복을 용인한다고 할 수도 있겠지만."

"하지만 현대사회에서는 저지른 죄를 그대로 되돌려주는 동해보복을 적용할 수 없지 않을까? 그게, 남의 목숨을 빼앗은 사람은 그게 사고든 살인이든 관계없이 일률적으로 목숨을 내놓아서 죗값을 치르라는 거잖아?"

별생각 없이 꺼낸 말이었는데, 웬일로 가오루의 답변이 늦었다.

"그게 잘못된 생각이야?"

"……뭐?"

놀랄 만큼 차가운 목소리라 나도 모르게 가오루의 얼굴을 보았다. 가오루는 법복을 입었을 때 가끔 보여 주는, 감정을 억누른 표정으로 한 곳을 응시하고 있었다.

"죽음에는 죽음. 그게 올바르다고 생각하는 사람을 세이기는 어떻게 설득할래?"

갑작스러운 질문에 나는 아무 대답도 하지 못했다.

"농담이야. 난 침해당한 법익만을 기준으로 벌을 결정하는 게 아니야. 판단의 밑바탕에 동해보복의 사상이 깔려 있는 건 사실이지만, 인정한 죄에 따라 과해야 할 벌은 당연히 달라져야지. 세이기의 말을 빌리자면, 진정한 의미에서 살인을 저지른 자만 죽음으로 죗값을 치러야 한다고 생각해."

"진정한 의미에서 죄를 저질렀느냐 그렇지 않느냐. 그건 어떻게 정하는데?"

가오루는 잠시 생각하는 모습을 보이다가 부드러운 표정을 지었다.

"내내 그 판단 기준을 모색해 왔어. 저지른 죄에 적절한 벌을 선택할 수 있는 심판자가 되는 게 내 목표야. 그래서 무고 게임을 만들어 패자에게 벌을 선고해 왔지. 죄를 인정하고, 벌을 결정하는 경험을 쌓기 위해."

"해답은 찾아낼 것 같아?"

"드디어 방향성이 보였어. 사리사욕을 위해 게임을 해 온 셈이지."

가오루가 들려준 생각을 전부 이해한 것은 아니다. 그래도 죄와 벌이 마땅히 갖추어야 할 형태와 진지하게 마주하려는 마음가짐은 전해져 왔다.

가오루에게 무고 게임은 중요한 의미가 있는 절차이리라. 법률 지식을 써먹을 기회로만 여기는 여타 참가자들과는 품고 있는 열의가 하늘과 땅 차이이다.

"이제 고소를 받아들일 생각은 없는 거구나."

무고 게임이 끝난다면, 가오루에게 물어보고 싶은 것이 있었다.

"뭔가 미련이 남는 일이라도 있어? 세이기의 고소라면 마지막으로 받아들여 줄게."

"아아……, 그런 건 아니고. 지금까지는 게임에 관해 상담할 수 없었잖아."

"섣부른 판단을 배제할 필요가 있었으니까."

"그러한 방침도 없어졌다고 봐도 될까?"

가오루는 몇 번 눈을 깜박인 후 고개를 끄덕였다.

"알았다. 고소할 수 없는 죄 때문에 속을 끓이는 거구나."

남에게 말해서는 안 된다는 것을 알지만, 가오루라면 필요 이상으로 파고들지는 않을 테고, 정보가 새어 나갈 걱정도 없으리라. 무엇보다 가오루의 의견을 들어 보고 싶었다.

"미레이의 집 외시경에 얼음 깨기용 송곳이 꽂혀 있었어. 송곳 손잡이에 묶여 있던 종이에는 천칭 마크가 있었고."

"그래? 자세하게 설명해 봐."

나는 미레이에게 닥친 재난을 짧게 요약해서 들려주었다. 가오루가 있는 모의 법정에서 죄를 특정하고 있자니, 무고 게임을 개최해 달라고 요청했을 때가 떠올랐다.

나와 미레이의 과거를 암시하는 부분은 설명을 생략했다. 범인이 왜 사기단에 관련된 인터넷 기사를 보냈느냐고 추궁하면 끝까지 거짓말로 밀고 나갈 자신이 없었다.

피해 상황을 설명하는 동안은 제대로 듣고 있는 것인지 의심스러울 정도로 가오루는 반응이 미미했다. 하지만 미레이가 카메라를 설치해 범행 시각을 특정한 사실과 공원 펜스 너머에서 출입구를 감시했다는 사실을 밝히자 가오루의 표정에 변화가 있었다.

"그게 전부야?"

"내가 알고 있는 건 다 말한……, 것 같아."

"알았어. 그래서 뭘 상담하고 싶은 건데, 세이기?"

"범인을 저지하기 위해 사건의 수수께끼를 푸는 걸 도와줘."

고소인의 입증을 바탕으로 범인을 특정해 온 가오루의 의견을 들으면, 이번 일의 범인을 밝혀낼 계기를 얻을 수 있지 않을까. 그런 기대감이 있었다.

"수수께끼라니, 구체적으로 뭔데?"

"나랑 미레이는 연립주택 출입구를 감시하고 있었어. 거기를

4시 전후에 지나간 사람은 없었지. 그런데 우편함에는 인터넷 뉴스 기사가 들어 있었어. 미레이 말로는, 감시를 시작하기 전에는 아무것도 없었대."

함께 고민해 줄 줄 알았건만, 가오루 그저 고개를 기울였다.

"감시 중이었던 출입구 말고, 연립주택으로 들어갈 방법은?"

"집에서 나와서 연립주택 부지 주변을 살펴봤지만, 뒷문 같은 건 없었어. 그리고 출입구가 있는 방향 외에는 담장이 둘러쳐져 있지. 쉽사리 침입할 수 있을 만한 곳은 눈에 띄지 않았어."

가장 현실성이 있는 방법이었으므로, 그 점은 꼼꼼히 확인했다.

"담장 말인데, 절대로 못 넘는다고 단언할 수 있을 만큼 높아?"

난처한 질문이다. 불가능과 부존재를 증명하기가 아주 어렵다는 것은 가오루도 잘 알 텐데. 거짓말이 되지 않도록 신중하게 대답하기로 했다.

"철조망을 쳐 놓은 건 아니니까 타 넘을 수는 있겠지. 하지만 그런 경로를 선택할 동기는 두 가지밖에 없고, 둘 다 쉽사리 부정할 수 있어."

가오루가 유도해 준 덕분인지 말이 술술 나왔다.

"뭔지 말해 볼래?"

"첫 번째는 평소 담을 넘어 부지에 침입했으니까, 이번에도 같은 경로를 선택했다. 하지만 이건 명백히 이상해. 미레이의 이야기에 따르면 범인은 연립주택에서 여러 번 범행을 저질렀어.

그때마다 담을 타 넘었다면 아무리 조심한들 남에게 들켰겠지."

"계속해."

"두 번째는 나와 미레이가 출입구를 지켜본다는 걸 알았기에 감시망을 피하려 했다. 얼핏 앞뒤가 맞는 것처럼 느껴지지만, 그럼 우리가 떠나기를 기다렸다가 범행에 나서면 그만이야. 출입구를 감시하고 있었는데 피해가 발생했다? 자칫하면 범행 수법을 특정할 힌트를 우리에게 제공할 뿐 범인에게는 아무 이득도 없어."

여기까지 내 검토에 허점은 없었을 것이다. 범인은 출입구를 감시하는 줄 몰랐다. 그렇다고 담장을 타 넘은 것도 아니다. 출입구를 지나갔는데도 우리는 알아차리지 못했다. 그런 유령 같은 인간이 범인이라는 걸까.

"제대로 잘 정리했네. 안심했어."

그런데도 왜 가오루는 이렇게나 여유로운 걸까.

"그래서 난감한 거야. 출입구를 통과하지 않고 우편함에 접근해 범행을 저지르고, 출입구를 통과하지 않고 떠난다…….
그런 건 불가능하잖아."

"아니, 그게 답이야. 내가 실제로 현장을 확인한 건 아니지만, 이번에는 그 점이 유리하게 작용했어. 사건 전체를 조감하듯이 생각하면 금방 감이 올 텐데."

"생각해 봤어. 하지만 모르겠더라고."

"어딘가에 잘못이 있다고 생각하는 거 아니야? 그게 아니라 잘못된 점이 없다고 받아들이는 거야. 속는 셈 치고 한번 해 봐."

우편함을 확인할 때 허점이 있었다. 정식 출입구 외에 부지로 들어올 경로가 존재했다. 공원에서 펼친 감시망이 허술했다. 고찰의 전제가 된 조건을 변경해 가며 온갖 가능성을 검토했다. 뒤섞여 있을 잘못을 어떻게든 찾아내려 했다.

하지만 가오루 말대로 잘못된 점이 없다면.

"앗……."

머릿속에 뭔가 번쩍이는 것과 동시에 무심코 목소리가 새어 나왔다.

"깨달았어?"

출입구를 통과하지 않고 우편함에 접근할 수 있었던 건, 처음부터 부지 안에 있었기 때문이다.

출입구를 통과하지 않고 우편함을 떠날 수 있었던 건, 부지 안에 머물렀기 때문이다.

완전히 깜박했다. 그 건물이 공동주택이라는 사실을.

"……연립주택에 사는 사람인가."

"분명 그게 정답일걸."

집에서 직접 우편함으로 가서 인터넷 뉴스 기사를 넣고 자기 집으로 돌아갔다. 그러면 담을 타 넘지 않아도 되고, 출입구를 통과할 필요도 없다. 알고 나자 지금까지 떠오르지 않았던 것이 신기하게 느껴질 만큼 단순한 해답이었다.

"하지만……, 다른 가능성은 없을까?"

"나와 세이기의 답이 일치했어. 그래도 의심스럽다면, 네 마음대로 하면 되겠지."

"미레이가 사는 연립주택에 범인이 산다……."

그것이 얼마나 무서운 상황인지 상상하자 말문이 턱 막혔다. 아니, 두려워할 때가 아니다. 나는 의자를 뒤로 밀어내며 일어서서, 법대에서 방청석을 내려다보았다.

"어쩌려고?"

"미레이에게 알리러 가야지. 연립주택에 있는 건 너무 위험해."

"그럼 조금만 더 보충 설명을 할까."

가오루가 들려준 범인의 범행 수법을 당장은 믿기가 힘들었다.

그렇기에 이 사건의 진상으로 적합할지도 모르겠다.

13

그 남자는 커다란 골판지 상자를 안고 녹슨 계단을 내려왔다.

좁은 계단에서 마주치면 위험할 것 같아서 우편함을 바라보며 기다리기로 했다. 한곳에 모여 있는 이 네모난 상자들이 이번 사건에서 큰 역할을 담당했다.

각 집의 우편함은 집의 실제 배열과 똑같은 구조로 설치해 놓았다. 즉, 203호실을 기준으로 하면 좌우에는 202호실과 204호실 우편함이, 위아래에는 303호실과 103호실 우편함이 있다.

미레이는 우편함을 감시해서 범행 시각을 특정하려 했다. 놀랍게도 피해자와 범인의 생각은 감시라는 요소에서 접점을 이루었다. 감시 대상이 우편함이냐, 집이냐의 차이가 있었을 뿐이다. 물론 집의 천장이나 바닥이 망으로 되어 있는 것은 아니다. 범인이 사용한 방법은 좀 더 단순했다.

303호실 우편함을 열고 싶은 충동에 사로잡혔지만, 진정하라고 나 자신에게 명령했다. 미레이의 안전을 확인하고 위험이 코앞에 닥쳤음을 알리는 것이 우선이다.

시선을 되돌리자 남자가 계단에 없길래 얼른 2층으로 올라갔다.

층계참에 다다랐을 때 나는 2층 통로가 아니라 3층으로 이어진 계단에 시선을 주었다. 가오루의 추리를 듣지 않았다면 3층에는 전혀 흥미가 없었을 것이다.

그러자 3층에 있는 어느 집의 문이 열려 있었다. 203호실의 바로 윗집이었다.

303호실. 아까 골판지 상자를 들고 계단을 내려오던 남자의 모습이 떠올랐다. 쓰레기를 버리러 가는 것치고는 신중하게 운반했고, 이사 가는 것치고는 어중간한 크기였다.

설마……. 돌아보자 바로 뒤에 그 남자가 서 있었다.

“미안한데, 좀 비켜 줄래?”

“앗, 죄송합니다.”

2층 통로로 비켜서서 이상한 말투로 말을 건 남자의 얼굴을 보았다.

외까풀에 덮인 길쭉한 눈, 조금 뾰족한 매부리코, 모질고 정 없어 보이는 얇은 입술. 파충류를 연상시키는 음습한 생김새다. 나보다 나이가 많은 건 틀림없지만, 헙수룩한 검은 머리와 입가를 덮은 수염 때문에 구체적인 나이대까지는 모르겠다.

이렇게 기분 나쁜 남자와 미레이가 아는 사이일 리 없다.

정말로……, **이 녀석이 범인일까?**

남자는 계단을 올라갔다. 곧 3층에 도착해 집으로 들어가리라.

나는 재빨리 머리를 굴렸다. 평범하게 생각하면 아무것도 해서는 안 된다. 확실한 증거도 없거니와 정당화할 수 있는 이유도 없다. 우편함을 조사하거나 덫을 놓아서 범인의 꼬리를 붙잡는 것이 올바른 행동이다. 시간이 있다면 당연히 그렇게 한다.

하지만 그 골판지 상자. 내 예상이 맞는다면 남자는 이대로 자취를 감출 가능성이 있다. 그러면 남자를 추적할 방도는 없다. 이것이 처음이자 마지막 기회일지도 모른다.

계단을 뛰어올라 집으로 들어가려고 하는 남자의 뒷모습에 말을 걸었다.

"저기……."

남자가 느릿느릿 몸을 돌렸다.

"왜?"

"이사 가세요?"

생판 처음 보는 사람을 쫓아가서 할 말은 아니지만, 그밖에 다른 화제가 떠오르지 않았다.

"글쎄. 뭐, 이사라고 하면 이사겠지."

"여기는 빈집인 줄 알았는데 언제부터 사셨어요?"

"뭐? 웬 참견이람. 건물주라도 돼?"

남자는 현관으로 들어가려 했다. 문을 닫으면 끝이다.

"저는 아랫집에 사는 여대생과 아는 사이입니다."

"이야……. 시끄러웠나? 이제 이사 가니까 마음 놔."

"조용하다고 했어요. 아무도 안 사는 줄 알았던 모양이던데요."

"그래? 옆집이라면 모르지만, 위층 소리는 안 들리는 법이지. 지금 좀 바쁘거든. 이제 됐지?"

말투가 독특해서 대화의 흐름을 잡기가 힘들었다. 간사이 사투리와 비슷하지만, 억양과 어미가 미묘하게 다른 것 같았다. 어디 다른 지방의 방언일까.

"실은 이사 가시기 전에 사과드릴 일이 있어서요. 빈집인 줄 알고 우편함을 멋대로 사용했습니다. 죄송합니다."

"……응? 무슨 소리야?"

남자가 눈꺼풀을 씰룩한 것처럼 보였다.

"아랫집에 사는 사람과 아는 사이라고 했지만, 일방적으로 마음을 품고 있을 뿐이라서요. 그 사람에 대해 알고 싶어서 우편함을 감시했습니다."

"이봐, 갑자기 웬 고해성사야?"

"그래서 이 집의 우편함에 감시 카메라를 설치했는데요. 몰랐습니까?"

남자는 아무 말도 하지 않았다. 내 속내를 헤아리려는 듯이.

"일주일도 넘게 카메라를 넣어 놨는데, 한 번도 우편함을 안 열어 봤어요?"

"남의 집 물건을 함부로 사용한 주제에, 더럽게 건방지네."

"우편물이 올 리 없다고 생각해서 가만히 내버려 둔 것 아닙니까? 그렇다면 왜 그렇게 생각했을까요? 여기 산다는 걸 아무한테도 말하지 않아서? 주소지를 제대로 이전하지 않아서? 최근까지 빈집이었는데 벌써 이사 갑니까? 마치 야반도주하는 것 같네요."

연달아 의문을 던졌다. 변명거리를 생각할 시간을 줘서는 안 된다.

"그야 내 마음이지. 우편물을 방치하는 건 흔한 일 아닌가?"

맞는 말이다. 하지만 동요는 했다. 주저하지 마라. 한 번만 더 밀어붙이면 된다.

일부러 한 번 숨을 고른 후, 실내를 훔쳐보듯 시선을 움직였다.

"내내 마음에 걸렸는데, 저 집음기는 뭔가요?"

남자는 내 말에 반응해 돌아보았다. 실내를 확인하려는 것이리라.

지금이다. 남자 옆을 지나쳐 신발을 신은 채 복도를 나아갔다.

"야!"

제지를 무시하고 방으로 들어가자 가오루가 예상한 것과 똑같은 광경이 펼쳐졌다.

"이건?"

나는 방바닥 한복판을 가리켰다. 거기만 기초 부분이 드러난 상태였고, 밥공기 모양의 기계가 청진기처럼 박혀 있었다.

"너, 뭐 하는 놈이야?"

"모르겠어? 이걸로 들었잖아. 여대생과 이야기한 남자야."

"그렇구나. 네가……."

집음기에 연결된 코드 몇 개 중 하나는 테이블에 놓인 노트북에 연결돼 있었다. 아래쪽에서 전달되는 소리의 진동을 증폭해 저장하는 방식이리라.

녹음된 건 바로 아랫집, 즉 미레이의 집에서 나는 소리다.

"굉장한데. 요즘은 이런 걸로 도청할 수 있구나. 이 부분으로 음성을 증폭하는 거야?"

"이야……, 전부 다 알고 온 것 같군."

"낡고 오래돼서 방음성이 낮아진 연립주택은 도청하기에 안성맞춤인 곳이었어."

"어떻게 알아냈지?"

도청의 증거를 발견했는데도 어째서 이렇게 여유를 부리는 걸까.

"당신이 못살게 군 상대는 그냥 잠자코 참는 사람이 아니야. 어떻게든 범인을 밝혀내려고 애썼지. 평소 동태를 감시하는 것 아닐까 의심해서 도청 탐지기로 자기 집을 조사했어. 하지만 도청기는 발견되지 않았어."

"그래서?"

들고 있는 패를 감출 필요는 없다. 오히려 남자에게 자백을 받으려면, 얼렁뚱땅 둘러대 봤자 헛일이라는 걸 알려 줄 필요가 있었다.

"남의 생활 공간에서 도청할 때는 상대에게 들키지 않는 게 중요하지."

"기본 중의 기본이야. 들통나면 도청하는 의미가 없으니까."

"들키지 않기 위해 소형화하고, 소형화하기 위해 수신기와 발신기를 나누고, 발신기를 가까이 두기 위해 무선화한다. 그리고 도청 탐지기는 그 무선 전파를 감지해서 도청기를 찾아내. 따라서 당당하게 집음기와 컴퓨터를 유선으로 연결하면 탐지기의 빈틈을 빠져나갈 수 있어."

남자는 고개를 끄덕이며 내 말에 귀를 기울였다.

"도청기를 발견하지 못했는데도 상대방이 동태를 훤히 꿰고 있으니까, 오히려 도청당하고 있다고 단정했다는 건가. 이 자식, 재미있네."

"당신한테 칭찬받아도 하나도 안 기뻐."

더구나 집음기를 사용한 도청 가능성을 처음으로 지적한 사람은 가오루다. 나는 가오루에게 들은 논리를 되풀이하는 것에 불과하다.

"방법을 알아도 어느 집에서 도청하는지는 못 알아낼 것 같은데?"

"포착한 소리를 증폭하기 위해서는 어느 정도까지 최대한 접근해야 해. 그렇다면 도청 중인 203호실을 기점으로 상하좌우의 집 중 한 군데겠지. 거기까지는 쉽게 특정했어. 나머지는 가능성이 크냐 작으냐의 문제야."

"그래서 4분의 1의 확률에 건 건가?"

으스스한 존재감을 뿜어내는 집음기를 힐끗 곁눈질했다.

"그런 무모한 도박은 안 해. 거기서 생각난 게 303호실 우편함에 설치한 카메라였지. 거기 누군가가 살고 있는데 자기 집 우편함에 카메라가 있는 줄 모른다면, 도청실로 사용 중일 가능성이 커."

아랫집을 도청하기 위해 집을 빌렸다면, 전단지 이외의 우편물이 배달될 리 없으니 우편함을 일절 확인하지 않아도 이상할 것 없다.

"비슷한 방법으로 여자는 우편함을 감시했고, 난 집을 도청한 건가. 하, 그럴 줄은 생각도 못 했네."

"집에서 나는 목소리를 들었을 텐데?"

나와 미레이는 도청 탐지기의 탐지 결과를 믿고서 사소한 일까지 속속들이 다 이야기했다.

"실시간으로 계속 듣고 있었던 건 아니야. 음성을 저장하기는 했지만. 그러고 보니 여자의 스토커라는 말도 거짓말이었군."

발뺌할 생각은 없는 듯했다.

"당신……, 누구야?"

얼음 깨기용 송곳에 묶인 종이에는 천칭 마크가 곁들여져 있었다. 따라서 여기에 오기까지 나는 동기 중 한 명과 대면할 것이라고 생각했다. 하지만 눈앞에 서 있는 몇 살일지 모를 남자는 내 동기가 아니다. 그렇다면 누군가의 사주를 받은 걸까.

"난 웹 뉴스 배달원이야."

"헛소리 집어치워. 당신이 무슨 짓을 했는지 알기는 해?"

"인터넷 뉴스 기사를 배달했지. 맞잖아?"

"외시경에 송곳을 꽂고, 열쇠 구멍도 망가뜨렸잖아."

"몰라. 그건 내가 한 짓이 아니야."

"그럴 리……."

몰아붙이기 전에 남자와 말이 겹쳤다.

"아랫집에서 나는 소리를 듣다가 안전한 타이밍에 인터넷 뉴스 기사를 넣는다. 의뢰 내용은 그것뿐이었어."

"의뢰한 사람의 이름은?"

"누굴 등신으로 아나. 고객의 이름을 말하겠냐?"

"경찰에 찔러 버리는 수가 있어."

그 말에 남자는 큭큭 웃었다.

"뭐가 그렇게 웃긴데?"

나는 주먹을 꽉 움켜쥐었다.

"인터넷 뉴스 기사를 우편함에 넣는 게 범죄야? 그럼 야한 전단지를 주는 거나, 원하지도 않는데 종교를 권유하는 것도 전부 범죄겠네?"

남자가 여유를 부리는 이유를 알았다. 의뢰인은 범행이 발각됐을 때를 대비해 어떻게 변명하라고까지 지시했는지도 모른다. 그래서 명확한 범죄행위는 인정하지 않았던 건가.

"집음기로 도청한 건?"

"도청기를 설치하려고 여자 집에 무단침입한 것도 아니고, 전화 회선을 따서 통화를 훔쳐 듣거나 무선으로 도청한 음성을 제삼자에게 유출한 것도 아니지. 결국 어떤 범죄에도 해당하지 않아."

도청 관련 규제에 관해 이야기한다는 건 알겠지만, 내용이 올바른지는 내 지식으로 판별할 수 없다. 하지만 확실한 점이 딱 하나 있었다.

"그거, 의뢰인이 알려 준 거지?"

"그렇다면?"

법률을 잘 아는 사람이라는 점만으로는 범인의 범위를 좁힐 수 없다.

"범죄가 아니라면, 괜히 돈 들일 것 없이 의뢰인이 직접 하겠지. 당신에게 죄를 뒤집어씌우기 위해 그럴싸하게 거짓말한 거야. 그런 의뢰인을 철벽같이 보호해 줄 필요가 있을까?"

"착각하는 모양인데, 난 고객이 선한 사람이라고 생각 안 해. 의뢰를 받아들인 건 그저 이해관계가 일치했기 때문이지. 죄를 뒤집어쓴다느니 뭐니, 빗나가도 한참 빗나갔어. 고객의 비밀을 지키는 건 계약 내용에 포함되어 있기 때문이야."

"이해관계라면, 돈?"

"물론이지. 더구나 이렇게 쾌적한 집도 마련해 줬는걸. 낡아빠졌어도 주거 부정자•에게는 천국 같은 환경이야. 꿩 먹고 알 먹기가 따로 없다니까."

몰아붙이려고 해도 미꾸라지처럼 빠져나간다. 이 말투도 상대를 기만하는 수단 중 하나일지 모른다. 생각했던 것 이상으로 골치가 아팠다.

• 노숙자나 피시방 따위를 전전하는 가출 청소년처럼 정해진 주거가 없는 사람을 가리킨다.

"돈을 주면 의뢰인의 이름을 알려 줄 건가?"

"무리하지 마. 아직 학생이잖아?"

"빚을 내서라도 줄게."

남자는 텁수룩한 턱수염을 손바닥으로 문질렀다.

"왜 그렇게까지 하려고? 그리고 가끔 이야기를 듣기로는, 여자의 남자친구도 아닌가 보던데."

"내가 지켜야 해."

"너 같은 사람은 싫지 않아. 하지만 힘은 못 되어 주겠군. 실은 나도 고객이 누군지 모르거든."

궁지에서 벗어나기 위해 둘러대는 것처럼 들리지는 않았다. 그 정도로 단정적인 말투였다.

"그자와는 메일로만 연락했어. 누구한테 소개받았는지는 모르지만, 일을 의뢰하더군. 계약할 연립주택, 설치할 기계, 우편함에 넣을 인터넷 뉴스 기사, 보수를 이체할 전자통장 계좌……. 그러한 정보를 전부 메일로 받았지."

"겉보기와는 어울리지 않는 작업 방식이로군."

한껏 비꼬아 말했다. 하지만 남자는 기분 상한 기색 하나 없이 이를 내보이며 웃었다.

"안 그러면 일을 못 하는 업계거든."

"도청 청부업자 같은 건가?"

"뭐든지 대행해 주는 주거 부정자야. 이 바닥에서는 꽤 유명하지."

어디까지 진심으로 받아들이면 될까. 경박한 말투로 떠들기는 하지만, 나는 현재 상대방의 영역에 발을 들여놓은 상태다. 긴장을 풀면 안 된다.

"우편함에 인터넷 뉴스 기사를 넣기 위해, 연립주택에 집을 얻으라고 하고 도청용 기계까지 준비시켰어. 이상하다는 생각은 안 들었나?"

"내게는 수상한 의뢰밖에 안 들어와. 멀쩡한 방법으로 해결할 수 있다면, 누가 나 같은 인간한테 부탁하겠어?"

지금 내가 해야 하는 일은 이 남자에게 죄를 인정시키는 것이 아니다. 남자를 뒤에서 조종하는 인물의 정보를 어떻게든 손에 넣어야 한다.

"아까 의뢰인과 메일로 연락했다고 했지?"

"아아……, 그건 무리야. 고객에게 메일을 보내서 꾀어 내라, 뭐 그런 거지? 안타깝지만 송신 전용 주소밖에 모르거든. 그리고……, 그자와 맺은 계약은 종료됐어. 철수하라는 메일을 어제 받았지."

"철수? 어째서?"

"그런 건 모른다니까. 만족한 것 아니겠어?"

뒷정리를 하느라 골판지 상자를 옮긴 것인가. 의뢰인에 관한 정보는 전혀 손에 넣지 못했다. 경찰에 신고할 수도 없고, 남자를 여기 붙잡아 둘 이유도 없다.

"여자한테 안부 전해 줘."

이 남자를 때려 봤자 아무것도 해결되지 않는다. 그런 것쯤은 나도 안다.

"우리 앞에 다시는 얼씬도 하지 마."

"안 그래도 그럴 거야. 아 참, 내게 일을 의뢰하고 싶으면 대행업자 사누마라는 이름으로 찾아봐. 광고는 따로 안 하지만, 부근의 노숙자에게 물어보면 찾을 수 있을 거야."

"당신을 용서한 건 아니야. 언젠가 반드시 대가를 치르게 해 주겠어."

"핫. 기대하고 있을게."

혹독한 패배감에 어금니를 악물고 303호실을 뒤로하는 수밖에 없었다.

14

한마디로 말하면 완패였다.

미레이에게 무고 게임을 신청한 사람의 이름은 알아내지 못했고, 사누마에게 제재를 가할 수도 없었다. 연립주택에서 벌어지던 악랄한 장난질은 멈췄지만, 사누마는 이미 철수 명령을 받았다니까 내가 303호실에 쳐들어간 것이 계기는 아니다.

연립주택 계약금, 도청기 구입비, 사누마에게 지불한 보수, 그 외 다양한 경비. 의뢰인은 이번 일에 꽤 많은 돈을 쏟아부었다. 미레이를 괴롭히는 것만이 목적이라면 방법은 그밖에도 얼마든지 있었을 것이다. 게다가 두 주 정도 만에 철수를 명령한 이유도 모르겠다.

풀리지 않고 남은 수수께끼가 너무나 많다. 주인이 기다리라고 명령한 후 죽어 버린, 가엾은 개가 된 것 같은 기분이었다.

내 명예를 훼손한 것과 악랄한 장난질로 미레이를 괴롭힌 것. 둘 다 아주 공들인 범행이었다. 자신은 모습을 드러내지 않고 남을 도구로 사용해 나와 미레이를 정신적으로 궁지에 몰아넣었다.

이제 다 끝났다고 생각할 수는 없었다. 더욱 무서운 범행이 기다리고 있을 것이라 각오하고 겁먹은 채 하루하루를 보냈다. 하지만 불안한 예감은 현실로 바뀌지 않았다.

기다리고 기다려도, 실제로 기다리는 것은 아니었고, 실현되기를 바라는 마음은 털끝만큼도 없었지만, 나와 미레이 주변에서는 아무 일도 일어나지 않았다.

침묵을 유지한 것은 무고 게임도 마찬가지였다.

가오루는 더는 고소를 받아들이지 않겠다고 선언했고, 새로운 심판자로 입후보하는 사람도 나타나지 않았다. 유일한 오락거리를 빼앗긴 동기 중에는 일방적으로 게임을 신청함으로써 항의의 뜻을 보이는 사람도 있었다.

천칭 모양 키홀더를 탑승부에 남겨 둔 후, 밖에서 엘리베이터를 긴급 정지시킨다.

그런 악질적인 감금 사건이 발생해도 가오루는 개정을 인정하지 않았다. 수긍하지 못한 피해자가 교무과에 호소한 결과, 방범 카메라에 찍힌 범인은 처분을 받았다. 가오루의 결단에 흔들림이 없다는 것을 깨달았으리라. 그 사건 후로는 교내에서 천칭이 발견되지 않았다.

그리고 우리는 호토대학교 로스쿨을 수료했다.

수료생은 사법시험에 합격할 때까지 학생도 사회인도 아닌 어중간한 존재가 된다. 알고는 있었지만, 막상 그 입장이 되자 현실에 발이 닿아 있지 않은 듯한 감각에 사로잡혔다. 불안을 지우기 위해서는 육법전서와 기본서를 놓아둔 책상에 달라붙어 공부하는 수밖에 없었다.

시설 앞에서 찍은 단체 사진과 우편함에 들어 있었던 인터넷 뉴스 기사를 잊어버린 것은 아니지만, 그러한 문제를 깊이 고민할 여유는 없었다. 아무 일도 일어나지 않는다면 상관없다는 식으로 점차 생각이 바뀌었다.

노력한 보람이 있어서인지는 모르겠지만, 나와 미레이는 사법시험에 한 번에 합격했다. 오 년 만에 합격자가 나와서인지 로스쿨은 축제 분위기였다. 사법시험에 합격한 것만으로 표창식이 열리고 학장과 악수까지 나누다니, 다른 로스쿨에서는 상상도 못 할 일이리라.

가오루도 교직원 쪽 참석자로서 표창식에 모습을 드러냈다. 수석으로 수료한 가오루는 미뤄 두었던 사법 연수를 받으러 가지 않고 대학교에 남는 길을 택했다. 법조인이 되지 않고 연구자가 되기로 결단을 내린 것이다. 지금은 나쿠라 교수님 밑에서 논문을 쓰는 중이라는 소문을 들었다.

사법시험 합격자는 사법 연수를 받느냐 마느냐의 갈림길에 선다.

불합격자는 이듬해 시험을 향해 달려가느냐, 방향을 전환하느냐의 갈림길에 선다.

무고 게임을 신청받았을 때와 마찬가지다. 결과가 나오면 그에 따른 선택지가 강제적으로 제시된다. 어떤 선택지가 정답이었는지는 다음 결과가 나올 때까지 알 수 없다. 아니, 몇십 년은 지나야 알 수 있을지도 모른다.

시험 하나를 계기로 각자가 각각 다른 길을 걷기 시작했다.

나와 미레이는 사법 연수를 받는 길을 선택했다. 약 일 년의 연수가 끝나면 드디어 법조인으로서 실무에 나서는 것이 인정된다. 그중 팔 개월은 배속된 임지에서 실무수습을 받는데, 우리는 각자 다른 현에 배속됐다.

수습 기간 중에는 서로 거의 연락을 하지 않았다. 바쁘기도 했지만, 무고 게임 때문에 애를 먹고 나자, 지금까지보다 더 거리를 두어야 한다는 생각이 들었다.

무명 로스쿨 출신이기도 해서 구직 활동을 할 때는 고생했다. 그래도 결국은 여러 법률 사무소에서 채용하겠다는 연락을 받았다.

왜 변호사가 되기로 마음먹었는가. 면접 때 여러 번 들었던 질문이다.

계기는 기타를 칼로 찌른 상해사건이었다.

소년 심판 절차를 밟는 동안 나는 수많은 법률 관계자와 만났다. 부첨인●인 변호사, 소년분류심사원의 법무교관, 가정법원의 조사관과 판사.

그들 중 한 명을 열렬히 동경해서 같은 길을 나아가기로 정했다……. 아쉽게도 그런 운명적인 만남은 없었다. 다만 법률의 재미와 심오함을 가르쳐 준 사람은 있었다.

내 마음을 잡아끈 건 법률을 다루는 사람이 아니라, 법률 그 자체였다.

시설에 들어가기 전부터 주변과 싸움을 벌일 때가 많았다. 치고받고 싸우는 것이 아니라 말싸움이었다. 그때마다 논리보다 감정이 우선되는 현실에 화가 났다. 울린 쪽이 잘못이다. 형

● 가정법원에서 심판받을 소년의 권리를 옹호 및 대변하는 사람을 가리킨다.

세가 불리해지면 언성을 높인다. 그렇듯 부조리한 현실을 도저히 용납할 수 없었다.

그렇게 삐뚤어진 인간이었기에 소년분류심사원에서 처음 접한 법률학에 강렬한 충격을 받았다. 법조문에 적힌 내용이 전부이며, 논리적인 해석만이 정의로 인정되는 세계. 부첨인을 맡은 변호사는 감정론이 아니라 법률론에 의거해 내게 이야기했다.

갱생 과정보다, 소년법의 이론과 밑바탕에 깔린 사상에 흥미가 생겼다. 부첨인은 점차 깊이 있는 법률 강의를 해 주었다.

감정이 끼어들 여지가 없는 학문은 그냥 공부만 하고 있어도 기분이 좋았다.

법학부에 진학한 후에도 법률학에 대한 흥미는 사그라들지 않았다. 오히려 학부 수준의 강의로는 성에 차지 않아, 자료실에 틀어박혀 전문 서적을 탐독했다. 로스쿨에 들어가기로 결심한 것도 이대로 취직하면 후회할 것 같았기 때문이다.

그렇다고 연구자를 지망할 생각은 아니었다. 그 정도까지 전문가가 되기는 불가능하다는 것을 알고 있었기 때문이다.

그러므로 변호사라는 직종에 강한 애착이 있지는 않다. 하지만 법조인 카드 세 장이 제시됐을 때, 판사보•와 검사 카드는 처음부터 내 선택지가 아니었다.

• 경험이 십 년 미만인 판사. 지방법원이나 가정법원에 배속되며, 혼자 재판을 담당할 수 없고 합의 재판에만 참여할 수 있다.

능력도 문제였지만, 나 스스로 뜻을 규정한 일그러진 정의가 판사보나 검사 직무와는 맞지 않을 것이 분명했다. 자신의 신념에 따라 수임 여부를 결정할 수 있는 변호사만이 내게 남은 유일한 카드였다.

어떤 변호사를 목표로 할 것인가, 나와 미레이의 관계는 어떻게 할 것인가, 과거와는 어떻게 결별할 것인가. 답이 나올 것 같지 않은 문제를 이리저리 고민하는 사이에 세월이 흘렀고, 길었던 마지막 수료 시험도 끝났다.

떨어졌을 리 없다고 생각하면서도 일말의 불안감을 지우지 못한 복잡한 심경으로 합격자 발표날까지 하는 일 없이 시간을 보내고 있을 때였다.

내 앞으로 메일이 한 통 왔다.

오랜만에 무고 게임을 개최하자

무고 게임의 개최를 인정할 수 있는 사람은 한 명뿐이다.

그것은 가오루가 보낸 메일이었다.

15

오랜만에 무고 게임을 개최하자.

어떤 인물이 고소를 했어. 누구인지는 와서 직접 보도록 해. 분명 의외일걸. 나도 놀랐을 정도니까.

변명으로 들릴지도 모르지만 고소를 받아들여야 할지 망설였어. 게임 중지를 선언한 후로 수많은 고소를 무시했으니, 왜 이제 와서 그러느냐고 화를 내는 사람이 있을 수도 있겠지.

그로부터 시간이 꽤 지났어. 내 나름대로 생각한 바도 있었고, 무엇보다 일찍이 심판자였던 사람으로서 이번 고소를 받아들이지 않을 수는 없겠더라고.

갑작스러운 이야기라는 건 알지만, 이번 주 토요일에 게임을 하기로 정했어. 모두 함께 자습실에 모였을 때와는 사정이 다르니, 못 오는 사람이 있어도 어쩔 수 없지.

시간은 토요일 오후 1시, 장소는 모의 법정. 그날 볼 수 있기를 기대할게.

본문을 다시 읽고 나서 휴대전화를 호주머니에 넣었다.

나는 토요일 오전 10시에 출발하는 신칸센에 앉아 있었다. 왼손으로 눈을 비비며 뒤쪽으로 흘러가는 창밖 풍경을 멍하니 바라보았다. 솔직히 메일을 처음 읽었을 때는 불참할 생각이었다. 오직 무고 게임을 보려고 일부러 멀리 외출할 마음은 들지 않았다.

하지만 그다음 날, 이번에는 미레이가 메시지를 보냈다.

'토요일에 갈 거지?'

나는 즉시 '응, 갈 거야.' 하고 답신했다. 스스로 생각하기에도 한심하다 싶을 만큼 의지가 부족하다.

메일에 적혀 있던, 받아들이지 않을 수 없었던 고소는 대체 어떤 내용일까.

가오루는 죄의 중대함만 보고서 고소를 받아들일지 말지 판단하지 않는다. 죄가 악질적이면 벌도 무거워질 수밖에 없으므로, 오히려 벌의 집행에 어려움이 생긴다. 중상을 입히거나 성적 자유를 침해하는 중대한 죄를 고소하면, 가오루는 경찰에 가라고 권할 것이다. 무고 게임을 개최하기 위해 적극적으로 사람들을 불러 모을 리 없다.

그보다는 가오루의 지적 호기심을 자극하는 일로 고소했을 가능성이 클 듯했다. 구체적으로 무슨 죄인지 예상하기는 힘들지만, 방어하려 했다는 의도가 인정될지 미묘한 정당방위나, 고의성 인정에 쟁점을 둔 절도 관련 고소라면 연구자로서 피가 들끓을지도 모른다. 그런 가오루의 모습은 별로 상상이 안 되지만.

한편으로 왜 지금에 와서 고소를 하느냐는 의문은 남는다.

우리는 이미 호토대학교 로스쿨을 수료했다. 그런 타이밍에 누가 누구에게 무고 게임을 신청한 걸까.

어쨌거나 모의 법정에서 전부 다 밝혀진다. 죄가 특정되기를 기다리자.

꾸벅꾸벅 조는 사이에 목적지에 도착했다. 오랜만에 들른 카페에서 점심을 먹고 나자, 지정된 시간까지 이십 분이 남았다.

코트를 입어도 이상하지 않을 계절이지만, 정문을 통과했을 때는 등이 땀으로 축축했다. 숨을 가다듬으며 손목시계를 보자 12시 55분이었다.

이것이 일이라면 잔소리 한마디쯤 들을지도 모르지만, 무고 게임은 특이한 동창회 같은 행사이므로 용서해 줄 것이다. 분명 지각하는 사람도 몇 명 있으리라.

그렇게 생각하자 서두르지 않아도 될 것 같았다. 게임의 첫머리는 넘겨도 상관없다. 건물 안을 빙 둘러보고 나서 모의 법정 문을 열자.

위쪽이 뻥 뚫린 입구 홀을 지나 멈출 때 몹시 흔들리는 엘리베이터를 탔다. 2층 통로 앞쪽에 자습실이 있지만 카드 키를 반납했으므로 안에는 못 들어간다.

이렇게 건물 내부를 돌아다녀 보니, 추억은 정말로 미화된다는 것을 실감했다. 정겨운 냄새가 난다는 둥 그 교수님은 건강하게 지내실까 궁금하다는 둥, 그런 그리움을 느끼는 날이 올

줄이야 학교 다닐 때는 상상도 못 했다.

학비 면제 제도가 있는 로스쿨 중에 고른 곳이 바로 여기였다. 처음에는 수준이 너무 낮아서 깜짝 놀랐다. 하지만 유키 가오루라는 이단적인 재능의 소유자를 만나 그 이상으로 충격을 받았다.

이 년째에는 믿을 만한 교수와 나름대로 친한 친구도 생겼다. 사법시험이 겁나서 닥치는 대로 노트에 필기를 했다.

무고 게임이 시작된 후로는 기억이 특히나 선명하게 남아 있다.

복구가 불가능할 만큼 뒤틀린 인간관계를 보았다. 유치하다고 생각했던 게임에 점점 흥미가 생겼다. 고소인으로서 참가해 벌이 얼마나 무서운지 알았다. 미레이의 집 현관문에 꽂힌 송곳을 보았을 때는 진심으로 분노가 치밀었다.

수료와 동시에 로스쿨에서 쌓은 기억은 추억으로 바뀌었다.

어머니와의 추억, 학교의 추억, 아동양육시설의 추억……. 수많은 추억을 색인으로 만들어 저장함으로써 과거에 사로잡히지 않고 살아 왔다.

하지만 로스쿨의 추억만큼은 어떤 라벨도 붙지 않은 채 표층에 머물고 있다. 분명 무고 게임의 기억이 추억 속에 앙금처럼 가라앉아 있기 때문일 것이다.

기억이 전부 추억으로 바뀌었다고 생각한 것은 착각에 불과했다. 완전히 녹지 않은 기억이 이물질처럼 내 다리에 엉겨 붙어 앞으로 나아가려는 것을 방해한다.

여기에 돌아오길 잘했다. 한 번 더 기억과 똑바로 마주해 보자.

1시 5분에 나는 모의 법정의 문을 열었다.

신원 증명 절차는 끝났을까, 누가 고소인으로 증언대에 서 있을까, 방관자는 얼마나 모였을까. 그런 생각을 하며 발을 들여놓았다.

하지만 모의 법정에 들어선 순간, 머릿속이 새하얘졌다.

모든 것이 달랐다. 내가 예상했던 것들은 무엇 하나 존재하지 않았다.

오 분이나 늦게 문을 열었으니 몇몇이 시선을 줄 것이라고 예상했다.

하지만 나를 보는 사람은 없었다. 애당초 방청석에는 아무도 앉아 있지 않았다.

방을 잘못 찾아온 것은 아니다.

따라서 예고된 무고 게임이 진행되고 있어야 한다.

대체 어떻게 된 일일까. 나는 혼란스러운 심정으로 나무 울타리 안쪽을 보았다.

거기에 답이 있을 것 같았다. 답이 있기를 바랐다.

눈앞에 처참하다고밖에 형용할 수 없는 광경이 펼쳐졌다.

증언대 앞에 사람이 쓰러져 있었다.

천장을 올려다보듯 똑바로 누운 그 사람의 가슴에는 칼이 꽂혀 있었다.

천칭 모양 펜던트가 달린 접이식 나이프.

그것이 법대 상판이 아니라 사람 가슴에……, 꽂혀 있었다.

칼은 빨갛게 물들었다. 원래 하얀색이었을 셔츠도 빨갛게 물들었다.

흘러나온 붉은 피는 도중에 검은 법복에 흡수됐다.

무슨 색으로도 물들지 않는 칠흑 같은 법복은 판사라는 직무의 중립성을 상징한다.

확실히 붉게 물들지는 않았다. 하지만 그게 뭐 어쨌다는 말인가.

피가 잔뜩 흘러나왔다는 사실 자체는 변함없는데.

법복 소맷자락 밑으로 축 늘어진 가느다란 팔. 눈가에 드리워진, 곱슬기가 있는 검은 머리.

잘못 봤을 리 없다, 착각했을 리 없다.

어째서……, 이런 일이…….

피를 흘리며 쓰러져 있는 사람은 가오루였다.

살아 있는 것처럼 보이지는 않았다. 그만큼 피를 많이 흘렸고, 뒤틀린 자세 그대로 아무 움직임도 없었다.

비현실적인 광경에 직면하자 구역질이 올라왔다.

시각과 후각이 함께 죽음을 인식했다.

느닷없이 눈물이 날 것 같았다. 죽음을 접한 것은 이번이 두 번째였다.

비명조차 나오지 않았다. 도움을 요청하자는 생각도 떠오르지 않았다.

증언대 안쪽에는 서기관석이 있다. 거기 놓인 가로로 길쭉한 책상 뒤편에서 뭔가가 움직였다. 방청석에서는 보이지 않는 곳이다. 반사적으로 뒷걸음쳤다.

"기요요시……!"

계속 찾고 있었던 사람이 거기 있었다. 하지만 여기에는 있지 말았으면 했다.

아직 위험이 물러가지 않았을 가능성이 있었으니까.

그녀가 이 위급하고 곤란한 상황을 만들었을지도 모른다는 우려가 있었으니까.

"움직이지 마. 그쪽으로 갈게."

그녀에게 다가가는 수밖에 없었다. 그것이 내게 주어진 의무였다.

떨리는 손으로 나무 울타리를 밀자 삐걱, 하고 소리가 났다.

증언대에서 고개를 돌리고 서기관석으로 향했다. 심장이 미친 듯이 뛰었다.

숨을 크게 들이마셨다. 그래야만 말이 나올 것 같았다.

"미레이."

털썩 주저앉아 있던 미레이가 내 얼굴을 똑바로 쳐다보았다.

블라우스, 치마, 양손. 전부 빨갛게 물들었다.

그 색깔의 정체가 뭔지 안다. 가오루의 가슴에서 뿜어져 나온 피다.

소리도 없이 일어선 미레이가 오른손을 내밀었다.

미레이의 오른손이 내 오른손에 닿았다.

풀을 칠한 듯 끈적거리는 피의 감촉과 함께, 미레이의 가느다란 손가락이 내 주먹 속에 들어왔다. 미레이가 손을 뗀 후에도 내 손바닥에는 비닐 같은 것이 남아 있었다.

비 내리는 날의 철봉을 연상시키는 독특한 피 냄새가 코에 들러붙었다.

"이건?"

미레이는 아무 말도 하지 않았다. 말을 잊어버린 것처럼 입을 꾹 다물었다.

"무슨 일이 있었던 거야? 다른 사람들은?"

대답해 주길 바랐다. 긍정이든 부정이든 좋으니 미레이의 목소리를 듣고 싶었다.

"가오루는 왜 쓰러져 있는 거야?"

틀렸다. 그저 쓰러져 있는 것이 아니다.

하지만 죽음이라는 말을 꺼낼 수는 없었다.

"미레이가 발견한 거야?"

그것도 틀렸다. 발견했을 뿐이라면 온몸이 피로 물들지 않는다.

나는 현실을 받아들이기가 두려울 뿐이다.

"왜 아무 말도 없어?"

나는 똑바로 마주해야 한다.

칼, 피, 가오루의 시체……, 그 모든 것과.

"내가 죽였다고 생각해?"

감정 기복이 느껴지지 않는 말투로 미레이가 물었다.

"그건……."

"날 믿어 줄래?"

뭘 믿으면 좋을지 모르겠다. 그래도 고개를 끄덕이는 것 말고 다른 선택지는 없었다.

"믿을게. 그러니까 전부 다 이야기해 줘."

미레이가 다음에 무슨 말을 꺼낼지 전혀 예상할 수 없었다.

내가 죽였어. 난 안 죽였어.

나는 뭐라고 대답하면 될까. 무슨 말을 돌려주면 될까.

"잠시 후에 경찰이 올 거야. 난 조만간 체포되겠지."

"그런……."

"기소되는 건 좀 더 나중일 테고."

"미레이, 무슨 소리를……."

"부탁이야, 기요요시. 내 변호인을 맡아 줘. 예전의 모의 재판처럼. 기억하지? 기요요시가 변호인 역할이고, 내가 피고인 역할이었잖아."

오늘 이 모의 법정에서 무고 게임이라는 기억에 막을 내릴 작정이었다.

하지만 아니었다.

가오루의 가슴에서 앞뒤로 흔들리는 작은 천칭 모양 펜던트.

내게는 그 불규칙한 움직임이 다음 게임의 개최를 알리는 것처럼 보였다.

제2부

법정유희

1

나는 중학교 3학년 여름에 처음으로 죽음을 접했다.

동아리 활동을 마치고 집으로 돌아가자 어머니가 목을 매고 죽어 있었다.

언젠가 이런 날이 올지도 모른다는 예감은 들었다. 그래서 실컷 울고, 속에서 올라온 위액을 토하고 나서 얼마 지나지 않아 죽은 어머니와 결별할 수 있었다.

아버지는 처음부터 없었다. 어머니에게 자세한 사정은 못 들었지만, 애당초 누군지 모르거나 알지만 거부당했거나, 둘 중 하나일 것이다.

어머니는 애정도 증오도 똑같이 주려 하지 않는 중립적인 방식으로 나를 키웠다.

그런 의미에서 볼 때, 빚도 재산도 남기지 않고 인생을 마감한 것은 어머니가 살아온 방식 그 자체였다고 할 수 있겠다.

장례식에 친척이라고 할 만한 사람은 아무도 오지 않았다. 시청 직원은 시신을 인수해 줄 사람이 나타나길 기대한 모양이지만, 나는 어머니 말고 나와 한 핏줄인 사람을 본 적이 없었다.

엑스트라 같은 무관계한 사람들에게 둘러싸인 채 어머니의 시신은 화장됐다. 하얀 연기를 바라보다가 구멍이 많은 뼈를 가지고 돌아왔다. 그 장례식에는 어떤 의미가 있었던 것일까.

그리하여 나는 열다섯 살의 나이에 외톨이가 되고 말았다.

하지만 그 후의 인생에 절망한 것은 아니었다. 나라에서 불쌍한 중학생을 내버려 두지는 않을 것이라고 어쩐지 낙관적으로 생각했다. 혼자 살아가는 것이 이상적이었지만, 권리에는 의무와 제약이 따른다는 사실과 자유를 얻으려면 대가가 필요하다는 사실을 어리나마 내 나름대로 이해하고 있었다.

예상했던 대로 국가에서 최소한의 생활환경을 제공해 주었다.

아동양육시설 마음의 집. 그곳이 내가 공동생활을 하게 된 곳이었다.

마음의 집에서는 나와 나이가 비슷한 아이부터, 아직 혼자 서지도 못하는 어린아이까지 다양한 입소자가 함께 생활했다. 20세 미만이고 가족이나 친척과 함께 살 수 없는 사정이 있어야 입소가 가능했다. 시설에서 불행한 신세를 이야기하는 것은 금지라고 입소했을 때 직원에게 설명을 들었다. 동정을 바라지는 않았으므로, 그 규칙은 고마웠다.

시설 생활은 상상했던 것보다 쾌적했다. 과도하게 간섭하는 직원은 없었고, 성가신 인간관계에 골머리를 앓을 일도 없었다. 거리감을 설정하기까지는 입소자들을 대하기가 거북했지만, 곧 학교 친구들보다 마음 편히 접할 수 있었다.

초등학생들은 형처럼 따랐고, 고등학생들은 남동생처럼 귀여워해 주었다. 가족 놀이를 하는 것 같아서 낯간지러웠지만, 신기하게도 점차 온기가 느껴졌다.

어느덧 마음의 집이 내 유일한 보금자리가 되었다.

고등학교 입학식을 치렀을 때쯤 미레이가 시설에 입소했다.

미레이의 첫인상은 그다지 좋지 않았다.

불행에 지배당하고 있다고 하소연이라도 하듯 어둡고 탁한 눈. 입 밖에 내어 말하지는 않았지만, 얼굴만 마주 봐도 불행한 신세를 자랑하는 것 같은 기분이 들었다.

다가가기 힘들 만큼 단정한 용모도 한몫해서인지 미레이는 시설 생활에 적응하는 데 고생하는 것처럼 보였다. 아니, 애당초 미레이는 입소자들과 사이좋게 지낼 생각이 없었는지도 모른다.

만난 지 한 달쯤 지난 어느 날, 나는 처음으로 미레이와 제대로 이야기를 나누었다.

우리는 다른 고등학교에 다녔다. 그래서 시설 밖에서 뭘 하며 지내는지는 서로 아는 바가 없었다. 나는 수업이 다 끝나면 도서실에서 시간을 때웠지만, 그날은 도서 교체 작업이 있어서 학교에 남아 있을 수 없었다.

어디 들를 돈도 없어서 시설로 돌아가는 길에, 시설 근처 공원에서 낯익은 얼굴을 발견했다. 미레이가 운동복 차림으로 모래밭에서 터널을 만들고 있었다. 미레이의 정면에는 초등학교 고학년으로 보이는 소년이 앉아 있었다. 모래가 잔뜩 묻었는데도 아랑곳없이 웃는 미레이의 얼굴에 시선을 빼앗겨 잠시 두 사람을 바라보았다.

그러자 내가 있는 줄 알아차렸는지 미레이가 삽을 쥔 채 오른손을 쳐들었다.

"저기. 한가하면 좀 도와줘!"

부드러운 표정, 더러워진 운동복, 큰 목소리. 전부 지금까지 미레이에게 품어 왔던 이미지와는 동떨어진 모습이었다. 나는 모래밭으로 다가가 익숙지 않은 손놀림으로 터널을 넓혔다.

"형, 진짜 못 한다."

소년의 말에 미레이는 웃었다. 날이 완전히 저물고 나서야 작은 터널을 하나 뚫었다. 소년은 이만 가야겠다는 말을 남기고 먼저 달려갔다.

"재는 누구야?"

"늘 혼자 이 공원에 있어. 근처에 사는 아이 아닐까?"

"그래? 동생인 줄 알았네."

"멀쩡한 가족이 있으면 그런 시설에 안 가겠지."

거북한 침묵이 흘렀다.

"어, 그러니까……, 아이를 좋아해?"

순간적으로 떠올린 질문을 꺼내자 미레이는 차가운 눈빛을 던졌다.

"아이를 좋아하느냐니, 무슨 뜻이야? 넌 아이냐 어른이냐로 좋고 싫고를 정해? 난 개가 좋을 뿐이야."

미레이는 운동복에 묻은 모래를 털고 혼자 시설로 돌아갔다. 미레이가 왜 화를 냈는지 그때는 이해가 되지 않았다.

다음 날 방과 후, 도서실에 들르지 않고 비슷한 시간에 자전거를 타고 공원으로 향했다. 미레이와 소년은 웃으며 그네를 타고 있었다.

"앗! 형이다!"

날이 저물 때까지 논 후, 소년은 어딘가로 돌아갔다.

다음 날도, 그다음 날도.

미레이 말처럼 소년은 매일같이 공원에 왔다. 시간이 날 때는 나도 함께 놀았다. 소년과 둘이서 놀기도 했고, 셋이 함께 놀기도 했다.

공원에서 놀 때는 평소 눈도 마주치지 않는 미레이와도 자연스레 이야기를 나눌 수 있었다. 소년이 안고 있는 사정에 대해 미레이는 말을 아꼈다.

그래도 계속 같이 놀다 보면 보고 싶지 않은 것도 보이는 법이다.

소년의 이름은 도오루. 처음에 짐작했던 대로 도오루는 초등학교 5학년이었다.

다니는 학교가 근처라 학교를 마치면 혼자 공원에 온다.

지정한 시간까지는 돌아오지 말라고 어머니가 무섭게 명령했기 때문이다.

시킨 대로 하지 않으면 지독한 꼴을 당한다. 시킨 대로 해도 지독한 꼴을 당한다.

철봉에 매달린 가느다란 팔, 흙덩이를 쥔 손, 공원을 뛰어다니는 두 다리.

몸 여기저기에 상처가 생생하게 남아 있었다.

그것과 비슷한 흉터를 시설에서 몇 번 본 적 있었다.

왕따나 학대. 도오루의 이야기를 듣고 후자일 가능성이 크다고 결론을 내렸다.

당연히 미레이도 알고 있었다. 알면서도 일부러 언급하지 않는 것처럼 보였다.

처음으로 남을 돕고 싶었다. 하지만 행동에 옮길 용기를 짜

낼 수 없었다.

내 무력함을 저주했지만 문제는 의외의 형태로 해결의 길에 다다랐다.

도오루가 마음의 집에 입소한 것이다.

어머니에게 버려진 것인지, 학교 선생님이나 경찰이 보호조치를 취한 것인지는 아직도 모른다. 절박한 위험에서 벗어났다는 사실만으로도 나는 만족하기로 했다.

놀란 내 얼굴을 보고 도오루는 깔깔 웃었다.

도오루의 입소는 미레이에게도 좋은 결과를 가져다주었다. 붙임성이 좋은 도오루는 시설 생활에 금방 적응했지만, 그래도 입소하기 전부터 알고 지냈던 우리를 졸졸 따라다녔다. 덕분에 미레이는 거리가 생겼던 다른 입소자들과 가까이 지낼 수 있게 됐다.

나, 미레이, 도오루는 시설에서 많은 시간을 함께 보냈다. 나와 미레이가 나란히 걷고, 도오루가 조금 뒤에서 종종걸음으로 따라온다.

진부한 말일지도 모르지만 행복한 나날이었다.

대학에 진학해 유명한 기업에 취직해서 행복한 가정을 꾸린다. 그런 비현실적인 행복을 동경하지는 않았다. 스무 살이 되어 퇴소하는 날까지 지금 같은 관계가 유지되면 만족이었다.

하지만 그런 작은 소원조차 이루어지지 않았다.

도오루가 입소한 지 두 달쯤 지났을 무렵, 시설에서는 숨바꼭질이 유행이었다. 하급생이 숨고 상급생이 찾는다. 제한 시간까지 들키지 않은 하급생은 저녁 식사 때 디저트를 하나 더 받을 수 있다. 그것이 전부인 흔한 놀이였다.

그날의 디저트는 도오루가 아주 좋아하는 슈크림이었다. 상품에 마음을 빼앗겨 반드시 이겨야겠다고 생각했으리라. 도오루는 금기시되는 곳에 숨었다.

제한 시간이 지나 승자가 결정됐는데도, 저녁 식사 시간에 슈크림을 두 개 놓아두었는데도, 도오루는 나타나지 않았다. 어떻게 된 일인가 싶었지만, 밤이 되면 나타날 것이라고 생각했다. 실제로 소등 시간이 되기 조금 전에 도오루는 내 방을 찾아왔다.

"기요요시 형."

도오루는 혀짤배기 같은 목소리로 내 이름을 불렀다.

"어디 갔었어? 다들 찾았잖아."

"나, 어쩌지……."

도오루는 안절부절못하는 모습이었다. 무슨 일이 생겼음을 바로 알아차렸다.

"진정해. 누구랑 싸우기라도 한 거야?"

"아니야! 그런 게 아니라고."

"더 안 좋은 이야기?"

이 시점에서 불길한 예감은 들었다.

"비밀로 해 줄래?"

"응. 아무한테도 말 안 할게. 일단 앉아."

침대 가장자리에 앉히고 도오루가 입을 열기를 기다렸다.

"나, 선생님 방에 숨어 있었어."

"거기는 들어가면 안 된다고 했잖아."

마음의 집에서 선생님이라고 불리는 직원은 원장인 기타뿐이었다.

"하지만 슈크림이……."

"알았어. 야단은 나중에 칠게. 꽃병을 깨뜨렸다든가?"

"아니. 옷이 많이 들어 있는 곳에 숨었어."

"옷장 말이야?"

"거기라면 들키지 않을 것 같아서."

"일단 그 방을 찾아볼 생각조차 하지 않을 테지. 그래서?"

규정은 어겼지만, 모르는 척 시치미를 뚝 떼고 돌아오면 문제는 발생하지 않았을 것이다.

"선생님이 들어와서 못 나가게 됐어."

"아아……, 그랬구나."

기타가 방에 머무는 한, 도오루는 옷장에서 못 나온다.

숨을 죽이고 들키지 않기를 빌 수밖에 없다. 확실히 무서운 체험이었으리라.

"혼나기 싫어서 선생님이 나가기를 기다렸어."

"기다리다 보니 이런 시간이 된 거야?"

"그건 그런데, 그런 게 아니라……."

"도오루. 확실히 말해야 알아듣지."

기타의 방에서 무슨 일이 일어났을지 이런저런 생각을 해 보았다.

하지만 전혀 예상외의 답이 돌아왔다.

"미레이 누나가 방에 들어왔어."

"뭐?"

혼란스러운 머리로 상황을 정리하려 애썼다. 방에 숨어 있는 하급생을 찾으러 온 것은 아니리라. 애당초 미레이는 숨바꼭질에 참여하지 않았다.

"면담이라도 한 거야?"

"아니. 잘 모르겠어. 하지만 옷을 벗었어."

"누가?"

"그러니까……, 미레이 누나가."

"거짓말……, 이지?"

"선생님이 옷을 홀딱 벗은 미레이 누나를 카메라로 찍었어. 그리고……."

"그만!"

더 이상 말을 하게 놔둬서는 안 될 것 같았다.

"나도 다 알아. 엄마가 여러 남자랑 그런 걸 했거든."

"도오루."

결국 나는 기타의 방에서 무슨 일이 있었는지 처음부터 끝까지 다 들었다.

"무서워서 미레이 누나를 구하지 못했어."

"아니야. 도오루 잘못이 아니야."

"미레이 누나, 막 울었어."

도오루가 꺼내는 말 한 마디 한 마디가 내 가슴에 비수처럼 꽂혔다.

"오늘은 이만 자자."

"하지만……, 다른 사람들에게 말 안 해도 돼?"

"우리 둘만의 비밀로 해 두자. 내가 어떻게든 할게. 알았지?"

도오루는 고개를 살짝 끄덕이고 방에서 나갔다.

미레이가 성적 학대를 당하고 있다. 나는 그 사실을 알아차리지 못했다. 지금까지 원장 기타와 이야기할 기회는 거의 없었고, 까다로워 보이는 사람이라는 인상이 앞섰다.

소중한 사람이 더럽혀졌다. 그 사실만으로도 마음을 독하게 먹을 수 있었다.

다음 날부터 나는 미레이의 행동을 관찰하기 시작했다. 미레이는 혼자 행동해도 의심받지 않을 타이밍을 노려 기타의 방에 드나들었다. 미레이의 딱딱한 표정을 보고 도오루의 말이 진실임을 확신했다.

순순히 인정할 성격이 아니라는 것을 알기에, 본인에게 직접 사실관계를 확인할 생각은 없었다. 어떻게 미레이를 구해 낼 것인가, 그 방법만 계속 궁리했다.

어느 날 소등 후, 도오루가 문도 두드리지 않고 방에 들어왔다.

"세토보에라고 알아?"

초등학생에게는 어울리지 않는 말이었으므로 머릿속에서 한자로 바꾸는 데 시간이 걸렸다.

"정당방위? 응, 들어는 봤어."

"못된 짓을 한 사람에게는 반격해도 용서받을 수 있대."

조금 오해하는 것 같기도 했지만, 부정은 하지 않았다.

"흐음. 그래서?"

"놈은 미레이 누나에게 못된 짓을 했어. 그러니까 우리가 해치우자."

"못된 짓을 당한 건 우리가 아니잖아. 정당방위는 본인이 반격했을 때만 성립해."

"아니야. 텔레비전에서 봤는걸."

도오루는 물러서지 않았다. 시설에 있던 컴퓨터로 검색한 결과 형사상 정당방위는 타인의 법익을 방어하는 행위에도 성립한다고 적혀 있었다. 잘못 알고 있었던 것은 나였다.

그 기사를 읽으며 머릿속으로 한 가지 계획을 세웠다.

사전 준비차 정보와 도구를 모으는 데는 그렇게 많은 시간이 걸리지 않았다.

미레이를 지키기 위한 무기는 중고상점에 있던 중고 접이식 나이프로 정했다. 칼날에 녹이 슬었지만 신품을 살 돈은 없었다. 증거를 남길 카메라를 입수하느라 고생했지만, 결국 기타의 방에 있는 카메라를 사용하기로 했다.

순식간에 계획을 결행할 날이 찾아왔다.

파트너가 초등학생이라 불안하기는 했지만, 달리 의지할 수 있는 사람은 없었다. 미레이가 계획을 눈치챈 낌새는 없었고, 오후 4시 반에 기타의 방에 간다는 것도 알고 있었다.

우리가 세운 계획은 단순했다.

평소와 같은 시간에, 평소처럼 역할을 분담해 숨바꼭질을 한다.

기타의 방에 들어간 도오루는 비디오카메라를 들고 옷장에 숨는다. 나도 하급생을 찾는 척하며 커튼 뒤쪽에 몸을 숨긴다. 그러고는 미레이와 기타가 방에 오기를 기다릴 뿐이다. 나는 호주머니에 든 칼을 쥔 채, 이것은 용서받을 수 있는 행동이라고 나 자신을 타일렀다.

일단 기타가 아무도 없을 것이라 믿고서 문을 열었다. 내가 숨어 있는 커튼 바로 앞의 의자에 앉았을 때는 심장이 터질 것만 같았다.

그리고 미레이가 방으로 왔다. 철컥, 하고 자물쇠를 잠그는 소리가 들렸다.

"뭐 해?"

천박하고 걸걸한 기타의 목소리.

"아니요……, 그냥."

"시간 없어. 빨리 벗어."

미레이는 거부하지 않고 셔츠 단추를 끌렀다.

"촬영할 때 정도는 좀 웃어 봐."

기타가 테이블에 놓여 있는 비디오카메라를 집어 드는 모습이 보여서 놀랐다. 도오루가 가지고 있기로 했던 물건이었기 때문이다.

이것저것 생각할 여유는 없었다. 나는 커튼 뒤쪽에서 뛰쳐나왔다.

"미레이에게서 떨어져!"

느닷없이 나타난 나를 보고 기타의 표정이 굳었다.

미레이는 앞이 벌어진 셔츠를 손으로 붙잡고 내게서 얼굴을 돌렸다.

"뭐야……, 넌."

"당신이 무슨 짓을 했는지 다 알아."

호주머니에서 칼을 꺼내 기타를 위협했다.

"진정해. 이건 그냥 교육이야."

"이딴 짓이 무슨 교육이야……."

두 사람이 있는 곳으로 조금씩 다가갔다.

"그런 흉기까지 준비하다니, 이 시설에서 쫓겨날 거다."

"이딴 곳에는 아무 미련도 없어!"

기타를 찌를 마음은 없었다. 칼로 위협해 무슨 짓을 했는지 자백을 받고, 그 모습을 도오루가 촬영한다. 그리고 영상을 삭제해 주는 대신, 다시는 미레이를 건드리지 않겠다는 약속을 받아 낸다.

그것이 미레이를 구해 낼 유일한 방법이라고 생각했다.

"대가를 요구하는 게 잘못이야?"

"……뭐라고?"

"갈 곳 없는 너희를 거두어 준 게 누구냐? 돈 없는 너희를 키워 준 게 누구냐고? 그 비용이 어디서 나오는지 알지도 못하면서. 너희는 쓸모없는 짐 덩어리야. 자……, 놀이는 끝났어. 칼 치우고 방에서 나가."

기타의 말투와 기세에 나는 기가 죽었다.

"개소리 하지 마!"

"손을 덜덜 떨면서 센 척하기는."

기타가 성큼성큼 다가왔다. 칼을 쥐고 있는데도 다가온 만큼 물러나는 바람에, 금방 벽에 등을 부딪쳤다.

"……오지 마."

"그거 치우라고 했을 텐데."

기타가 칼을 쥐고 있는 내 오른쪽 손목을 붙잡았다. 고통으로 얼굴이 일그러졌다.

"놔!"

"말본새부터 고쳐 놔야겠군."

기타의 손을 뿌리치기 위해 상반신을 비틀었지만, 기타가 무릎으로 명치를 찍었다. 신음과 함께 위액이 밀려 올라왔다.

"그만해!"

미레이가 비통하게 소리쳤다.

손목을 힘껏 쳐들자 쭉 들려 올라간 칼이 기타의 왼뺨을 스쳤다.

"이 자식이……."

기타가 핏발 선 눈으로 내게 덤벼들려고 했다.

반사적으로 칼을 가슴께로 끌어당겼다. 그때 기타가 몸을 포갤 듯이 뛰어들었다.

"컥."

둔탁한 신음. 확실한 감촉이 손바닥에 남았다.

칼을 뽑자 기타는 카펫 위에 쓰러졌다.

"아니야, 이럴 생각은……."

머릿속이 새하얘졌다. 어쩔 줄 몰라 매달리는 심정으로 미레이를 보았다.

그때 옷장에 숨어 있을 도오루가 생각났다.

"아무나 좀 불러와!"

하지만 도오루는 나오려는 낌새가 없었다. 옷장 근처에 서 있던 나는 바들바들 떨리는 손을 뻗어 옷장 손잡이를 당겼다.

텅 빈 구멍 같은 공간이 눈에 들어왔다. 옷장 속에는 아무도 없었다.

"어째서……."

어찌 된 일인지 알 수가 없었다. 도오루는 어디로 갔을까. 옷매무새를 고친 미레이가 다가왔다. 그리고 눈물을 글썽이며 쓰러진 기타 옆에 쪼그려 앉았다.

"아직 살 수 있을지도 몰라."

기타는 고통스러워하는 표정이었지만, 의식은 잃지 않았다. 칼날이 녹슬어서 깊이 찔리지 않은 걸까.

"……끝장을 내는 게 나을까?"

내 입에서 그런 말이 튀어나와서 놀랐다.

"이걸로 충분하니까, 진정해."

"아니야, 미레이……. 사실 찌를 생각은 없었는데."

"알아. 다 알아."

미레이는 셔츠 소매로 눈물을 닦고 나서 말했다.

"도오루가 함께 있기로 했는데……."

"생각은 나중에 하자. 지금은 이 인간을 살리는 게 먼저야."

"하지만……."

더는 아무 말도 꺼낼 수가 없었다.

미레이가 입술로 내 입술을 막았기 때문이다.

“이번에는 내가 널 지킬게.”

입술을 뗀 미레이는 내게 미소 지었다.

2

모의 법정에서 비극이 벌어지고 약 사 개월 후.

나나우미 경찰서의 유치 시설. 이 건물에서 나는 한 피의자와 접견하고 있었다.

아크릴 판 건너편에 앉아 있는 사람은 무덤 털이범이었다.

“본인이 무슨 죄로 체포됐는지는 아시죠?”

“네, 그럼요. 알다마다요.”

무덤 털이범의 이름은 곤다 사토시.

나이 66세에 무직, 주거는 부정…….

범죄자로서는 더할 나위 없는 신상과 경력이다. 반사회조직에 면접을 보러 가면 즉시 채용될 인재라 할 수 있으리라. 홀가분한 신세라 얽매일 것이 없는 인간은 버리는 패로 중요하게 사용된다.

곤다는 누레진 이를 내보이며 알랑거리는 웃음을 지었다. 목소리가 들리도록 아크릴 판에 뚫어 놓은 구멍으로 시큼한 입냄새가 풍기는 것 같았다.

"나나우미에 있는 묘지에서 절도 행각을 되풀이하셨죠?"

"참 부끄러운 이야기입니다."

"뭘 훔치셨습니까?"

서류는 훑어 보았지만, 본인에게 직접 들어야 의미가 있다.

"그야……, 여러 가지요."

"그 여러 가지가 뭔지 대답해 주십시오."

일부러 딱딱한 어조로 말했다.

곤다와는 나이가 꽤 많이 차이 나지만, 강경한 자세를 무너뜨려서는 안 된다. 변호인과 피의자의 역학 관계는 간단히 뒤집히는 법이니까.

재산이 일정액에 미치지 못하는 피의자는 법원에 국선 변호인을 선임해 달라고 신청할 수 있다. 국가가 비용을 대서 피의자의 권리를 지켜 주는 제도다.

"참 엄하신 변호사 선생님이시네요. 화병과 향로요. 이게 의외로 비싸게 팔려요."

곤다는 실실 웃었다. 지금까지 살면서 체포와 구류를 여러 번 경험해 본 탓에 근거 없는 여유를 부리는 것이리라. 초범이라면 이런 태도로 나올 리 없다.

선임 통지서를 받고 막 달려왔으므로, 이제부터 손으로 더듬어 나가듯 정보를 얻을 필요가 있었다.

"팔아 치울 목적으로 훔치신 겁니까. 그런데 왜 묘지에서?"

"그게, 실은 제가 묘지에 살고 있거든요."

"묘지에……. 주지 스님이라는 말씀이십니까?"

나는 구류장의 사본을 가지고 있다. 어떤 피의 사실 때문에 구류됐는지 기재한 서면이다. 거기에 직업은 무직이고, 주거는 부정이라고 똑똑히 적혀 있었다.

"그렇게 거창한 신분은 아니고요. 묘지에 기거하고 있을 뿐입니다."

"요컨대 노숙자라는 말씀이군요."

"네, 이 또한 부끄러운 이야기네요."

"묘지에 기거한다는 건……, 관리자의 허가를 받고?"

내가 말해 놓고도 이해가 좀 안 되는 말이었다.

"허가가 필요한 줄은 몰랐습니다. 공부가 됐네요."

짐짓 꾸며 낸 듯한 반응. 즉, 확신범•이다.

"친족의 무덤이 거기에 있습니까?"

"글쎄요. 모르겠습니다."

"왜 묘지에? 지내기 편한 곳은 아닐 텐데요."

축삼시••, 벌레 소리만 어둠 속에 울려 퍼지는 가운데 노인이 묘비 근처에 누워 있다. 그런 무시무시한 정경이 떠올랐지

• 일본에서는 주로, 나쁜 짓인 줄 알면서도 그 행위를 저지르는 사람을 뜻한다.
•• 오전 2시부터 2시 30분 사이. 일본에서는 귀신이 가장 활발하게 활동하는 시각으로 여긴다.

만, 돌아온 것은 현실적인 답변이었다.

"비바람은 못 막지만, 굶주릴 일은 없으니까요."

"그게 무슨……."

"공물 말입니다, 공물."

한순간 할 말을 잃었다.

"성묘를 하러 온 사람이 공양하고 간 음식을 훔쳐서 먹는다고요?"

"그런 셈이죠. 마음에 드는 무덤이 있거든요."

신앙심이 없는 나조차 천벌 받을 짓이라고 욕하고 싶어질 만큼 어리석은 짓이었다.

"그거, 취조받을 때 말씀하셨습니까? 구류장에는 화병과 향로 절도만 피의 사실로 기재돼 있는 것 같은데요."

"어떻게 생활하느냐고 묻길래 대답했죠."

곤다는 주눅 드는 기색 하나 없이 대답했다. 취조를 담당한 경찰관이 무덤에 공양한 음식을 훔쳐 먹은 사실로 조서를 꾸미고 있다는 뜻이다. 정상•을 참작할 수 있느냐는 측면에서도 최악의 증거가 갖추어지고 있다.

"기본적인 사실관계는 인정하시는 거죠?"

"물론입니다. 다툴 마음은 없습니다."

• 구체적 범죄에서 구체적 책임의 경중에 영향을 미치는 일체의 사정

그렇다면 피의자 단계에서 변호인이 해 줄 수 있는 조언은 한정된다.

"저지른 일에 대해서는 상응하는 대가를 치러야 한다고 생각합니다."

반발을 살지도 모른다고 생각하면서 말을 이었다.

"전과가 있다면 실형……, 교도소에 갈 걸 각오해야겠지만, 그 가치관을 바꾸지 않고 법정에 서면, 필요 이상으로 무거운 형을 받을지도 몰라요."

"가치관?"

"곤다 씨는 음식을 훔쳐 먹었지만, 나쁜 짓을 했다고는 생각지 않죠. 죄에 관한 가치관이 비뚤어졌다고 하지 않을 수 없습니다."

스웨트셔츠와 스웨트팬츠를 입은 곤다는 오른뺨을 손끝으로 긁적였다.

"집에 가져가서 버리든가, 방치돼서 고양이나 까마귀 밥밖에 더 되겠습니까. 그걸 먹는 게 나쁜 짓이라고 하신들……."

"설령 그렇더라도 곤다 씨가 먹으라고 무덤에 음식을 공양한 건 아닙니다."

"아니요, 그게 그렇지가 않습니다."

"뭐가요?"

성질을 내서는 안 된다고 생각하면서도 서서히 말투가 거칠어졌다.

"봤거든요. 음식을 정리하러 온 할머니와 여자아이가 빈 접시를 보고 기뻐하는 모습을."

"네?"

"할아버지가 잡수신 거라고 여자아이가 그러더군요."

아아……, 그런 뜻인가.

그 소녀는 고인이 음식을 먹었다고 해석한 것이리라. 사후 세계를 믿는 사람이라면 그런 반응을 보여도 이상할 것 없다.

"곤다 씨가 먹었다고 기뻐한 게 아닙니다. 그 정도는 아실 텐데요."

"하지만 다음에 왔을 때 음식이 남아 있으면 두 사람이 슬퍼하지 않겠습니까. 저는 배를 채울 수 있고, 할머니와 여자아이는 할아버지가 드셨다면서 기뻐하겠죠. 모두가 행복해지는 겁니다. 이 일의 어디가 나쁘다는 말씀입니까?"

그저 궤변에 불과하다. 음식에 손을 대지 않았다면 기대든 오해든 생기지 않았다. 음식에 손을 댄 시점에 부정적인 연쇄가 시작됐다. 정당화할 수 없는 짓이다.

곤다를 비난할 말은 얼마든지 떠올랐지만, 나는 본심을 억누르고 고개를 끄덕였다.

"알겠습니다. 곤다 씨 나름대로 생각해서 선택한 행동이셨군요."

"오오, 과연 변호사 선생님! 다른 작자들과는 다르시군요. 이건 사람을 행복하게 해 주는 범죄예요. 놈들은 저를 무시할 뿐, 전혀 이해해 주지 않았어요."

"하지만 그게 다수 의견입니다. 무덤에 공양한 음식을 훔쳐 먹었다는 사실을 알면, 대부분의 사람들은 곤다 씨를 불경스럽고 몰상식한 인간이라고 생각하겠죠. 이번 사건에서 묻는 죄는 화병과 향로 절도예요. 다른 사실에 대해서는 취조 때 말씀하지 않으시는 편이 좋겠습니다."

"과연……. 알겠습니다. 그렇게 하죠."

아무래도 나를 믿기로 한 모양이었다. 곤다는 말을 하면 할수록 허점이 드러나는 유형이다. 취조가 진행되는 동안은 쓸데없는 소리를 하지 않는 편이 현명하다고 판단했다.

"곤다 씨가 구류됐다는 걸 알렸으면 하는 분은 계십니까?"

느닷없이 경찰이 찾아와 체포됐을 경우, 피의자는 그 사실을 주변에 알리지 못하고 신병이 구속될 우려가 있다. 구류 단계로 넘어가면 친족에게 통지서를 보내기는 하지만, 그것도 한정된 범위에 그치는 것이 실정이다.

"아니요, 딱히 없습니다. 부모님은 이미 돌아가셨고, 처자식도 없거든요."

"곤다 씨를 지도하고 감독하겠다고 약속해 줄 만한 분은요?"

"설마요. 그런 사람이 있다면 묘지에 살지는 않겠죠."

설득력 있는 말이었다. 사회 복귀 후에 함께 살며 지켜봐 줄 친족이 있다면 정상참작이라는 측면에서 유리하게 작용할 테지만.

"그럼 좀 더 구체적인 이야기를 해 볼까요."

어디서부터 시작할까 생각하고 있자니, 곤다가 "죄송합니다." 하고 오른손을 들었다.

"왜 그러시죠?"

"훔친 화병과 향로는 다 팔아 치워서 수중에 남은 게 없어요."

"아아……, 알겠습니다. 소유자에게 돌려줄 수 없다는 말씀이시군요."

돌려주더라도 도둑맞았던 장식품을 다시 장식하려는 사람은 많지 않으리라.

"피해자분들에게는 변상하는 편이 낫겠죠?"

"그건 그렇지만 돈은 있으십니까?"

곤다의 신상과 경력을 봤을 때부터 금전적인 해결은 기대할 수 없겠다고 단정했다.

"모아 둔 돈이 얼마쯤 되거든요. 변상하는 데 쓸 만큼은 남아 있을 겁니다."

"피해액을 변상하면 재판에서 유리하게 주장할 수 있습니다."

"그런데……, 그……, 좀 별난 곳에 보관해 놔서요."

어쩐지 시원스럽지 못한 말투였다. 왜 그런지 몰라서 당혹스러웠다.

"은행에 예금하신 게 아닌가요?"

"이렇게 먹고사는 사람은 통장을 못 만들어요."

"그럼 어디에?"

찜찜한 예감이 들었다.

"무덤 속이요."

"……네?"

"뼈단지 가까이에 놔뒀습니다. 변호사 선생님, 그거 아세요? 무덤에는 오가미이시•라는 커다란 돌이 있는데, 그걸 치우면 뼈단지가 나옵니다."

내 예상을 훌쩍 뛰어넘는 대답이었다. 물론 나쁜 의미에서.

"농담이시죠?"

"차곡차곡 모은 쌈짓돈을 어떤 사람의 무덤 속에 숨겨 뒀어요. 유비무환이라지 않습니까."

곤다는 누레진 이를 보이며 또 웃었다. 등골이 섬뜩하니 오한이 느껴졌다.

"변호사 선생님……, 저 대신 그 돈을 가져다주시면 안 되겠습니까?"

무덤 털이범과 접견을 하다가 무덤을 털어 달라는 부탁을 받

• 무덤 앞에 깔아 놓는 평평하고 네모난 돌

았다.

친구 따라 강남 간다는 속담이 떠올랐다. 이것은 친구가 강남 가자고 꼬드기는 상황이라고 해야 할까.

3

지방법원에서 걸어서 오 분쯤 거리에 고쿠분 빌딩이라는 이름의 건물이 있다. 1층부터 3층까지는 법률 사무소가 입주해 있는데, 4층에서는 치과가 영업하는 신기한 건물이다.

학생 때는 왜 법원 근처에 법률 사무소가 많은지 의문스러웠다. 하지만 실제로 변호사가 되자 금방 이유를 깨달았다. 변호사와 법률 사무소 직원은 편의점에 가는 것과 비슷할 만큼 자주 법원에 들락거려야 한다. 기록 열람 및 등사, 서면 수령, 인지 구입 등등. 아무튼 법원에서 처리할 볼일이 많다.

고쿠분 빌딩에 들어서자마자 각 사무소의 이름이 새겨진 안내판이 눈에 들어온다. 방문객은 안내판을 보고 가야 할 사무소를 찾는다. 1층부터 3층까지는 유명한 법률 사무소의 이름이 새겨져 있지만, 그중에 내 사무소는 없다.

지하로 향하는 계단을 내려갔다. 형광등이 별로 없어서 동굴에 들어가는 것처럼 어두침침하다고 불평이 자자한 계단이다.

지하층은 원래 창고 대용으로 사용됐다. 건물주에게 억지를 써서 아주 저렴한 임대료만 내고 사무소로 사용해도 된다는 허락을 받아 냈다.

철문에는 '지라솔레 법률 사무소'라고 새긴 팻말을 붙여 놓았다. 이 수상쩍은 입구 너머에 있는 사무소가 바로 나의 작은 성이다.

실내로 들어가자 따스함이 느껴지는 꽃향기가 콧구멍으로 흘러들었다.

지라솔레는 이탈리아어로 해바라기라는 뜻이다. 그것이 이유인지는 모르지만 사무소 곳곳에 해바라기가 장식돼 있다. 문이 열린 소리를 들었는지 실내장식을 담당한 자유분방한 직원이 밝게 웃으며 돌아보았다.

"어서 오세요!"

하지만 들어온 사람이 나라는 것을 안 순간, 얼굴에 코팅된 웃음이 벗겨졌다.

"뭐야…… 쌤이구나."

"다녀왔어, 사쿠. 해바라기가 또 늘었잖아."

내 사무소의 유일한 직원인 사쿠라 사키는 혀를 쏙 내밀었다.

"한가한 걸 어쩌겠어요. 집에서 기르는 거라 돈은 안 들어요."

"해바라기는 8월쯤에 꽃이 피지 않나?"

지금은 아직 4월이다. 일찍 피는 수준을 넘어섰다.

"그런 품종이에요. 사무소 이름에 지라솔레가 들어가는 이상, 일 년 내내 해바라기꽃이 있어야죠."

"아무리 그래도 겨울은 무리겠지."

겨울에 활짝 핀 해바라기꽃을 장식해 놓았다간 방문객이 깜짝 놀랄 것이다.

"열심히 조사하는 중이에요. 그것보다 손님 앞에서 사쿠라고 부르지 마세요. 사키라고 몇 번 말해야 외울 거예요?"

"너도 하다못해 선생님이라고 부르라는데도 쌤이라고 부르잖아."

처음에는 의뢰인이 변호사 선생님이라고 부르는 것도 거북했지만, 이제는 익숙해졌다.

"발음이 안 좋아서 그래요."

"거짓말하고 있네."

하늘색 원피스를 입은 사쿠가 일어서서 냉장고 쪽으로 향했다.

사쿠와는 만원이 되기 이보직전 정도로 혼잡한 전철에서 처음 만났다. 치한 사기를 치려는 사쿠의 오른손을 붙잡고 전철에서 내려, 이런저런 충고를 했다.

당혹스러운 표정, 떨리는 목소리. 하지만 사쿠는 진지하게 내 말에 귀를 기울였다.

그랬던 사쿠도 이제는 20세 여성이다. 스스로 그만둔 고등학교에 다시 들어가지도, 고졸 검정고시를 치지도 않고 내 사무소에서 일하고 있다.

직원을 고용하기로 마음먹었을 때, 제일 먼저 떠오른 사람이 사쿠였다.

이른 아침에 전철을 타고 다닌 끝에 겨우 사쿠를 찾아냈다. 고등학교 교복은 입고 있지 않았지만, 오른손을 잡고 끌어당기자 처음 만났을 때와 같은 반응을 보였다.

"쌤, 접견은 어땠어요?"

사쿠가 테이블에 내 몫의 아이스커피를 내려놓고 물었다.

"아아. 재미있는 사람이었어."

"서류를 봤을 때도 무덤 털이라면서 웃었죠."

"묘지에 산대. 무덤 앞에서 자고, 무덤에 바쳐진 음식으로 허기를 달래지. 그렇게까지 뻔뻔하게 나오니까 오히려 시원시원하게 느껴지더라고."

"그 사람, 편하게는 못 죽을 것 같네요. 분명 저주받을 거라고요."

"뭐, 천벌을 받아서 체포된 건지도 모르지."

"그 정도로는 아직 멀었어요. 죽은 사람의 저주는 엄청나니까."

사쿠는 앞으로 내민 양손을 축 늘어뜨렸다. 귀신 흉내를 내는 것이리라.

"동종 전과도 많은 것 같으니, 틀림없이 실형을 받을 거야."

내가 자리를 비웠을 때, 사쿠는 사무소에 있는 전문 서적을 뒤적거린다. 기본적인 용어는 머릿속에 들어왔는지, 나와 이야기하다가 고개를 갸웃거리는 횟수도 줄어들었다.

"접견을 많이 해서 보수를 듬뿍 벌어 오세요."

"아아……, 그것 말인데."

"왜요?"

"무덤 털이를 부탁받았어."

"네?"

무덤에 숨겨 둔 쌈짓돈을 꺼내 달라는 부탁을 받았다고 사쿠에게 설명했다. 다시 생각해 봐도 너무나 몰상식한 부탁이다. 변호인을 대행업자 같은 사람으로 착각한 것이리라.

"딱 잘라 거절했지만 수긍하질 못하더군. 강요하듯 자꾸 부탁하면 변호인 사임도 생각해 봐야 해."

"사임……, 모처럼 들어온 일인데……."

"하지만 말도 안 되는 짓이잖아."

사쿠는 아이스커피를 단숨에 들이켰다.

"잠깐, 그거 내……."

"이 사무소에 게으름뱅이가 마실 커피는 없어요!"

그러면서 빈 커피잔을 테이블에 탁 내려놓았다.

"아니, 내 이야기 안 들었어? 무덤을 파헤치는 건 예배소 불경죄나 분묘 발굴죄에 해당해. 그야말로 죽은 사람에게 저주받을 거야."

"변호사라면 걸리지 않게 죄를 저질러야죠!"

이게 무슨 뚱딴지 같은 소리인가. 설마 이 일로 비난을 당할 줄은 꿈에도 몰랐다.

"요구를 철회한다면 계속하겠지만……."

"우리 사무소 형편이 어떤지는 알아요?"

아픈 곳을 찔렸다. 회계도 맡겼으므로 수입과 지출 상황은 사쿠도 파악하고 있을 것이다.

"사쿠의 월급은 제대로 주잖아."

"사무소가 적자 상태인데, 월급을 받는다고 순수하게 기뻐할 수 있겠어요?"

"개업한 지 얼마 안 돼서 그래. 곧 궤도에 오를 거야."

자기보다 나이가 어린 직원에게 변명하는 변호사. 수습생 동기가 보면 비웃으리라. 하지만 이것이 지금의 나다. 허세를 부려 본들 아무 소용없다. 채용하겠다는 법률 사무소의 제안을 모조리 거절하고 나는 지라솔레를 차리기로 결심했다. 이른바 개업 변호사다. 생각을 바꾸는 편이 좋다고 수없이 설득을 받았다. 내가 반대 입장이었어도 말렸을 것이다.

그래도 독립하는 수밖에 없었다. 각오를 보여 줄 필요가 있었다.

"원인은 분명하잖아요. 쌤이 의뢰를 자꾸 거절하니까 그런 거예요."

"뭐야, 눈치챘나."

이 사무소는 지하에 있으므로 햇빛이 들지 않는다. 사쿠가 장식한 해바라기꽃이 없었다면 수용 시설처럼 답답한 분위기로 가득했으리라.

"숨길 마음도 없으면서."

"한동안은 한 가지 형사사건에 집중해야 해서."

채용 제안을 거절하고 독립한 것도 그 때문이었다. 많은 보수를 기대할 수 없는 형사사건만 수임하니까 사무소 형편이 어려워지는 것은 당연한 결과다.

다른 형사사건도 변호인으로서 경험을 쌓기 위해 맡을 뿐이다. 1순위로 삼은 사건에서 만족스럽게 변호 활동을 하기 위해 사전 준비를 하는 셈이다.

사쿠는 한숨을 푹 쉬더니, 아이스커피를 새로 타서 내 앞에 내려놓았다.

"그렇게 많은 걸 희생하면서까지 맡아야 할 사건인가요?"

"혹시 질투하는 거야?"

"그 커피, 이번에는 얼굴에 뿌릴 거예요."

진심으로 컵에 손을 뻗으려 하길래 테이블 가장자리로 치웠다.

"사쿠는 왜 고등학교를 스스로 그만뒀어?"

"전에 이야기했잖아요. 잊어버리다니 참 정 없는 사람이네요."

"안 잊어버렸어. 남동생 미노루를 위해 그만뒀다. 그렇지?"

"알면서 왜 또 물어보는 거람……."

벽시계를 보자 오후 3시 반이 지난 시각이었다. 아직 시간이 좀 있었다.

"사쿠와 미노루는 우수한 남매였어. 하지만 경제적인 지원은 받지 못했지. 아무리 노력해도 둘 다 대학교에 들어가기는 어렵겠다 싶어서, 사쿠는 대학교 진학을 포기하고 동생의 학비를 벌기 시작했어. 평범한 아르바이트만으로는 돈이 모자라서 학교를 그만두고 불법 행위에도 손을 댔을 무렵에 전철에서 나와 만난 거야. 맞지?"

사쿠는 긍정도 부정도 하지 않고 고개를 숙였다.

"아주 대충 정리했네요."

"이야기를 요약하는 것도 변호사의 업무야."

"다른 사람은 이 이야기를 듣고 힘들었겠다고 위로해 줬는데."

"내 처지도 비슷했으니까. 동정과 이해는 정반대 관계라고 생각지 않아? 사쿠의 인생을 동정하지는 않지만, 이해는 해."

"진지한 얼굴로 그런 소리 좀 하지 말아요."

사쿠는 테이블에 묻은 물방울을 손가락으로 문지르며 웃었다.

"사쿠, 미노루를 위한 희생양이 됐다고 생각하니?"

"그럴 리가 있겠어요?"

"하지만 자신의 행복만 추구했다면 학교를 그만두지는 않았겠지."

“유일한 가족이니까 당연히 서로 도와야죠.”

사쿠는 부모님이 죽은 셈 치고 살아온 것이리라.

“내가 이번 사건을 맡은 것도 같은 이유야. 사무소 형편이 어렵지만, 누군가를 위한 희생양이 됐다고는 생각지 않아. 내 뜻대로 결정한 일이니까.”

“그 사람은 쌤의 가족이 아니잖아요. 연인도 아니라고 했고요.”

“가족도 연인도 아니지만, 특별한 존재야.”

“어째서요?”

사쿠는 이해가 안 된다는 표정이었다.

“왜일까……. 살다 보니 어느덧 특별한 존재가 되어 있었다. 그걸로는 안 될까?”

달리 설명할 방법이 없었다. 이유를 열거해도 거짓말이 섞일 것만 같았다.

“논리로는 따질 수 없다?”

“뭐, 그런 거겠지.”

“그런 사건을 저질렀을지도 모르는데, 마음이 변하지 않는군요.”

“응. 믿으니까.”

나는 아이스커피를 다 마시고 천천히 일어섰다. 이제 오리모토 미레이의 변호인으로서 법원에 가서 필요한 절차를 밟아야 한다.

미레이를 피고인으로 특정한 기소장에는 형법 제199조에 의거한 형벌이 기재되어 있다.

사람을 죽인 자는, 사형 또는 무기 혹은 5년 이상의 징역에 처한다.

즉, 살인죄다.
이 중죄에 대해 미레이는 무죄를 주장하고 있다.

4

오후 4시 20분. 법원 직원의 안내를 받아 회의실 같은 작은 방에 들어갔다.
마음씨 좋은 할아버지 같은 백발과 달리, 얼굴은 사납게 생긴 후루노 검사가 제일 먼저 돌아보았다. 처음 봤을 때, 눈빛이 강해서 이 사람에게는 취조를 받기 싫다고 생각했다.
후루노를 따라 하듯 옆에 앉은 도메키 검사가 고개를 돌렸다. 아직 젊지만, 늘 자신감이 넘치는 표정이다. 얇은 체크무늬 네이비 슈트, 꼼꼼하게 닦은 플레인 토 슈즈•. 높은 자존심을

• 발끝과 발등 부분에 아무 장식도 없는 가죽 구두

온몸으로 방출해서 내가 거북해하는 유형의 인간이다.

이 두 명의 검사가 이번 사건에서 싸워야 할 상대다. 무고 게임의 고소인과는 달리, 그들은 진정한 프로다. 미레이에게 벌을 주기 위해 고용된 전문가라고 할 수도 있겠다.

검사와 사쿠라이 서기관이 앉아 있을 뿐, 판사는 아직 오지 않았다.

방청이 금지된 비공개 절차가 곧 시작된다.

"안녕하세요. 피곤하신 것처럼 보이는데, 괜찮으십니까?"

검사 반대편에 앉자 도메키가 말을 걸었다. 손으로는 만년필을 빙글빙글 돌렸다. 눈에 거슬렸지만 판사가 들어오면 멈추리라.

"신경 써 주셔서 감사합니다."

"변호인께는 너무 무거운 짐 아니려나요."

도메키는 나를 절대로 선생님이라고 부르지 않는다. 그렇게 불리고 싶은 마음은 없지만, 이렇게까지 한사코 변호인이라는 호칭을 고집하면, 뭔가 숨겨진 의사가 느껴지는 법이다.

"무슨 말씀이시죠?"

"새내기가 혼자 처리할 수 있는 사건이 아니라는 뜻입니다. 사무소의 경험 많은 변호사에게 도움을 받으시는 편이 낫지 않을까요?"

어려운 사건을 여러 변호사가 담당하는 것은 드문 일이 아니다. 하지만 친절한 마음에서 나온 조언은 분명 아니었다.

"공교롭게도 사무소에 소속된 변호사가 저밖에 없어서요."

"그랬었죠, 참. 이름은 거창한데 변호사는 한 명뿐인 사무소였어요."

"이봐, 쓸데없는 이야기 하지 마."

상사 후루노가 제지하자 도메키는 어깨를 움츠리고 입을 다물었다.

그때 문이 열리고 판사 두 명이 들어왔다. 우배석 판사 하기와라와 좌배석 판사 사쿄였다.

"기다리게 해서 미안합니다."

사쿄가 부드러운 목소리로 인사했다. 뚜렷한 쌍꺼풀, 어깨에 닿을 정도의 미디엄 보브 컷. 거리를 돌아다니면 여대생으로 착각할 법한 외모다. 판사보로 임관한 지 이 년 차인 좌배석이라고 들었다. 기본적인 진행은 사쿄가 맡은 모양이었다.

하기와라는 그런 사쿄를 지켜보는 듯한 입장에서 사건에 임하고 있다. 중동계를 연상시키는 단정한 이목구비에, 나이는 삼십 대 중반쯤으로 보인다. 여러 판사로 구성되는 합의체에서 심리•만 허용되는 사쿄와 달리, 단독으로 사건도 처리할 수 있는 특례 판사보다.

마을 장로같이 생긴 아카이 재판장도 이 사건 담당이지만,

• 재판의 기초가 되는 사실관계 및 법률관계를 명확히 하기 위해 법원이 증거나 방법 등을 심사하는 행위

오늘은 좌배석과 우배석 둘이서만 절차를 진행하려는 듯했다.

"오리모토 피고인은 출석하지 않았나요?"

피고인. 미레이가 그렇게 불릴 때마다 강렬한 위화감이 느껴진다. 하지만 변호인으로서 나는 그 명칭을 받아들여야 한다.

"네, 그렇습니다."

이제부터 공판 전 정리 절차 기일이라는 절차가 시작된다. 사건의 심리를 행하는 공판기일을 개시하기 전에, 구체적인 쟁점과 조사할 증거를 정리하기 위한 절차다.

단순한 사건이라면 바로 공판기일을 개시하지만, 어느 정도 중대한 사건이나 쟁점이 복잡해질 것이 예상되는 사건은 공판 전 정리 절차 기일을 거친다.

공판 전 정리 절차 기일에는 피고인의 출석도 허용된다. 하지만 아직 미레이를 관여시켜야 할 단계에는 이르지 않았다. 변호인 측의 준비 상황이 주된 원인이다.

"알겠습니다. 그럼 시작하죠."

사쿄는 들고 있는 자료에 시선을 주며 말을 이었다.

"기일 사이에 검찰 측에서 서면을 제출했네요. 그러니까……."

"증명 예정 사실에 관한 추가 서면과, 인증•에 대한 증거 조사 신청서를 제출했습니다."

• 인적증거의 준말. 증인, 감정인, 당사자 본인의 진술 내용을 증거로 삼는 것을 가리킨다.

펜 돌리기를 멈춘 도메키가 지난번 기일 이후의 준비 상황에 대해 설명했다. 이미 파악하고 있는 내용이었으므로, 요점만 들어 두면 충분하다.

“신고를 받고 현장에 출동한 경찰관을 새로이 증인으로 신청했습니다. 원래는 첫 번째 발견자에게 증언을 요구하고 싶지만, 어째선지 변호인을 맡았으니까요…….”

비아냥거리듯 웃고 나서 도메키는 설명을 마쳤다.

첫 번째 발견자가 변호인으로 사건을 수임하는 데 변호사 윤리상 문제가 있는 것은 사실이다. 원래 같으면 사건을 발견한 상황에 대해 법정에서 증언해야 할 입장이기 때문이다.

그 대신은 아니지만, 가오루의 시체를 발견한 경위에 관해 진술한 조서를 조사하는 데 동의할 예정이므로, 부득이하지만 변호인을 맡아도 된다는 판단이 내려졌다. 그러나 재판 관계자가 이 일을 기껍게 여기지 않는 것은 분명했다.

“검찰 측은 순조롭게 준비 중인 것 같군요. 변호인 측은 어떻습니까? 검토를 부탁한 사항이 몇 가지 있었을 텐데요.”

“사쿄 판사님. 이 자리에서 분명히 해명해 줬으면 하는 바입니다.”

후루노가 차가운 어조로 강조했다.

“변호인의 준비가 명백하게 지체되고 있습니다.”

사쿄는 자세를 바로 하고 고개를 끄덕였다. 우배심 하기와라는 끼어들지 않고 상황을 지켜보았다.

"알겠습니다. 변호인, 예정 주장 기재 서면의 작성 상황은요?"

"죄송합니다. 시간을 조금만 더 주시면."

예정 주장 기재 서면이란, 변호인이 공판에서 밝힐 예정인 사실상 및 법률상 주장에 대해 기재한 서면을 뜻한다.

검사가 증명 예정 사실 기재 서면을 제출하고, 변호인이 예정 주장 기재 서면을 제출한다. 그 내용에 따라 양쪽이 다시 서면을 제출한다……. 이 과정을 되풀이함으로써 쟁점을 정리하는 것이 마땅히 밟아야 할 절차의 흐름이다.

"지난번 기일에도 그렇게 말했죠. 준비가 늦어지는 이유는?"

당연히 이런 대답으로는 사쿄의 추궁을 피할 수 없다.

"피고인과 협의가 아직 끝나지 않아서……."

"재판이 무슨 장난입니까!"

후루노의 얼굴이 험악해졌다.

"여러모로 지장을 초래하고 있다는 건 압니다."

이 점에 대해서는 변명을 할 마음도 생기지 않을 만큼 이쪽에 잘못이 있다. 도메키는 유쾌한 듯 싱글싱글 웃으며 내 얼굴을 바라보았다.

전혀 수긍이 안 된다는 표정으로 후루노가 다시 입을 열었다.

"피고인과 신뢰 관계가 무너졌다면 그렇다고 말하십시오. 우리가 알고 싶은 건 예정대로 공판기일을 열 수 있느냐 없느냐는 겁니다."

"변호인으로서 반드시 늦지 않게 준비하겠습니다."

"이 사건이 재판원• 재판의 대상인 건 변호인도 알죠?"

가만히 보고 있던 하기와라가 물었다. 듣는 사람을 안정시키는 목소리다.

"물론입니다."

"우리끼리 공판기일을 개시한다면 법정에서 예상치 못한 사태가 발생해도 어느 정도는 대응할 수 있습니다. 예를 들어 피고인이 갑자기 정당방위를 주장해도, 그 주장이 법적으로 인정되는지를 사실에 의거에 담담하게 판단하면 되겠죠. 하지만 재판원들은 법적인 소양이 없는 일반 국민입니다. 그들이 당혹스러워하는 방향으로 소송이 진행되는 것만큼은 절대로 피해야겠죠."

"예정 주장을 빨리 마무리해야 한다는 건 이해하고 있습니다."

"그렇다면 됐습니다."

"서면 제출을 지연시키는 걸 인정하시는 겁니까?"

후루노가 하기와라에게 물었다.

"이 자리에서 변호인을 닦달해도 서면이 나오는 건 아니니까요."

"너무 받아 주시는군요."

• 중대한 형사재판의 심리에 일반 시민이 참여하는 제도를 재판원 제도라 하고, 참가하는 일반 시민 여섯 명을 재판원이라고 한다.

후루노는 고개를 크게 내저으며 말을 이었다.

"변호인에게 한 가지 확인하고 싶은 것이 있습니다. 이것만큼은 양보할 수 없어요."

"뭔가요?"

"피고인은 피해자를 살해하지 않았다고 무죄를 주장할 예정이죠?"

"큰 틀에서는 그렇게 될 겁니다."

"법률가로서 살해하지 않았다는 말의 의미를 명확하게 해 줬으면 합니다만."

이 점에 관해서는 추궁을 피할 수 없을 것이라 각오하고 왔다.

"무슨 말씀이신지?"

후루노가 무섭게 노려보았다.

"피해자의 가슴을 칼로 찔렀다는 실행 행위 자체를 저지르지 않았다. 칼로 찔렀지만, 다른 사정이 개재되어 피해자는 사망했다. 양쪽 다 인정하지만 피고인에게 살의는 없었다. 요컨대 변호인이 이 사건의 쟁점을 어떻게 파악하고 있는지 묻는 겁니다. 대답하지 못할 질문은 아니라고 생각합니다만."

출발선을 어디에 그을지 명확하게 정하라는 요구다.

"흉기에는 피고인의 지문이, 피고인의 옷과 몸에는 피해자의 피가 묻어 있었죠. 그러한 사실에 대해서는 다투지 않겠습니다."

"사실 인정 여부를 묻는 게 아니잖습니까."

도메키가 끼어들었다.

“즉, 칼이 박혔을 때 피고인은 피해자의 정면에 서 있었고, 그 칼을 잡기도 했다. 거기까지는 인정하겠습니다.”

“범인은 따로 있고, 피고인은 칼을 만진 것에 그친다. 그렇게 주장할 수도 있다는 뜻입니까?”

“그럴 가능성도 있겠죠.”

“그 범위를 좁혀 달라고 말씀드리는 건데요…….”

“현재 시점에서는 불가능합니다.”

“판사님. 지금 주고받은 대화는 조서에 남겨 주십시오. 검찰 측의 준비에는 부족함이 없고, 예정 주장이 늦어지는 이유를 해명해 달라고까지 요구했습니다. 소송이 지체되는 책임은 변호인에게 있습니다.”

후루노는 두 판사를 노려보며 언성을 높였다.

“알겠습니다. 남기도록 하겠습니다.”

하기와라가 승낙하고 시선을 돌리자, 서기관은 고개를 살짝 끄덕인 후 컴퓨터 자판을 두드렸다. 기일에 행해진 당사자들 사이의 대화를 조서 형태로 남겨 기록하는 것은 법원 서기관이 재판 절차의 공증인으로서 맡는 역할이다.

검사가 제출한 증거, 특히 사법 부검 결과에 관한 수사보고서와 모의 법정에서 행해진 현장검증 조서는 한 글자도 빼놓지 않고 꼼꼼히 읽었다.

사인은 칼에 심장을 찔림으로써 발생한 과다 출혈. 방어흔은 없었고, 즉사했을 가능성이 크다. 흉기인 칼에서는 가오루와 미레이의 지문만 검출됐다. 미레이의 옷에 잔뜩 묻은 혈액은 가오루의 것이 틀림없다는 감정 결과도 나왔다.

사망 추정 시각은 오후 1시 전후. 내가 1시 5분에 모의 법정 문을 열었으니, 바로 그 직전에 가오루는 칼에 심장을 찔린 셈이다. 마침 점심 시간대라, 자습실을 이용하던 학생에게 모의 법정에 들어간 사람의 목격 정보를 다수 얻을 수 있었다. 목격 정보에 따르면 가오루가 12시 20분, 미레이가 12시 30분, 그리고 내가 1시 5분에 모의 법정에 들어갔다. 그 외에 다른 사람이 모의 법정에 드나드는 모습을 보았다는 목격자는 현재 없다.

이러한 상황증거는 미레이가 극히 불리한 상황에 빠졌음을 나타낸다.

"오늘 할 수 있는 일은 여기까지인 것 같네요."

잠시 침묵을 지켰던 사쿄가 이야기를 정리하러 나섰다.

"저희는 절차를 진행할 준비를 마쳤는데 말이죠."

비아냥거리는 도메키의 말을 들어도 화는 나지 않았다. 지금 내게 그럴 권리는 없기 때문이다.

"변호인. 다시 말하지만, 다음번 기일까지 주장할 내용을 서면으로 작성할 필요가 있습니다. 부디 잘 부탁합니다."

5

우울한 걸음걸이로 법원을 나선 후, 나는 호토대학교 로스쿨로 향했다.

사건이 발생한 이후로, 이 건물에는 되도록 발걸음을 하지 않으려 했다. 가야 한다고 생각하면서도, 바쁘다는 핑계로 자꾸 뒤로 미뤘다.

무서웠다. 그날 보았던 광경이 되살아날 것만 같아서.

모의 법정은 사용이 중지된 듯했다. 이제 무고 게임은 두 번 다시 열리지 않을 것이다. 심판자가 없는 데다, 교직원이 금지할 것이 뻔했다.

법복을 걸친 대학교 교원이 칼에 찔려 처참하게 사망한 시체로 발견됐다.

사건 속보가 뜨자 순간적으로 열띤 분위기가 형성됐다. 현장 상황상 단순한 살인 사건은 아니라고 여겼는지 그 시점에서 특집을 꾸민 언론사도 있었지만, 수사기관에서 유력한 추가 정보를 얻지 못한 탓인지 뉴스를 볼 기회는 줄어들었다.

하지만 연료가 다시 추가됐다. 무고 게임의 존재를 알아낸 주간지가, 그 내용을 소개하는 기사를 썼다. 로스쿨에 다닐 당시 함께 게임을 했던 동기가 정보를 유출했으리라.

법률을 올바르게 배워야 할 곳에서 사적제재를 즐기는 게임이 성행했다. 피해자는 중심 역할을 맡았던 인물이니, 게임에서 발생한 말썽이 비극을 초래한 것 아닐까.

여론을 뜨겁게 달구기에는 충분한 연료였다. 대학의 관리 체제를 규탄하는 기사와 심판자가 무고 게임의 패자에게 내린 벌에 관한 기사가 차례차례 나왔다.

그리고 동기 미레이가 체포됨으로써, 사건에 관한 관심이 최고조에 다다랐다. 첫 번째 발견자인 내게도 기자가 우르르 몰려와 코멘트를 요청했다.

목적지에 도착했기에 강제로 회상을 끝냈다.

나무문은 잠겨 있지 않았다. 사전에 열어 둔 것이리라.

“이야, 구가. 오랜만이네.”

모의 법정에서 나를 기다리고 있던 사람은 나쿠라 교수님이었다. 늘 가오루가 앉아 있던 재판장석에서 나를 똑바로 내려다보았다.

나는 울타리 안쪽으로 들어가서 변호인 측 책상 앞에 섰다.

“무리한 부탁을 드려서 죄송합니다.”

“변호인이라면 현장 조사는 필수지. 오히려 너무 늦었어.”

너무 정론이라 쓴웃음이 나왔다.

“증거가 너무 많아서……. 드디어 일단락돼서 찾아온 겁니다.”

“유형 증거 개시 신청도 했나?”

“네. 아주 광범위하게요.”

수사 정보가 부족한 변호인에게 증거 개시•는 생명줄과도 같은 제도다.

통상적인 사건에서 변호인은 검사가 조사를 신청한 증거와 임의로 개시한 증거밖에 확인할 수 없지만, 공판 전 정리 절차에 부쳐진 사건은 검사가 제출하지 않은 증거도 개시하라고 요구할 수 있다. 그것이 유형 증거 개시 신청이다.

"그 꽃은 교수님이?"

증언대 앞에 하얀 꽃이 놓여 있었다.

"응. 평소는 문을 잠가 놔서 꽃도 놓아둘 수 없으니까. 너희가 훨씬 합리적으로 사용했다고 생각해. 여기는 사람을 심판하기 위한 장소니까."

"그렇게 평가해 주시는 분은 교수님뿐일 겁니다."

죽은 자에게 바쳐진 꽃을 보자 가오루 생전에 나누었던 대화가 머릿속에 되살아났다.

우리는 법대에 나란히 앉아 이야기했다.

'나한테 만에 하나 무슨 일이 생겼을 때, 세이기에게 부탁하고 싶은 일이 있어.'

'아버지와 할아버지가 잠들어 있는 무덤이 있는데, 거기에 용담꽃을 바치러 와 줬으면 해.'

● 피고인 또는 변호인이 사건에 관한 서류 또는 물건의 목록과, 양형에 영향을 미칠 수 있는 서류 등을 열람 및 복사할 수 있도록 하는 제도

그때는 무슨 소리인지 몰라서 흘려들었다. 하지만 그 일이 실제로 벌어지고 말았다. 접이식 나이프라는 흉기까지 일치하는 형태로…….

"괜찮니, 구가?"

나쿠라 교수님의 목소리에 정신을 차렸다. 내내 입을 꾹 다물고 있었던 듯하다.

"생각을 좀 하느라고요."

그 일은 나중에 다시 생각하자. 어쩌면 중요한 의미가 숨어 있는지도 모른다. 그리고 가오루의 무덤에 성묘하러 가기도 해야 한다.

"저를 모의 법정에 들여놓아도 괜찮습니까?"

"쓸데없는 걱정하지 마. 학생도 담당 강의도 줄었어. 시간 보내기에 제격이지."

올해 호토대학교 로스쿨에 입학한 학생 수는 격감했다고 들었다. 원인은 물어볼 필요도 없다. 세간을 뒤흔든 로스쿨에 진학하길 원하는 수험생은 극소수이리라.

"그런 것보다 오리모토는 잘 지내나?"

"뭐, 여전하죠."

미레이가 피고인이 된 후, 그녀를 걱정하는 말을 처음으로 들었다.

"구가가 잘 떠받쳐 줘. 그것도 변호인이 할 일 중 하나야."

"압니다. 저기……, 이것저것 조사해 봐도 될까요?"

"물론이지. 직성이 풀릴 때까지 조사해 봐."

"그렇게 시간이 많이 걸리지는 않을 거예요."

당시 가오루는 증언대 앞에 쓰러져 있었다. 끌고 온 흔적은 보이지 않았으므로, 다른 곳에서 살해한 후 시체를 이동시킨 것은 아니다.

무고 게임을 할 때 가오루의 자리는 늘 법대였다.

입장이 달라지면 자리도 바뀐다. 변호사가 된 내가 변호인석을 선택한 것처럼.

그렇다면 그날 가오루가 맡은 역할은 심판자가 아니었던 걸까.

고소인, 증인, 범인으로 지정된 사람. 법대와 달리 증언대에는 많은 사람이 선다.

가오루는 어떤 역할로서 이 자리에 선 걸까.

그 의문은 미레이에게도 적용된다. 또는 나 자신에게도.

각자 어떤 입장에서 그날의 게임에 참가했던 걸까.

모르는 점이 너무 많다. 나보다 먼저 현장에 온 미레이라면 몇 가지 의문에 답을 내놓을 수 있을 것이다. 그런데도 미레이는 입을 열지 않는다.

법대에 시선을 주자 팔짱을 낀 채 기다리고 있던 나쿠라 교수님이 물었다.

"사건이 발생한 날, 구가는 왜 여기 온 거지?"

"무고 게임을 개최하겠다는 메일을 받았거든요."

그 메일은 내용을 다 외울 만큼 여러 번 읽었다. 의외의 인물이 고소했기에 무고 게임을 개최하기로 결단을 내렸다고 메일에는 적혀 있었다.

"틀림없이 유키가 보낸 것 맞아?"

"메일 주소는 가오루 거예요. 사건이 발생하기 며칠이나 전에 메일을 받았으니, 누군가 가오루를 사칭해 메일을 보냈을 가능성은 적을 겁니다."

"동기들 모두에게 보낸 건 아니지?"

나와 미레이만 모의 법정에 나타났다는 사실에서 그렇게 추측한 것이리라.

"네. 확인한 바로는 저 말고 메일을 받은 사람은 없었습니다."

"오리모토도?"

"미레이는 아무 대답도 안 해 줘요."

"고생하는 것 같구나. 뭐, 그것도 좋은 경험이 될 거야."

나쿠라 교수님과 이야기하면 마음이 편해진다. 하지만 교수님께 너무 기대서는 안 된다. 마음을 정리하기 위해 여기 온 것은 아니니까.

"이대로 공판기일을 맞이하면 미레이는 틀림없이 유죄판결을 받을 겁니다."

"듣자하니 오리모토는 철저히 묵비권을 행사하고 있는 거지?

그렇다면 피고인 질문 때 전세를 뒤집는 것도 기대해 볼 수 있지 않을까?"

"증거가 너무 많이 갖춰졌어요."

감시 카메라를 설치해 두었거나 모의 법정의 문을 감시하는 사람이 있었던 것은 아니니까, 가오루를 찌른 범인은 따로 있고 내가 들어가기 전에 달아났다고 주장할 여지는 있을지도 모른다. 하지만 문제는 칼에 묻은 지문과 옷에 튄 피다. 그 점을 합리적으로 설명하지 못하면 범인이 누구냐는 문제를 놓고 다퉈 본들 판사의 심증은 뒤집지 못하리라.

"기운이 많이 빠진 것 같은데."

"살인죄의 법정형은 최소 5년 이상이에요. 작량감경•이 인정되지 않는 한, 집행유예 판결은 어림도 없겠죠. 유죄를 선고받으면 거의 확실히 교도소에 수감될 겁니다."

"오리모토가 그 사실을 모를 거라고 생각해?"

"네?"

"녀석도 사법시험에 합격한 병아리 법률가야. 본인이 어떤 상황에 처했는지는 이해하겠지. 그런데도 입을 열지 않기로 선택한 건, 그럴 수밖에 없는 이유가 있어서 아닐까?"

로스쿨에 다닐 때도 그랬다. 나쿠라 교수님의 말에는 엄격함

• 정상을 참작할 만한 사유가 있을 때 법관의 재량으로 형을 감경해 주는 것

과 다정함이 절묘한 균형을 이루며 공존한다.

"……감사합니다. 마음이 조금 후련해졌어요."

"도움이 됐다면 다행이지. 변호인만큼은 끝까지 피고인을 믿어 줘야 해."

나는 숨을 크게 들이마시고, 사고의 스위치를 바꾸었다.

"사건이 발생하기 전에 가오루의 상태가 이상하지는 않았나요?"

나쿠라 교수님은 연구자의 길을 택한 가오루의 지도 교수였다.

"유키는 늘 이상했어. 아니면 이 대학교에 남아서 내 지도를 받으며 논문을 쓰지는 않겠지."

"가오루가 연구자의 길을 선택한 이유는 교수님도 모르시죠?"

내 말에 나쿠라 교수님은 모호하게 고개를 움직였다.

"적극적인 이유로 결정되는 선택지는 거의 존재하지 않는다고 생각해."

"아예 없지는 않은 거로군요."

"극히 드물기는 하겠지만, 그런 이유는 남에게 설명할 수 없는 법이야. 복잡한 갈등 속에서 도출된 선택일수록 언어로 바꾸는 작업이 쉽지 않지. 예를 들어……, 그래. 구가는 왜 오리모토의 변호를 맡은 거지?"

"그건……."

사쿠에게도 같은 질문을 받았다. 그때도 나는 확실하게 대답하지 못했다.

"억지로 대답하지 않아도 돼. 이제 알겠지? 즉시 답할 수 있는 문제에 의미는 없는 거야."

"가오루는 소극적인 이유로 연구자를 지망하지는 않았을 겁니다."

"그건 나도 동감이야. 불합리한 선택일 경우는 아까 말한 상관관계가 역전되지. 진로에 관한 유키의 결단은 어리석기 짝이 없었으니까."

이렇게까지 자신의 지도력을 비하하는 이유를 알 수가 없었다.

"가오루는 어떤 논문을 썼나요?"

"여러 가지. 쓰는 속도가 이상하게 빨라서 닥치는 대로 썼지. 내용이 엉망이면 주의라도 줬겠지만, 어설픈 부교수보다 뛰어난 논문을 쓰니까 골 때렸어."

나쿠라 교수님은 그리워하듯 눈을 가늘게 뜨고 말했다.

"형사 계열 논문이라는 공통점은 있는 거죠?"

"응. 그중에서도 형사정책에 관한 논문이 많았어. 수료 직전에 원죄와 무죄에 관해 논의했던 거 기억나?"

"네, 기억납니다."

"그것도 형사정책이야. 일반적으로 형법은 범죄론을 대상으로 하고, 형사정책은 형벌론을 대상으로 한다고 정리되지. 그만큼 명확하게 구별할 수 있는 건 아니지만."

"그렇군요."

대충은 이해했으므로 고개를 끄덕였다.

"내 지도를 받기로 결심한 것도 형사정책 논문을 읽었기 때문이라고 했어."

"아아……."

"녀석은 뛰어난 연구자로 성장할 소질이 있었어. 이런 일이 벌어져서 아쉬울 따름이야."

진심에서 나온 말 같았다. 표면적인 교수와 제자의 관계에 불과했다면, 굳이 꽃을 바치지도 않으리라.

"미레이가 미우세요?"

나도 모르게 그런 말이 툭 튀어나왔다.

"글쎄다. 오리모토의 유죄판결이 확정되면 미워하기로 하마."

교수님은 무죄 추정의 원칙을 말했다.

그 누구라도 유죄를 선고받기 전까지는 무죄로 추정된다…….

나는 변호인으로서 그 원칙을 끝까지 믿고 나아갈 수 있을까.

6

며칠 후, 나는 또 나나우미 경찰서의 유치 시설에 갔다.

이번 접견 상대는 무덤 털이범이 아니라 오리모토 미레이다.

나나우미 경찰서의 유치장은 남성 전용과 여성 전용으로 분

리되어 있다. 미레이는 살인사건 피고인으로서 여성 전용 유치장에 구류된 상태다. 보석이 인정될 가망은 없으므로, 무슨 형태로 재판이 끝날 때까지는 신체가 구속된 상태에서 벗어날 수 없다.

아크릴 판 너머에 앉은 미레이가 등을 쭉 펴고 나를 바라보았다. 옷은 구깃구깃했고, 화장도 하지 않았을 것이다.

"너무 빤히 보지 마."

미레이는 그렇게 중얼거렸지만, 얼굴을 돌리지는 않았다. 손을 뻗으면 닿을 거리에 있는데도, 우리 사이를 가로막은 아크릴 판이 허락해 주지 않는다.

"시설에 있었을 때는 화장을 안 하는 게 당연했는데."

"몇 년 전 이야기를 하는 거야?"

미레이에게는 먼 과거의 일인 것일까.

선명한 추억이 아니라, 색채를 잃은 기억으로서.

"두 번째 공판 전 정리 절차 기일이 끝났어. 모의 법정에도 다녀왔고."

"자세하게 이야기해 줄래?"

아무도 없는 줄 알면서도 출입구를 돌아보았다. 변호인은 입회인의 감시 없이 피고인과 접견할 권리가 있다.

"그럼 일단 기일에 나왔던 이야기부터……."

후루노 검사는 나와 미레이의 신뢰 관계가 무너진 것 아니냐고 기일 때 지적했다. 분명하게 짚어서 말하지는 않았지만, 두 판사도 같은 걱정을 했으리라.

하지만 그들은 사실을 잘못 판단했다. 사건의 내용과 본인이 처한 상황에 대해 미레이만큼 잘 알고 있는 피고인은 거의 없을 것이다.

모든 것을 이해한 후에 미레이는 누구에게도 상담하지 않고 자세한 사정은 덮어 놓기로 결단을 내렸다.

"미레이. 다음 기일까지는 예정 주장을 명백히 밝혀야 해."

"검사가 이렇게 빨리 준비할 줄은 몰랐는데……."

딴생각을 하는 듯한 표정으로 미레이는 대답했다.

"유형 증거 개시 목록은 훑어 봤어?"

"그게 전부지?"

"꽤 광범위하게 신청했으니까 더 이상은 힘들어."

미레이가 원하길래 원래는 불필요하다고 여겨지는 범위까지 검사에게 개시해 달라고 했다. 그 증거를 일람한 목록을 사전에 넣어 주었다.

"알았어. 그럼, 그건 이제 됐어."

"무슨 증거를 찾는 거야."

"그냥. 이상한 증거가 있으면 곤란할 것 같아서."

그 말을 믿은 것은 아니지만, 캐물어도 대답은 변함없으리라.

"일단 물어보는데, 정상을 입증할 준비는 안 해도 되는 거지?"

"죄를 인정하라는 거야?"

미레이의 표정이 험악해졌다.

"그런 게 아니라, 무죄를 주장하는 방식에 따라서는 예비적으로 정상을 입증하는 변호 방침도 있을 수 있다는 거야."

정상이란 범행에 이른 경위, 범행 수준, 재범 방지책 등 양형에 주로 고려되는 사정을 뜻한다. 변호인 측에서 이러한 상황을 입증함으로써, 설령 유죄판결을 받더라도 형량이 가벼워질 가능성이 생긴다.

"그걸 입증하면 쟁점이 모호해져."

"하지만……."

"기요요시는 내가 무죄라는 걸 안 믿는구나."

그런 말이 아니라고 언성을 높이기는 쉽다. 하지만 감정적으로 나가는 것은 변호인으로서 올바른 대처법이라고 할 수 없다. 미레이는 나를 시험하는 것일까.

"믿어 주길 원해? 그럼 서로 간에 숨기는 건 없어야지."

"전부 말하지는 않았지만, 뭔가 숨긴 건 아니야."

"그게 그거지, 뭘."

"내 마음속에서는 명확하게 구별돼."

"그럼……, 이 SD 카드에는 뭐가 저장돼 있는 거야?"

호주머니에서 꺼낸 SD 카드를 아크릴 판에 닿을 만큼 가까이 들이댔다. 허를 찌를 속셈이었지만, 미레이의 표정에는 변화가 없었다.

"아직 말 못 해."

"왜?"

"서로를 위한다는 생각에서 입 다물고 있는 거야."

"그걸 비밀이라고 하는 거야."

모의 법정에서 가오루의 시체를 발견했을 때, 미레이는 말없이 지퍼 백을 건넸다. 그 지퍼 백에 들어 있었던 것이 이 SD 카드다.

"데이터를 확인하려고는 해 봤지?"

"응. 하지만 암호가 걸려 있어서 못 열었어."

확장자조차 표시되지 않아서 데이터의 내용을 상상하기도 불가능하다.

"안심해. 바이러스가 들어 있는 건 아니니까."

"경찰 손에 넘어가는 걸 피하려고 내게 준 거지?"

"응. 기요요시의 짐까지 조사할 것 같지는 않았거든."

미레이는 기죽는 기색 하나 없이 말했다. 그때 미레이는 중요 참고인으로서 임의동행을 요구받을 것이라 각오했다. 첫 번째 발견자에 불과한 내게 맡기는 편이 안전할 것이라고 판단했으리라.

"미레이……, 그거 알아? 이 SD 카드에 중요한 증거가 들어 있으면, 내게 증거인멸 혐의가 적용될지도 몰라. 따라서 나는 뭐가 저장돼 있는지 물어볼 권리가 있어."

"중요한 증거라니, 예를 들면?"

"그걸 모르니까 묻는 거야."

"내가 범인이라는 사실을 암시하는 증거라면, 기요요시에게 줄 것 없이 부숴 버렸겠지."

이것으로는 대답이 안 된다는 생각에 나는 고개를 저었다.

"반대로 무죄를 증명하는 증거라면 감출 필요 없잖아."

"그러니까 감추는 것 아니래도. 때가 오면 데이터는 열릴 거야."

"언제까지 기다려야 하는데?"

"그건 기요요시 하기 나름이지. 금방일 수도 있고, 좀 더 나중일지도 몰라."

생산성 없는 대화에 넌더리가 났다. 나를 믿지 않으니까 정보를 덮어 두는 것일까. 아니면 그 외의 이유가 있는 것일까.

"왜 내게 변호인을 시킨 거야?"

"기요요시가 아니면 끝까지 해낼 수 없을 것 같아서."

"미레이를 믿는 데도 한계가 있어."

이대로 공판기일을 맞이하면, 만족스러운 판결은 얻어 낼 수 없다.

"변호인을 그만두겠다는 거야?"

"신뢰 관계를 쌓지 못한다면 그럴 수밖에."

나는 미레이를 버리지 않는다. 그래도 그럴 가능성을 암시하지 않을 수 없었다. 힘을 합쳐서 맞서고 싶을 뿐인데, 왜 이렇게 되는 것일까.

"부탁이야. 조금만 더 내가 하자는 대로 해 줘."

"변호인으로 있는 동안은 맞춰 줄게."

이것이 최대한의 양보였다.

"고마워."

미레이는 눈을 내리깔고 중얼거렸다.

"다음에는 뭘 하면 돼?"

호토대학교 로스쿨에 가서 현장을 보고 온 것도 미레이가 지시한 바였다.

"사누마라는 사람 기억해?"

"……그 대행업자?"

너무나 뜻밖의 이름이 미레이의 입에서 튀어나왔다.

"그 사람을 찾아 줘."

미레이의 위층 집에 살며 도청과 못된 장난질을 했던 범인.

스스로 밝힌 이름과 직업을 제외하면 그에 관한 정보는 거의 없는 것이나 마찬가지다. 사누마를 찾는다……. 방법이 아니라 이유에 관한 의문이 내 머릿속을 지배했다.

"이제 와서 찾아내서 뭘 어쩌자고?"

"그 사건은 미결 상태잖아."

"그럴지도 모르지만……."

처리해야 할 문제가 산더미처럼 쌓여 있다. 안 그래도 늦어지고 있는 상황인데, 따로 시간을 빼서 사누마를 찾기는 힘들다.

"지금 찾아내야 해."

"어째서?"

"그 사람이라면 내 무죄를 증명할 수 있을지도 몰라."

사누마가 미레이의 무죄를 증명한다? 바로는 아무 대꾸도 할 수가 없었다.

"진심으로 하는 소리야?"

"상황이 이런데 쓸데없이 농담이나 하겠어?"

"하지만……."

"시간이 없다는 건 알아."

"그자가 뭘 알고 있는 건데?"

"미안. 아직 말 못 해."

접견실에 들어온 뒤로 몇 번 쉬었던 한숨을 또 내쉬었다.

"알았어. 찾아볼게."

"찾을 수 있을 것 같아?"

"어떤 방법을 써서라도 찾아낼게."

7

미레이와 접견을 마친 후, 나는 나나우미 경찰서의 로비에서 생각에 잠겼다.

사누마를 어떻게 찾아야 할까…….

303호실에서 대면했을 때, 나는 그에게 죄를 인정한다는 말을 얻어 내지 못했다. 미꾸라지처럼 잘도 빠져나가서 사죄의 말조차 듣지 못하고 집을 나섰다.

사누마와 이야기한 것은 그때가 처음이자 마지막이었다. 당연히 거처도 연락처도 모른다. 하지만 접촉할 방법이 전혀 짚이지 않는 것은 아니었다.

그렇기에 아직 경찰서 로비에 남아 있는 것이다.

내게 일을 의뢰하고 싶으면 대행업자 사누마라는 이름으로 찾아봐. 광고는 따로 안 하지만, 부근의 노숙자에게 물어보면 찾을 수 있을 거야…….

그때 사누마는 내게 그렇게 말했다. 현재로서는 그것이 유일한 실마리다. 의자에서 일어서서 안내 데스크로 향했다. 역시 그에게 의지해 보기로 하자.

기본적으로 변호인은 피의자나 피고인과 제한 없이 접견할 수 있다. 하지만 취조나 수사를 받느라 경찰서에 없을 때도 있으므로, 사전에 접견이 가능한지 확인하는 것이 통례다.

무덤 털이범 곤다는 느닷없이 찾아온 나를 의아한 표정으로 쳐다보았다.

"안녕하세요, 곤다 씨."

"오늘은 어쩐 일이십니까?"

"곤다 씨께 물어보고 싶은 게 있어서요."

"변호사 선생님이 저한테요?"

"사누마라는 노숙자를 모르십니까?"

묘지에 살고 있다고는 하나, 곤다도 엄연한 노숙자다. 어딘가에서 사누마와 접점이 있지 않을까 싶었다.

"대행업자 말씀이로군요."

"그렇습니다."

됐다, 하고 속으로 중얼거리며 말을 이었다.

"그 사람이 어디 있는지 찾는 중이라서요."

"그 녀석이 무슨 일이라도 저질렀습니까?"

"아니요, 그런 건……."

어디까지 말해야 할지 망설였다. 이유를 설명하지 않으면 이야기에 진전이 없으리라.

"위태위태한 일만 하는 녀석이지만, 언제 빠져야 할지는 기가 막히게 잘 알거든요. 저처럼 쉽게 붙잡히지는 않을 겁니다."

"제가 맡은 다른 사건과 관련해 사누마 씨에게 이야기를 듣고 싶을 뿐입니다. 다만 주거지가 불확실하다 보니 현재 어디

계신지 몰라서 난감하네요."

"같은 노숙자인 저라면 녀석이 어디 있는지 알 거다. 그렇게 짐작하신 거로군요."

"그렇습니다."

내가 고개를 끄덕이자, 곤다는 입매를 일그러뜨리며 히죽 웃었다.

"짐작하신 대로 사누마가 어디 있는지 압니다."

"큰맘 먹고 물어본 보람이 있었네요."

곤다의 의미심장한 표정과 시선은 모르는 척했다.

"그렇지만……, 공짜로 알려 드린다고는 안 했는데요."

"무슨 말씀이신지?"

"보답은 뭐냐고 묻는 겁니다."

곤다는 아크릴 판의 구멍에 입을 가까이 대고 속삭이듯 말했다.

"변호인을 상대로 거래를 하자는 겁니까?"

"선생님이야말로 변호사라면 아무 조건도 없이 정보를 얻어낼 수 있으리라고 생각하신 것 아니고요?"

"그렇게까지 분별없는 인간은 아닙니다. 알겠습니다. 어떻게 하면 사누마 씨가 계신 곳을 알려 주실 건가요?"

대가로 무엇을 요구할지도 짐작은 갔다. 알면서도 곤다 스스로 우선권을 쥐고 선택했다는 인상을 심어 주기 위해 무조건 따르겠다는 식으로 물었다.

"쌈짓돈을 가져와 주십시오."

"예전에도 그런 부탁을 하셨죠."

"그렇습니다."

다행이었다. 예상외의 사태로 굴러가지는 않았다.

"음, 알겠습니다."

"네?"

"그 돈을 피해 변상금으로 쓰면 되는 거잖아요. 가져오겠습니다."

곤다는 어리둥절한 표정이었다. 이렇게 쉽게 승낙할 줄은 몰랐으리라. 이런 교섭에는 아직 서투르다.

"가져온 척하고 변호사 선생님 돈으로 내실 생각은 아니시겠죠?"

"자비로 충당할 마음은 없습니다. 애당초 얼마가 들어 있는지도 모르는걸요."

"오가미이시 안쪽에 숨겨 놨는데요. 그런 짓을 해도 괜찮은 겁니까?"

자기가 부탁해 놓고 어째선지 곤다가 더 동요했다.

"법에 저촉되는 행위라는 걸 알고는 계시는 거군요."

"지금까지는 그걸 이유로 부탁을 거절당했습니다."

"저 말고 다른 사람에게도 똑같은 부탁을?"

"그건……."

곤다는 말을 잇지 않았다.

아무래도 복잡한 사정이 있는 모양이었다.

변호사라면 걸리지 않게 죄를 저지르라고 사쿠는 내게 말했다. 확실히 불법이라는 이유로 안 된다고 딱 잘라 버리는 것은 법 전문가로서 얕은 생각이었는지도 모른다.

"무덤 소유자에게 사정을 설명하고, 관계자에게 허가를 받겠습니다. 그러면 예배소 불경죄나 분묘 발굴죄로 제가 처벌될 일은 없겠죠."

"그런 방법이……. 하지만 그렇게 잘될까요?"

"무덤을 뒤지게 해 달라는 교섭은 해 본 적은 없어서 모르겠습니다. 하지만 유족분도 뼈단지 옆에 무관한 물건이 들어 있으면 기분 나쁠 테니, 결국은 승낙해 주시지 않을까요? 뭐, 화는 내시겠지만."

불안한 듯 나를 바라보는 곤다에게 의식적으로 웃음을 지었다.

"그렇게 해서까지 사누마가 어디 있는지 알고 싶으신 겁니까?"

"네. 자세한 사정은 말씀 못 드리지만요. 하지만 그것만이 이유는 아닙니다."

"그밖에도 뭔가 또 있다고요?"

"노숙자는 곤다 씨 말고도 많으니까요. 공원이나 지하도를 둘러보면 금방 눈에 띄겠죠. 기꺼이 알려 줄지는 모르겠지만, 돈이나 담배를 찔러주면 대답해 주는 사람이 있을걸요? 분명 그러는 편이 덜 수고스러울 거예요."

괜히 꾸며서 말할 필요도 없기에 내 생각을 솔직히 말했다.

"그럼 왜 저한테?"

"이왕이면 일석이조가 낫지 않겠습니까. 이번 사건에서 저희가 주장할 수 있는 부분은 정상참작밖에 없습니다. 무덤의 쌈짓돈을 꺼내면, 저는 사누마 씨를 만날 수 있고, 곤다 씨는 피해를 변상할 수 있죠."

봐라, 일석이조 아니냐. 곤다는 설명하는 내 입을 흥미롭게 바라보았다.

"별난 변호사 선생님이군……."

"절반쯤은 제 사정이지만요."

"그래서 더 믿음직스럽습니다. 배신당할 가능성이 줄어드니까요."

"그럼 묘비에 적힌 이름을 말씀해 주실까요?"

내가 파헤쳐야 할 무덤에 잠든 사람의 이름이 이제 밝혀진다. 신기한 기분으로 곤다가 입을 열기를 기다렸다.

"곤다 사토시입니다."

"아니……, 본인 이름 말고……."

"압니다. 선생님을 믿으니까 사실대로 말씀드리는 거예요."

그리고 곤다는 지금까지 숨겨 온 비밀을 털어놓았다.

8

금요일 오후 3시. 곤다가 지정한 시각에 나와 사쿠는 나나우미 공동묘지에 있었다.

크고 작은 다양한 묘비가 규칙적으로 줄지어 있었다.

사람이 많이 오가는 통로에 면한 묘비는 장식이 화려하니 비싸 보이는 것이 많았다. 한편 볕이 들지 않는 곳에 우두커니 서 있는 묘비는 불편한 자리라고 어쩐지 불평하는 것 같았다.

이 가운데 산 사람의 묘비가 섞여 있는 것을 안다면 죽은 사람도 놀라리라.

결국 곤다는 애당초 무덤을 뒤지게 할 생각은 없었던 듯했다. 자신의 부탁에 어떻게 대답하는지 듣고, 믿을 만한 사람인지를 판단해 진짜 부탁을 하려고 했다.

기대치 않게, 그리고 원치 않게 나는 시험에 합격했다.

사전에 묘지를 살펴보자 분명 곤다 사토시의 무덤이 있었다. 변호인으로서 담당 피의자의 이름이 새겨진 묘비를 보자 기묘한 감각이 밀려왔다.

"쌤이 접견한 건 귀신이었나요?"

모노톤 계열의 옷을 입은 사쿠가 물었다.

"그럴 리가. 곤다 사토시는 살아 있어."

"저는 살아 있는 곤다 씨를 실제로 본 적이 없으니까요. 피로에 절은 쌤이 환각을 봤다고 해도 놀랄 것 없죠."

"잘못된 건 저 무덤이야. 무덤 속에 잠든 사람이 없거든."

우리는 곤다의 무덤이 보이는 곳에 서서 이야기를 나누었다. 혼자 있으면 의심받을 것 같아서 사쿠도 데려왔다. 조금만 더 있으면 기다리던 사람이 나타날 것이다.

"왜 그런 잘못이 생긴 걸까요?"

"작은 착각을 큰 거짓말로 덮어 버렸기 때문이지."

사쿠는 고개를 갸웃했다. 자세한 설명은 해 주지 않았으니 무리도 아니다.

"저도 이해할 수 있게 설명해 줘요."

"나라고 전부 다 아는 건 아니야."

"쌤도 의외로 얼빠진 구석이 있으니까요. 저한테 말해 주면 해결될지도 몰라요."

기다리는 사람이 올 때까지는 딱히 할 일도 없으므로 사쿠의 제안에 응하기로 했다.

"다른 데서 말하면 안 돼."

"알았다니까요."

"곤다는 스물다섯 살 때 건설 회사를 차렸어. 처음에는 자잘한 하청을 받아서 일했지만, 꼼꼼한 일솜씨와 뛰어난 직원들 덕분에 신뢰를 얻어서 회사가 서서히 커졌지. 그리고 십 년도 지나지 않아 공공사업의 계약을 따낼 만한 규모로 성장했어."

"그런 사람이 왜 무덤을 털어서 연명할 정도로 몰락한 건가요?"

"회사가 커지면 사장의 시선이 닿는 범위도 제한되지. 회계를 맡긴 직원이 분식결산을 해 버린 거야. 아아, 이것도 어디까지나 곤다의 주장이지만. 실은 그가 지시했을지도 모르지."

사쿠는 정면에 있는 무덤에서 눈을 떼지 않고 고개를 살짝 끄덕였다.

"네, 계속하세요. 어쩐지 결말은 보이지만."

"부정이 부정을 낳으면서 점점 돌이킬 수가 없어졌어. 곤다 본인도 융자금 관련 사기에 손을 댔지. 결국 주변의 신뢰를 잃었고, 빚은 눈덩이처럼 커졌고, 사장은 징역형을 선고받았지. 회사가 도산하자 곤다는 개인 파산을 선택했어."

"인간이 나락으로 굴러떨어지는 건 한순간이네요."

사쿠의 눈동자에 어두운 그림자가 깃들었다. 사쿠의 가족이 파멸의 길을 걸은 계기도 아버지의 사업 실패라고 들었다. 곤다의 인생과 자신의 인생이 겹쳐서 보였는지도 모른다.

"처음으로 실형 판결을 받은 후부터 곤다는 교도소와 바깥세상을 들락날락하기 시작했어. 아내와는 이혼, 딸과는 생이별, 각지를 전전하며 범죄로 하루하루 연명하다 체포된다. 이게 몰락한 곤다의 반생이야."

처음으로 접견하러 갔을 때 곤다는 처자식이 없다고 했지만, 그것은 반쯤 거짓말이었다. 내가 연락할까 봐 이혼한 사실을 알리지 않은 것이리라.

"그걸로 끝인가요? 저 무덤이 만들어진 이유는요?"

지당한 의문이다. 나도 곤다에게 같은 질문을 했다. 하지만 돌아온 대답을 받아들이기가 쉽지는 않았다.

"주변 사람들 입장에서 누군가가 체포되는 건 실종되는 거나 마찬가지 아닐까?"

"실종됐다고 착각해서 무덤까지 만들었다고요?"

"그게 아니야. 착각은 딸이 했고, 부인은 거짓말을 했지."

"대체 뭐가 어떻게 된 거예요?"

사쿠는 곤다의 무덤에서 눈을 돌려 내 눈을 똑바로 들여다보았다.

"아직 이혼이 성립되지 않았을 때, 곤다는 절도 사건으로 또 체포됐어. 부인은 바로 상황을 이해했지. 처음 있는 일도 아니었고, 변호인에게 연락도 받았을 거야. 하지만 아직 어렸던 딸은 아버지가 사라진 이유를 이해하지 못했어."

"아아……, 그렇구나. 부인이 설명해 주지 않은 거군요."

"응. 그래서 딸은 아버지가 실종됐다고 착각했어. 어디를 찾아봐도, 아무리 기다려도 아버지가 돌아오지 않으니까. 그 모습을 본 부인이 아버지는 죽었다고 말해 버린 거야."

"어째서……."

곤다네를 구성한 톱니바퀴는 이 거짓말로 산산이 무너져 내렸다.

“아버지가 범죄자라는 사실을 알기보다는 충격이 적을 거라고 생각했는지, 그냥 될 대로 되라는 식이었는지는 모르겠어. 아무튼 부인은 이 거짓말을 쭉 밀고 나갔지. 곤다에게 사인을 받은 이혼 서류를 관공서에 제출하고, 주변에도 남편은 죽었다고 주장했어.”

“저 무덤도?”

“어떤 의미에서는 대단하지. 빼려야 뺄 수 없게 됐을 뿐인지도 모르지만, 아무도 잠들어 있지 않은 무덤에 계속 성묘를 하러 온 거야. 몇십 년이 지나 할머니가 되고, 손녀가 생긴 지금도.”

곤다 사토시의 무덤에는 조상도 모셔져 있지 않으므로 그야말로 빈 무덤이다.

“자기가 죽은 사람 취급받는다는 사실을 곤다 씨는 알고 있었나요?”

“면회를 온 부인에게 설명은 들었대. 기분이 어땠으려나.”

“불쌍해라…….”

“형기가 끝나고 출소해도 곤다가 돌아갈 곳은 없었어. 사망신고는 접수되지 않을 테니 호적상으로는 살아 있겠지만, 사회적으로는 죽은 거나 마찬가지였어.”

이혼이 성립되면 딸이나 손녀가 곤다의 호적을 확인할 가능성은 줄어든다. 죽었다고 받아들인 사람의 호적을 굳이 조사하지는 않으리라.

"딸을 만나러 가서 살아 있다고 알리면 될 텐데."

"곤다는 그래서는 안 된다고 판단했어. 자신의 죽음을 받아들이고 묘지에 살기 시작했지."

그 후로도 곤다는 죄를 저질렀지만, 가족이 있다는 사실을 경찰이나 변호인에게 밝히지 않았다. 고독한 주거 부정자로서 집행된 벌을 받아들였다.

"부인이 그런 거짓말을 한 것도, 곤다 씨가 그런 선택을 한 것도 저는 이해가 안 되네요."

사쿠는 울 것 같은 표정으로 말했다.

"그렇지. 하지만 부인은 곤다를 내버리지 않았고, 곤다도 가족을 원망하지 않아. 그들이 살아온 모습을 보면 그런 생각이 들어."

"어째서요? 그럴 리 없잖아요."

"전에 곤다가 무덤에 공양한 음식을 훔쳐 먹는다고 했었지?"

"설마……, 그게 자기 무덤이라고요?"

"정답. 나도 처음에는 천벌 받을 짓이라고 생각했어. 하지만 자기에게 공양한 음식을 먹는다면 다른 해석도 성립되겠지. 즉, 곤다가 실제로 먹을 걸 상정하고 그가 좋아하는 음식을 공양한 사람이 있다. 그렇게 생각할 수 없을까?"

"부인은 곤다 씨가 묘지에 산다는 걸 알고서……."

내가 하고 싶은 말이 무엇인지 사쿠도 이해한 듯했다.

“딸과 손녀에게 성묘하러 간다고 설명하고 음식을 계속 공양해 온 거야. 빈 접시를 보고 돌아가신 할아버지가 드셨다고 하면, 어린아이는 믿을 법도 하지.”

“그렇게까지 할 바에야, 다시 가족으로 받아들이면 되잖아요.”

“무덤이 있었기에 세월이 흐르면서 적당한 거리감을 얻었는지도 모르지.”

무덤에 바쳐진 음식을 훔쳐 먹은 일에 관해서는 곤다도 거짓말을 하지 않았다.

친족의 무덤이 있는지는 모른다고 했다. 묘지에 있었던 것은 곤다 본인의 무덤이었다.

빈 접시를 보고 기뻐하는 사람이 있다고 했다. 아내는 곤다가 바깥세상에서 무사히 살아 있음을 알고 안도한다. 손녀는 돌아가신 할아버지가 드셨다고 믿고 기뻐했다.

음식을 먹지 않으면 슬퍼하는 사람이 있다고 했다. 아내는 곤다가 또 체포됐거나 죽은 줄 알고 비탄에 잠긴다. 손녀는 돌아가신 할아버지에게 외면당한 줄 알고 슬퍼한다.

그리고 사람을 행복하게 해 주는 범죄라고 했다…….

그 말대로일지도 모른다. 상처 입는 사람은 아무도 없으니까.

“쌤. 저기…….”

사쿠의 말에 흐릿했던 시야가 선명해졌다.

두 사람이 우리가 지켜보던 무덤을 향해 똑바로 다가왔다.

"온 모양이군."

"우리도 갈까요."

나이든 여자와 어린 소녀는 곤다 사토시의 무덤 앞에 손을 잡고 서 있었다. 약간 머쓱했지만, 놀라지 않도록 조심스레 말을 걸었다.

"저기……, 실례합니다."

소녀가 먼저 우리 쪽을 돌아보았다.

"할머니. 손님이야."

그것이 올바른 표현인지는 미묘했지만, 여자도 우리를 알아차렸다.

"갑자기 말을 걸어서 죄송합니다."

"무슨 일이세요?"

말을 꺼내자 얼굴에 새겨진 주름이 위아래로 움직였다. 깊은 주름은 여자가 걸어온 인생이 고난의 연속이었음을 나타내는 것처럼 보였다.

"변호사 구가 기요요시라고 합니다. 곤다 사토시 씨와 관련해 여쭙고 싶은 게 있어서요."

곤다의 이름을 꺼내자 여자가 표정을 살짝 찡그렸다.

"가나……. 통에 물 좀 담아 올래?"

소녀는 밝은 목소리로 "응, 알았어!" 하고 대답했다.

"언니랑 같이 갈까. 통이 있는 곳으로 안내해 줄래?"

사쿠가 소녀의 눈높이까지 허리를 구부리고 말했다.

"그래. 이쪽이야, 이쪽."

"미끄러져서 넘어지면 아프니까 손 잡고 가자."

두 사람은 무덤 앞에서 멀어졌다. 사쿠의 센스 있는 대응에 조용한 감사를 표했다.

"저 아이는 곤다 씨가 살아 있다는 걸 모르겠죠."

여자를 보자, 내 얼굴을 뚫어지게 노려보고 있었다.

"곤다는 죽었어요. 우리 마음속에서는 훨씬 옛날에……."

"저는 곤다 씨의 말을 전하러 왔을 뿐입니다."

죽은 것이 아니라, 당신이 존재를 말소한 것이다. 그렇게 말하면 여자는 불같이 화를 낼까.

"또 체포된 거군요."

"네. 공양하신 음식을 먹지 않게 됐을 무렵부터요."

묘비 앞에 놓인 접시에는 손대지 않은 빵과 과일이 담겨 있었다.

"어디까지 아시는 거죠?"

"본인에게 대부분 다 들었습니다. 곤다 씨는 실형을 선고받을 거예요. 무덤에 공양하신 음식을 몇 년은 못 먹을 겁니다."

"그 사람을 먹여 살리려고 공양하는 거 아니에요. 제 나름대로 우리 사이에 매듭을 지은 거라고요."

"그렇군요. 실례했습니다."

매듭이라. 곤다가 자신의 죽음을 받아들인 것도, 어쩌면 곤다 나름의 매듭이었는지도 모른다. 폐를 끼친 가족이 원한다면 존재를 말살당해도 어쩔 수 없다고 생각했다.

"그나저나 곤다가 전하려는 말이 뭔데요?"

"곤다 씨는 절도 피의 사실이 인정돼 구류된 상태입니다. 본인은 피해를 변상할 뜻이 있지만, 수중에 현금이 없어서요. 그런데 어떤 곳에 쌈짓돈을 숨겨 놨다고 하더군요."

"어떤 곳?"

"그 속에요."

나는 정면에 있는 곤다 사토시의 무덤을 가리켰다.

"이건 무슨 농담인가요?"

"아니요, 곤다 씨는 정말로 무덤 속에 쌈짓돈을 감춰 둔 모양입니다. 구체적으로는 뼈단지 옆에 놓아 뒀다는데요. 오가미이시를 치우려면 관계자의 허가를 받아야 합니다."

"그걸 저한테?"

"네. 허가를 받기 위해 협력해 주시고, 무덤을 열 때 입회해 주실 수 없으시겠습니까?"

침묵이 십 초쯤 이어졌다. 여자는 망설이는 것처럼 보였다.

"돈이 얼마나 들어 있는지는 확실치 않지만, 피해를 변상할 만큼은 있다고 했습니다. 그리고 남은 돈은 당신께 전해 달랍니다.”

“곤다가 모은 돈을 받으라고요?”

“단적으로 말씀드리면 그렇습니다.”

이것이 곤다가 내게 진짜로 부탁한 일이다.

무덤 속에 감춰 둔 쌈짓돈은 이 여자에게 주려던 것이었다. 무덤 속에 감춰 두면, 곤다에게 만일의 사태가 벌어져 빈 뼈단지를 꺼낼 때 여자의 눈에 띈다.

쌈짓돈에는 유증•의 역할도 있었던 셈이다.

“얼마나 되나요?”

“아까도 말씀드렸듯이 구체적인 금액은 확실치…….”

“그게 아니라 곤다가 훔친 물건의 피해액이요. 제가 변상할게요. 더러운 돈을 피해자에게 드릴 수는 없어요.”

“자세한 사정까지 설명할 필요는 없을 것 같은데요.”

“그런 문제가 아니잖아요.”

굳은 의지를 나타내듯 여자는 딱 잘라 말했다.

“남은 돈은요?”

“안 받을래요. 그건 곤다의 돈이니까.”

설득해도 헛수고라고 느껴질 만큼 단호한 말투였다.

“무덤 속에는 편지 같은 게 들어 있을 수도 있는데요.”

• 유언으로 자기 재산의 전부 또는 일부를 무상으로 다른 사람에게 물려주는 행위

"제 대답은 변함없어요. 제가 무덤을 여는 건, 곤다가 죽었을 때뿐이에요."

나도 더는 할 말이 없었다. 이제 포기하는 수밖에 없으리라.

"알겠습니다. 곤다 씨께는 그렇게 전하겠습니다."

"저도 곤다에게 전하고 싶은 말이 있는데, 괜찮을까요?"

"네, 말씀하시죠."

여자가 거절했음을 알면 곤다는 깊이 슬퍼할 것이다. 하다못해 그 슬픈 마음을 어루만져 줄 말이라면 좋으련만…….

"당신이 죽으면 돈도 같이 태워 줄게. 그러니까 안심하고 **가**. 그렇게 전해 주시겠어요?"

나는 얼떨떨한 기분이었다. 가라니, 교도소에? 아니면 저세상에?

여자는 곤다의 의도를 이해하고서 그의 소망을 거절하려 한다. 그 마음에는 증오나 분노같이 순수하게 부정적인 감정과는 달리, 복잡한 정서가 뒤섞여 있는 것 같았다.

사쿠와 소녀가 통을 들고 안쪽에서 걸어왔다.

"곤다 씨는 형사재판을 받을 겁니다. 피해 사실을 두고는 다투지 않고, 정상참작 측면에서 주장할 예정이에요. 그때 증인으로 법정에 서 주시면 안 되겠습니까?"

거절당할 확률이 높았지만, 가능성이 전혀 없지는 않다는 일말의 기대도 있었다.

"안 되겠네요. 곤다를 죽인 저에게 그럴 자격은 없어요."

여자는 내게 등을 돌리고 손을 흔드는 소녀 쪽으로 걸어갔다.

곤다를 죽였다고 여자는 말했다. 죽은 것이 아니라 자기가 죽였다고…….

빈 뼈단지, 먹을 것을 기대하고 공양한 음식, 사용될 예정이 없는 쌈짓돈.

눈앞의 무덤에는 이런저런 모순이 숨어 있다.

이 모든 모순은 곤다의 목숨이 다했을 때 해소될 것이다.

9

전처의 말을 전해 주자 곤다는 접견실에서 소리 내어 웃었다.

그 칼칼한 웃음소리만이 좁은 공간에 공허하게 울려 퍼졌다. 그리고 곤다는 거드름 부리는 기색 하나 없이 대행업자 사누마가 있는 곳을 알려 주었다.

내 목적은 달성했지만, 아무렇지도 않은 척하는 곤다의 반응을 보고 있자니 어쩐지 마음이 아팠다. 성난 목소리로 고함을 질렀다면 차라리 나았을지도 모른다.

히로세역 서쪽 출입구에서 도보로 오 분 거리에 히메카와 공원이라는 공공시설이 있다.

상업화가 진행 중인 동쪽 출입구와 달리, 서쪽 출입구 방향은 큰 건물이 입시 학원과 슈퍼 정도밖에 없는 한적한 주택가이므로, 공원에도 가족의 모습이 눈에 띄었다.

벤치에 앉아 도시락을 먹는 노부부와 천진난만하게 축구공을 쫓아가는 소년을 곁눈질하며 공원 한복판으로 향했다.

'은행나무 옆에 체크무늬 레저 시트를 깔고 앉아 있을 겁니다.'

곤다가 가르쳐 준 곳에 그 화려한 레저 시트가 있었다.

시트 위에는 벼루와 붓 등 서예 도구를 늘어놓은 작은 책상이 놓여 있었고, 수많은 화선지가 그 주변을 가득 채웠다. 화선지에는 짧은 문장이 독특한 글씨체로 적혀 있었는데, 똑같은 것은 하나도 없었다. 여기서 파는 상품이리라.

책상 앞에는 다시는 볼 일이 없을 줄 알았던 남자, 사누마가 앉아 있었다.

뒤로 묶은 긴 머리, 덥수룩한 수염, 회색 전통 작업복.

겉모습만 보면 진짜 서예가 같다.

"안녕하세요."

멀리서 동태를 살피지도 않고 바로 말을 걸었다.

"어서 오세요……. 미안하지만 아직 영업 준비 중인데."

"내가 누군지 기억합니까?"

사누마는 들고 있던 붓을 책상에 내려놓고 가늘게 뜬 눈으로 내 얼굴을 보았다.

"기억력이 좋은 편은 아니라서. 말하든지 돌아가든지 해."

특색 있는 그 말투를 듣자, 미레이의 집에서 겪었던 씁쓸한 일이 머릿속에 되살아났다.

"이름을 들어도 기억해 내지 못할 것 같은데요."

"그래? 시비 걸러 온 거면, 썩 돌아가."

장사를 방해하러 온 성가신 양아치라고 생각한 모양이었다. 꼭 틀린 것만은 아니지만.

"도청당한 여대생의 지인이라고 하면 어떻습니까?"

몇 초 침묵한 후, 사누마는 "아아……." 하고 탄식을 뱉어 냈다.

"그때의 그 별난 녀석인가."

일단 이야기를 진행할 수 있을 듯했다.

"좀 물어보고 싶은 게 있는데요."

"말은 뭐로 할래?"

"네?"

"이거."

사누마는 화선지를 가리키며 말했다.

"지금은 서예가이기도 하거든."

"대행업자는 그만뒀습니까?"

"좋고 싫고 가릴 것 없이 뭐든지 손을 댄다. 그렇듯 대단한 행동력이 있으니까 대행업자인 거야. 이 일에 부업이라는 개념은 없어. 다섯 글자까지는 1만 엔이야."

순 억지다 싶었지만 반론은 하지 않았다. 이 남자를 말로 이기기 어렵다는 건 몸소 체험했다.

"요컨대 돈을 내라는 거로군."

존댓말을 쓸 마음도 사라졌다.

"글씨를 쓰는 동안 이야기는 들어 줄게."

사누마는 그렇게 말하고 히죽 웃었다.

화선지에 적힌 작품을 대충 훑어 보았다. 악필은 아니지만 돈을 내고 구입할 마음은 들지 않았다. 그래도 1만 엔으로 이야기를 할 수 있다면 싸다고 판단했다.

"당신이 좋아하는 말을 써. 아니면 거기 있는 종이 중에서 아무거나 하나 주든가."

"그럼 안 되지. 무슨 말을 쓸지 생각하는 것도 그쪽이 할 일이야."

성가신 규칙이다. 머릿속에 번쩍 떠오른 다섯 글자를 말하려고 했다.

"아아, 무슨 말인지 한 번에 다 가르쳐 주는 것도 안 돼. 선입관을 배제하고 한 글자씩 이미지에 따라 붓을 놀리는 게 내 방식이거든. 그래서, 첫 글자는?"

"누가 손님인지 모르겠군……. 그럼 유무의 무(無)로."

사누마는 고개를 끄덕인 후, 벼루에 물을 떨어뜨리고 익숙한 손놀림으로 먹을 갈기 시작했다.

"그때 당신이 의뢰받았던 일에 대해 물어보고 싶은데."

"대답할지 말지는 질문을 들어 보고 정할게."

자, 어디부터 시작할까.

"당신이 도청했던 목표물의 이름은 기억해?"

"아니……, 고객이 이름을 말해 주지는 않았을 거야."

사누마는 벼루에 시선을 고정한 채 대답했다. 먹이 일정한 속도로 벼루 속을 오갔다.

"그럼 오리모토 미레이라는 이름을 들은 적은?"

"있을지도 모르고, 없을지도 모르지."

"아까부터 이야기하고 있는, 당신이 도청한 목표물이야. 살인 혐의로 기소된 피고인의 이름이기도 하지. 난 그 사건의 변호인이고."

사누마가 규칙적으로 먹을 갈던 손을 딱 멈췄다.

"살인……, 누구를 죽였는데?"

미레이의 이름이 아니라 살인이라는 말에 반응한 듯했다.

"유키 가오루. 호토대학교 로스쿨의 교원이었던 남자."

"그 이름도 모르겠군."

"아직은 살인을 저질렀다고 의심받는 단계에 머물러 있지만."

"의심받으면 끝이야. 검게 물든 걸 하얗게 되돌릴 수는 없지."

사누마는 손끝에 먹물을 묻혀 화선지에 꾹 눌렀다. 새하얀 화선지의 일부가 천천히 먹색으로 물들었다.

"무슨 수단을 써서라도 하얗게 되돌려야 해."

"핫……. 안 될 것 같지만, 뭐, 열심히 해 봐."

깔보는 듯한 웃음이었다. 실컷 무시해도 상관없다.

"미레이의 무죄를 증명하는 걸 당신이 도와줬으면 해."

"나한테 이런 말 듣기는 싫겠지만, 머리는 멀쩡해?"

"내 생각에는 정상이야. 먹은 안 갈아도 돼?"

벼루 속에는 먹물이 거의 고여 있지 않았다. 사누마는 고개를 숙이고 다시 먹을 갈기 시작했지만, 아까까지와는 달리 속도를 일정하게 유지하지 않았다.

"무슨 소린지 모르겠군. 무죄를 증명하다니, 뭘 어쩌자는 거야?"

"증인으로서 재판에서 증언해 줘."

사누마가 어디 있는지 곤다에게 알아낸 후, 나는 미레이와 접견했다. 그러자 미레이는 금방은 믿기 힘든 사실을 털어놓았다.

그것이 진실인지 아닌지는, 사누마와 대화를 나누다 보면 밝혀질 것이다.

"내가 왜? 난 아무 관계도 없는걸."

"아니, 무관하지 않아. 아까 유키 가오루라는 이름을 모른다고 했지?"

"기억에는 남아 있지 않아."

"그럼 이 얼굴을 본 적은?"

호주머니에서 사진을 한 장 꺼내서 사누마에게 보여 주었다.

"이게 그 유키라는 남자?"

"응, 맞아."

사누마는 사진을 책상에 내려놓고 붓을 집었다. 어느덧 먹물이 벼루에 충분히 고여 있었다. 사누마는 화선지 오른편 위쪽에 획순을 지키지 않고 아무렇게나 '무'라는 한자를 썼다.

모서리가 떨어져 나간 동그란 바구니에 작은 다리가 네 개 달린 듯한 기묘한 물체. 이것이 사누마의 머릿속에 존재하는 무의 이미지일까.

"다음 글자는?"

말로 설명하기 어려웠으므로 휴대전화에 한자를 입력해서 보여 주었다. 얼른 본론을 진행하고 싶었지만, 이런 일로 심기를 거스르는 것도 바보 같은 짓이다.

"처음 보는 한자로군. 무슨 뜻이야?"

"죄, 허물."

"흐음. 그래서 괴로운(辛) 건가."

사누마는 유쾌한 듯 큭큭 웃었다. 뭐가 그리 재미있는 걸까.

"그건 그렇고 아까 질문에 대한 대답은?"

"무슨 질문이었더라?"

"사진 속 그 남자를 어디서 본 적 없어?"

"있을지도 모르고, 없을지도 모르지."

나를 골리면서 즐기는 것이다. 나는 심호흡을 해서 마음을 진정시켰다.

그리고 물었다.

"미레이에게 장난질을 쳐 달라고 의뢰한 사람이 이 남자 아니었나?"

사누마는 붓을 든 채 굳어 버렸다. 붓에서 흘러내린 먹물이 벼루에 뚝 떨어졌다.

"왜 그렇게 생각하는데?"

"변호인은 검사가 확보한 증거를 확인할 수 있어. 이번 사건에서는 피해자의 컴퓨터까지 샅샅이 조사했지. 그 속에 유키 가오루가 당신에게 보낸 메일이 남아 있더군. 그러니 나뿐만 아니라 수많은 사람이 다 알아. 잡아떼도 소용없어."

전부 허세다. 증거 개시 신청은, 유형 증거 개시 신청도 포함해, 원하는 정보를 마법처럼 꺼낼 수 있는 제도가 아니다. 오히려 헛스윙으로 끝나는 경우가 대부분이다. 이번에도 미레이에게 유리하게 작용할 증거는 얻지 못했다.

그래도 아마추어를 속여 넘길 수는 있을 것이다.

"그런 메일이 남아 있었다면 그 녀석이 고객일지도 모르지. 하지만 전에도 말했을 텐데? 난 고객이 누군지 모르고 의뢰를 받았어."

"금방 들통 날 거짓말은 그만둬. 당신은 의뢰인이 누군지 알고 있었어."

"이봐, 멋대로 단정하지 마."

"다음 글씨는……, 의. 한자 말고."

사누마는 혀를 차더니 화선지 위에 난폭하게 붓을 놀렸다.

"미레이의 집에서 도청한 음성을 의뢰인에게 보냈잖아."

"그런 것까지 컴퓨터에 남아 있었나?"

"응, 전부 저장해 놨더라고."

사누마의 지식으로는 내 말의 진위를 판단할 수 없으리라.

"클라우드로 데이터를 주고받았어. 하지만 그렇다고 고객의 얼굴까지 어떻게 알겠어? 어디까지나 익명으로 소통했단 말이야."

"음성밖에 보내지 않았다면 그렇겠지. 데이터에 바이러스를 심었다는 것도 다 알아."

"……그걸 어떻게?"

미레이에게 들은 대로 말했을 뿐이므로, 사누마가 일소에 부칠 것도 각오했다. 하지만 반응을 보건대, 적어도 턱도 없는 헛소리는 아니었던 모양이다.

"나쁜 짓을 하는 걸 신은 다 보고 있어. 학교에서 안 배웠나?"

"공교롭게도 무신론자라서."

"바이러스가 심긴 데이터를 열면, 상대방 컴퓨터의 웹캠을 해킹해서 영상을 빼낼 수 있지. 그걸로 뭘 봤는지 정도는 본인 입으로 말해 주지 않겠어?"

"자기만 안전한 곳에 있으려고 하는 자세가 마음에 안 들었어. 그래서 존안을 한번 뵈려고 했지. 이제 됐나?”

사누마는 의뢰인의 얼굴을 보았다. 이제 이름만 밝혀내면…….

“카메라에 비친 건 이 사람이었지?”

책상 위의 사진을 가리켰다. 숨이 막힐 만큼 심장이 두근거렸다.

“그래, 이 녀석이야. 기억력이 좋지는 않지만, 그건 확실히 기억나네.”

점과 점이 이어졌다.

받아들이기 힘든 결론일수록 진실일 개연성은 높아진다. 각오하고 왔는데도, 실제로 답을 듣자 틀렸기를 바라는 마음이 앞섰다. 하지만 받아들일 수밖에 없었다. 악랄한 장난질을 치라고 지시한 것은 가오루였다. 가오루가 미레이를 괴롭혔다.

“어이, 네 번째 글자는?”

“제도의 제(制).”

정보를 얻어 낼 시간은 이제 두 글자 분량밖에 남지 않았다.

“재미없는 글자뿐이로군.”

사누마의 반응을 무시하고 이야기를 본론으로 되돌렸다.

“몰래 촬영한 영상은 컴퓨터에 저장해 놨나?”

“그렇다면?”

“제공해 줘. 그리고……, 지금 했던 이야기를 법정에서도 해 주지 않겠어?"

사누마는 화선지에서 눈을 돌리지 않고 또 불쾌한 웃음소리를 흘렸다.

"여대생의 집을 도청하고, 못된 장난질을 했다. 고객의 컴퓨터에 바이러스를 심었다. 그걸 법정에서 밝히라고?"

"전부 말할 필요는 없어. 일부만 증언해 주면 돼."

한자의 왼쪽 절반을 쓴 후, 사누마는 내 얼굴을 노려보았다.

"미쳤나……. 그런 제안을 누가 받아들여?"

"법을 위반하는 장난질은 하지 않았다고 의기양양하게 말했을 텐데."

붓을 쥔 사누마의 오른손이 바르르 떨렸다. 내 말에 짜증이 치민 듯했다.

"그런 문제가 아니잖아. 내게 이득이 없다는 거야."

"의뢰인이 죽고, 피해자가 체포됐어."

"뭐?"

"당신이 의뢰를 받아들이지 않았다면, 가오루가 죽을 일은 없었어."

내가 떠올린 스토리가 올바르다면, 미레이를 괴롭힌 장난질과 가오루의 죽음은 한 줄의 선으로 연결되는 셈이다. 아니……, 거기에 그치지 않는다. 일련의 무고 게임이 사건에 관련됐을 가능성까지 보였다.

"그럴 줄 난……."

"몰랐다는 말은 집어치워. 당신한테는 수상한 의뢰밖에 안 들어온다고 했지? 범죄에 관련됐을 가능성도 있다고 예상은 했을 거야. 그렇다면 책임을 지고 뒤처리까지 하는 게 순리 아니겠어? 당신 증언으로 구할 수 있는 사람이 있다고."

지금 시점에서 내가 할 수 있는 일은 여기까지다. 사누마의 증언을 얻어 내는 것이 최선인 줄은 알지만, 그러라고 강제할 방법은 없다.

"다섯 글자를 쓰기로 했지. 마지막 글자는?"

"재판의 재(裁)"

"이런 말이 실제로 존재해?"

사누마에게 주문한 것은 호토대학교 로스쿨에서만 통용되는 말이었다.

"대답은?"

"어차피 거절하긴 하겠지만, 생각할 시간을 조금만 줘."

다시는 오지 말라고 퇴짜를 맞지 않은 만큼 훌륭한 성과라고 봐야 할까. 나를 올려다보는 사누마에게 명함을 건넸다.

"아, 참……. 줄 게 있어."

"나한테?"

사누마는 의아한 듯 고개를 갸우뚱했다.

"응. 당신이 어디 있는지 알려 준 사람이 편지를 전해 달라고 부탁했거든.”

자세한 이야기는 못 들었지만, 곤다와 사누마는 나름대로 오래 알고 지낸 모양이었다.

“누군데?”

“편지를 보면 알겠지. 느닷없이 찾아와서 미안해.”

사누마는 받아 든 봉투를 햇빛에 비춰 보았다. 뜯어 보면 될 텐데 싶었지만, 말을 꺼내지는 않았다. 무슨 내용이 적혀 있는지는 나도 모른다.

“시간 분배가 절묘하군. 역시 변호사다워.”

사누마는 그렇게 말하고 화선지를 내밀었다.

모서리가 깎여서 둥그스름해진 글자, 과도하게 각진 글자, 시간과 공간이 통째로 일그러진 듯한 글자, 멈춤과 파임이 강조된 글자, 도장에 새기는 서체처럼 가공된 글자.

분명 글자마다 완전히 다른 이미지가 느껴졌다.

무고의 제재(無辜の制裁)

화선지에는 이 다섯 글자가 난잡하게 줄지어 있었다.

“무슨 뜻이야?”

그 질문에 나는 나 자신에게 들려주듯 대답했다.

“이게 사건의 진상인지도 몰라.”

10

형사 변호는 고독한 싸움이야.

한여름철에 변호사 실무 수습을 받을 때, 열세의 상황에서 증인신문을 마친 지도 변호사가 내뱉은 한마디다. 당시는 흘려들었지만 드디어 그 말에 담긴 진정한 뜻을 깨달았다. 형사 변호를 할 때는 경기자와 관중 양쪽에게 고독한 싸움을 강요받는다.

이번 사건의 담당 검사는 후루노와 도메키지만, 그들은 공판기일에 소추를 맡는 경기자에 지나지 않으며 그들의 배후에는 검찰청이라는 강대한 조직이 버티고 있다.

이 정도 규모의 사건이라면 수사 단계부터 관여해서 기소까지 준비한 검사와 전체적인 지휘를 맡은 책임자가 따로 있을 것이다. 필요성이 인정되면 보충 수사에 인원을 할애할 테고, 책임능력을 판단하기 위해 기소 전에 정신감정을 실시할 수도 있었다.

빈틈없이 증거를 갖추었다고 자부하기에 그들은 기소하기로 결단을 내렸다. 그러기로 판단하느냐 마느냐에 따라 피의자의 운명은 크게 달라진다.

넘겨받은 폭발 직전의 폭탄을, 드라이버 하나로 해체하라고 명령받는다.

무죄를 주장하는 변호인에게 요구되는 것은 그런 작업이라고 생각한다. 힘든 작업을 함께 할 요원은 알아서 찾아야 하고, 해체에 시간이 너무 걸리면 산산조각으로 폭발한다. 무사히 해체에 성공할 확률은 한없이 제로에 가깝다.

그렇기에 유죄율 99.9퍼센트라는 숫자가 도출되는 것이다.

한편 관중의 차가운 시선도 폭탄 해체의 정밀도를 떨어뜨리는 요인 중 하나다.

유죄판결이 확정될 때까지는 죄를 저질렀는지 저지르지 않았는지 알 수 없다. 그런 허울 좋은 소리는 통하지 않는다. 피의자로서 체포된 그 시점에 이미 검게 물들었다고 세상 사람들은 간주한다. 그리고 하얗게 되돌리려는 변호인에게도 비난의 화살이 쏟아진다.

굳이 따지자면 나는 주변의 비판이나 칭찬에는 무관심한 성격이다. 따라서 전혀 주눅 들지 않고 피고인의 이익을 위해 활동한다. 하지만 그런 나도 변호인으로서 마음이 아픈 순간이 있다.

눈앞에 있는 인터폰을 눌렀다. 예를 들면 지금 같은 순간이다.

전철을 타고 가오루의 본가를 찾아왔다. 사누마와 이야기한 지 사흘이 지났다.

"네."

스피커에서 중년 여자의 목소리가 들렸다.

"가오루의 친구였던 구가 기요요시라고 합니다."

잠시 생각하다 대답했다.

"가오루의……. 잠깐만요."

죄책감이 몰려왔다. 미레이의 변호인이 아니라, 가오루의 친구임을 앞세웠다.

"기다리게 해서 미안해요."

가오루의 어머니는 몸집이 작고 상냥하게 생긴 여자였다. 내게 웃음을 짓는 그 입매에서는 어쩐지 덧없는 인상이 느껴졌다.

"가오루와는 같은 로스쿨에 다녔습니다."

"그렇군요. 그 아이가 자기 이야기는 별로 안 해서."

"저기……, 분향을 해도 될까요?"

"네, 그럼요."

현관에서 인사를 마치고 집으로 들어갔다. 일본식 방의 도코노마•에 불단이 설치돼 있었다.

촛불로 선향에 붙인 불을 손바람으로 껐다. 선향을 향로에 꽂았을 때, 불단에 놓인 가오루의 영정과 눈이 마주쳤다. 가오루는 카메라 렌즈를 불쾌한 듯 쳐다보고 있었다.

속으로 영정에 말을 걸었다. 한 번 더 이야기하고 싶어. 지금이라면 가오루의 마음을 조금은 이해할 수 있을 것 같아. 늦었다는 건 알지만…….

• 일본식 방에서 바닥을 한 층 높여 족자나 도자기 등을 장식해 두는 곳

사라져 가는 선향 연기를 바라보다가 일어섰다.

"잠시 이야기 좀 나눌 수 있을까요?"

거실로 돌아가자 가오루의 어머니가 말을 걸었다.

"저라도 괜찮으시다면요."

더할 나위 없는 제안이었다. 나도 물어보고 싶은 것이 있었기 때문이다.

"아무것도 대접할 게 없어서 미안하네요."

"저야말로 갑자기 찾아와서……."

가오루의 어머니는 커피를 따른 컵을 테이블에 내려놓고 자리에 앉으라고 권했다.

"사교성이 없는 녀석이었는데, 로스쿨에서도 겉돌지는 않았나요?"

이제 와서 미레이의 변호인임을 밝힐 수는 없다. 나와 가오루가 친구였던 것은 사실이다. 그렇게 나 자신을 타일렀다.

"가오루는 정말로 우수한 친구였어요. 다가가기 힘들다고 느낀 사람도 있었을지 모르지만, 저는 여러 번 도움을 받았어요."

"우수…… 했다고요?"

"교수님도 뛰어난 연구자로 성장할 인재라고 하셨을 정도인걸요."

모든 일화가 과거형이다. 어쩔 수 없는 줄은 알지만, 가오루를 현재형으로 말할 방법은 없을까 고민스럽기도 했다.

"공부를 특별히 잘하는 아이는 아니었어요."

"그저 듣기 좋으라고 드린 말씀은……."

"네, 알아요. 다만 법률에 관한 지식만 빼어났겠죠. 법률에 푹 빠지기 전에는 공부를 잘한다고 칭찬받은 적이 없었답니다."

"정말요?"

도저히 믿기지 않았다.

재학 중에 예비시험•과 사법시험에 합격할 수 있는 사람은 한 줌의 수재뿐이다. 가오루도 어렸을 때부터 특별한 교육을 받았을 것이라고 멋대로 추측했다.

"그렇게 된 것도 부모의 책임일지 모르죠."

"네?"

"아니요, 아무것도 아니에요."

교육한 보람이 있었다고 여긴다면 모를까, 부모의 책임이라고 여기는 이유를 알 수 없었다. 법률을 공부시키지 않았다면 이번 사건은 일어나지 않았다. 그렇게 생각하는 것일까.

자세히 이야기하고 싶지 않은 눈치라, 화제를 돌리기로 했다.

"혹시 폐가 안 된다면 성묘도 하고 싶습니다만……."

"향을 피워 준 것만으로도 충분해요."

상식적인 대답이었다. 억지로 알아내려 해서는 안 되리라.

• 로스쿨에 들어가지 않고도 사법시험에 응시할 자격을 주는 제도

"실은 약속을 했습니다."

"약속이요?"

믿어 주지 않을지도 모르고, 경을 칠 소리라고 여길지도 모른다.

그래도 있는 그대로 전할 수밖에 없었다.

"가오루에게 만에 하나 무슨 일이 생기면 용담꽃을 가지고 성묘하러 가기로요."

"그건……, 누구랑 한 약속인데요?"

"생전의 가오루와요. 사건이 일어나기 일 년쯤 전이었습니다."

그 직전에 접이식 나이프가 발견된 사실은 덮어 두는 것이 낫겠다고 판단했다. 아들의 목숨을 빼앗은 흉기 이야기를 듣고 싶지는 않을 것이다.

"가오루는 왜 그런 약속을?"

"모르겠습니다. 저도 그때는 흘려들었거든요."

"그럴 수가……."

"제 이야기를 믿어 주시는 건가요?"

"유키 집안에서는 성묘할 때 용담꽃을 바치거든요."

"그렇군요."

꽃 종류까지 밝히길 잘했다. 그렇게 생각하며 말을 이었다.

"많이 늦었지만, 가오루와 했던 약속을 지키고 싶습니다. 무덤이 어디 있는지 알려 주시면 안 될까요?"

"그런 이야기를 할 만큼 친구를 믿었다는 거겠죠."

가오루의 어머니는 무덤이 있는 곳을 지도에 그려 주었다. 묘지 위치라면 그냥 주소를 알려 주면 충분하지만, 거기서 특정한 무덤을 찾으려면 주변의 표시물을 파악할 필요가 있다.

"용담꽃을 들고 가겠습니다."

아직 물어보고 싶은 것이 남았지만, 가오루의 어머니가 먼저 말을 꺼냈다.

"나도 좀 물어봐도 될까요?"

"그러시죠……."

"가오루가 이상한 게임에 관여했다는데, 정말인가요?"

어떤 의미에서는 제일 언급하지 말았으면 했던 화제였다.

"무고 게임 말씀이시군요. 네, 가오루는 거기서 심판자 역할을 맡았습니다. 하지만 주간지에 실린 것처럼 악질적인 놀이는 아니에요."

"어쨌거나 사람을 심판한 거로군요."

"그건……."

부정은 할 수 없었다. 본가로 몰려온 기자가 무고 게임에 대해 분별없는 말을 늘어놓았는지도 모른다.

"가오루는 죄를 미워했어요. 그래서 그런 게임에 관여한 게 아닐까 했는데……."

"죄를……, 미워했다고요?"

"아까 부모 탓에 가오루가 법률에 빠졌을지도 모른다고 했잖아요."

"네, 그건 무슨 뜻입니까?"

가오루의 어머니는 바로 대답하지 않고, 망설이는 표정으로 커피를 한 모금 마셨다.

"그 아이의 아버지에 대해 아는 게 있나요?"

"이미 돌아가셨다는 것 정도요."

무덤에는 아버지와 할아버지가 잠들어 있다고 가오루는 말했다.

"그런 것까지. 그럼 숨길 필요도 없겠군요."

"죄송합니다. 무슨 말씀인지 잘 모르겠습니다만……."

"전과자였어요."

가오루의 어머니가 불쑥 중얼거렸다.

"엇……, 가오루의 아버지가요?"

"가오루가 고등학생 때 비열한 죄를 저질러서 징역을 살았죠. 정신에 병이 생겨서 폐인이나 마찬가지로 지내다가 결국은 스스로 목숨을 끊었고요……. 가오루가 죽기 한 달쯤 전에요."

너무 놀란 나머지 할 말을 잃었다. 가오루의 아버지에게 전과가 있었다?

"죄질이 심각해서 소문이 금방 퍼졌어요. 이런 신세 한탄을 들어도 난감하겠네요. 다만 가오루가 법률을 공부하기 시작한 것도 그 무렵부터였어요. 마치 뭔가에 씐 것처럼 매일매일 법률 서적을 읽었죠."

"죄를 저지른 아버지가 미워서 법률 공부를 시작한 것 아니겠느냐는 말씀이세요?"

가오루의 어머니가 말하려는 바를, 내 나름대로 정리해서 물어보았다.

"네. 하지만 가오루에게는 본심을 못 물어봤어요. 묻기가 무서워서……."

"죄를 미워했다면, 검사를 목표로 하지 않을까요? 가오루가 게임에서 맡은 심판자는, 따지자면 판사에 가까운 역할이었습니다."

죄를 인정하고, 벌을 결정하는 경험을 쌓기 위해 무고 게임을 만들었다. 모의 법정에서 가오루에게 들은 이야기다. 아버지가 죄를 지었다는 사실이 가오루를 심판자의 길로 이끈 걸까.

"그렇군요. 내 생각이 너무 지나쳤는지도 모르겠네요."

"다른 사람에게도 같은 걸 물어보셨습니까?"

"아니요. 크게 떠들 만한 이야기는 아니니까요."

나는 용담꽃을 바칠 무덤의 위치를 물어보기 위해 가오루의 본가를 찾아왔다.

하지만 가오루의 어머니와 대화를 나누다보니 확인해야 할 점이 하나 더 생겼다.

"무고 게임을 하면서 가오루는 다양한 죄에 벌을 내렸습니다. 가오루의 아버지는 어떤 죄를 지으신 거죠? 그걸 알면 뭔가 짚이는 구석이 있을지도 모르겠습니다."

"그건 주간지에도 실리지 않았는데요."

여기서 물러날 수는 없다.

"절대로 발설하지 않겠습니다."

"……알았어요. 잠깐만 기다려요."

가오루의 어머니는 일어서서 일본식 방으로 들어갔다.

가오루는 왜 미레이를 괴롭히라고 사누마에게 지시했을까. 그 이유가 내내 의문이었다.

시설 사진, 여고생이 저지른 죄를 다룬 기사, 도청된 음성…….

거기에 한 가지 해석을 덧붙이면 해답에 다다른다. 그런 예감은 들었다.

예감? 아니, 예감이라기보다 이것은…….

가오루의 아버지가 전과자였다는 이야기를 들은 순간, 묘하게 가슴이 울렁거렸다.

아버지는 가오루가 고등학생 때 죄를 저질렀다고 했다.

그것은 주변에 소문이 퍼질 만큼 비열한 죄라고 했다.

죄를 저지른 시기와 죄상. 설마 그럴 리가…….

가오루의 어머니가 방에서 돌아왔다.

"이게 당시의 신문 기사예요."

나는 오려 낸 신문 기사를 떨리는 손으로 받아 들었다.

기사를 다 읽었을 때, 내 머릿속에서 모든 것이 연결됐다.

가오루의 목적은 복수였다.

11

고등학교 1학년 여름. 나는 상해 혐의로 체포됐다.

시설 원장의 가슴을 칼로 찔렀기 때문이다. 사건을 은폐하기는 불가능했다. 혼란에 빠진 내가 할 수 있었던 일이라고는 미레이를 방에서 도망시키는 것 정도였다.

"꼭……, 구해 줄게."

문을 닫기 전에 미레이는 그렇게 말해 주었다.

기타는 상상했던 것만큼 심각하게 다치지는 않았다. 그래도 칼을 흉기로 사용한 것은 사실이다. 비행의 정도가 무겁다고 판단돼 감호조치•를 거친 후에, 소년 심판 절차를 개시하기로 결정됐다.

감호조치를 받는 동안은 소년분류심사원에 수용됐다. 비행의 원인과 갱생 방법을 찾는다는 명목으로, 수많은 어른이 나를

• 소년사건의 조사에 필요하다고 인정될 때 소년의 신병을 보호하는 조치

만나러 왔다. 면접, 성격검사, 적성검사, 지능검사. 그들은 연일 내 자질을 감별했다.

특히나 깊이 파고들어 질문한 사람은 여자 조사관인 미네기시였다.

"왜 그런 짓을 한 거니?"

"기타 선생님이 입소자를 학대했으니까요."

일부러 그러는 것처럼 미네기시의 입이 떡 벌어졌다.

"피해자의 이름은?"

"말 못 해요."

"나를 못 믿겠다는 거야?"

"남을 믿었다가 좋은 결과가 나온 적은 한 번도 없었거든요."

며칠 후 다시 찾아온 미네기시는 과장되게 고개를 내저었다.

"시설에 네가 알려 준 사실을 알고 있는 사람은 없었어."

"제가 거짓말을 했다고 생각하는 거군요."

"믿고 싶지만 네 주장을 무턱대고 받아들일 수도 없는 노릇이니까."

미네기시가 청취한 바로는 입소자나 직원 중에 기타를 나쁘게 말하는 사람은 없었다고 한다. 입소자는 둘째치고, 기타의 악행을 눈치챈 직원은 어느 정도 있었을 것이다.

분명 이런저런 요소를 비교하고 고려한 끝에, 나를 버리기로 결정한 것이리라.

"도오루라는 입소자는 시설에 있었나요?"
"응. 초등학생 남자아이 말이지?"
"잘 지내던가요?"
"내내 고개도 들지 않고, 우울해 보였어. 걔가 뭘 어쨌길래?"
"아니에요. 그냥 궁금해서요."

그날 도오루는 계획을 실행하기 직전에 겁이 나서, 옷장이 아니라 근처 공원에 숨어 있었다.

기타에게 대항하면 시설에서 쫓겨날지도 모른다. 지낼 곳을 잃기 싫다는 마음에 현실을 외면한 것이리라. 도오루에게 배신당해 충격을 받기는 했지만, 바깥세상에서 살아가기가 얼마나 힘든지는 나도 잘 알고 있었다.

"기요요시 군. 네 생각을 솔직하게 말해 줘."
"기타 선생님을 찌른 건 사실이에요. 그밖에 하고 싶은 말은 없습니다."

나만 입 다물면 미레이가 성적으로 학대당했다는 사실은 드러나지 않는다. 미네기시와 면담을 마칠 무렵에는 사실을 덮기로 결심했다.

살인미수로 인정돼도 이상할 것 없는 중대한 사안이고, 동기와 정황을 밝혀내지 못했기 때문에 나이가 지긋한 구기미야 변호사가 첨부인으로 선임됐다.

"이야, 네가 아무것도 말하지 않는 소년이야?"

구기미야는 흥미롭다는 표정으로 내 얼굴을 들여다보았다.

"바라는 대답을 하지 않으면, 아무것도 말하지 않는 건가요?"

"재미있는 아이로군. 질문받기가 지긋지긋하다면, 네가 알고 싶은 걸 가르쳐 주마."

"딱히……, 알고 싶은 거 없는데요."

"그럼 내가 일방적으로 말할게."

"마음대로 하세요."

구기미야와 면회하는 시간은 얼마 안 되는 유익한 시간이었다.

다른 어른과 달리, 자신의 가치관이나 사고방식을 강요하지 않았다. 소년법의 이념과 사건의 법적 분석을 나도 이해할 수 있게 쉬운 말로 들려주었다. 처음에는 듣기만 했지만, 점차 나도 질문을 하게 됐다.

"넌 처음에 정당방위로 피해자를 찔렀다고 주장했다지? 하지만 그 주장은 어림도 없어. 무기 대등의 원칙이라는 게 있어서, 맨손 공격에는 맨손으로 반격해야 해. 힘이나 체격에 어지간한 차이가 없는 한, 칼로 반격한 행위에 정당방위는 성립하지 않지. 너는 피해자와 체격이 비슷하잖아?"

"왜 그런 원칙이 있는 건데요?"

"질서를 지키기 위해서지. 정당방위는 복수를 용인한다는 사고방식이 아니야. 정의와 한편에 서고 싶으면, 올바른 지식을 익힐 필요가 있어."

법률구조를 올바르게 이해했다면, 칼을 사용해 협박한다는 안이한 방법은 선택하지 않았을지도 모른다. 무지는 죄라고 구기미야의 말에 귀를 기울이며 생각했다.

"법률을 좀 더 가르쳐 주시면 안 될까요?"

"그게 네가 갱생하는 길로 이어진다면야."

불평등한 세상에서 살아남아야 한다. 법률은 그러기 위한 무기다. 구기미야와 만난 덕분에 나아가야 할 길이 보인 것 같았다.

법률 지식을 쌓는 동안 감호조치 기간은 순식간에 지나갔다. 그것은 동시에 심판의 날이 다가온다는 의미였다. 나는 소년원 송치를 반쯤 각오했다. 조사관과 첨부인이 그 말을 몇 번이나 꺼냈기 때문이다. 소년원에 들어가도 공부는 계속할 수 있다. 미레이와 만나지 못한다는 것이 유일하게 아쉬운 점이었다.

하지만 나는 소년원에 들어가지 않았다.

이번 사건이 일어난 것은 내가 구가에게 폭력을 행사한 탓이다…….

피해자인 기타가 조사관에게 그렇게 진술했기 때문이다.

기타에게 맞은 적은 없었다. 하지만 나는 보복이 두려워서 말할 수 없었다고 진술을 바꾸었다. 무슨 일이 일어났는지 바로 깨달았기 때문이다.

결국 어떻게 처분할지는 아동복지기관의 판단에 맡겨졌고, 내가 다른 아동양육시설에 입소하는 형태로 사건은 마무리됐다.

새로운 시설에 입소하고 며칠 후, 미레이가 내 방을 찾아왔다.

"고마워, 미레이."

"구해 주겠다고 했잖아."

"무슨 방법을 쓴 거야?"

"기요요시와 똑같은 방법."

기타가 조사관에게 나를 두둔하는 식으로 진술한 것은, 본의가 아니라 미레이에게 협박당했기 때문이었다. 협박에는 몰래 촬영한 영상을 이용했다고 한다. 기타의 방에 설치한 카메라로 자신이 피해를 입는 모습을 촬영한 것이다.

그 영상은 도오루가 처음으로 기타의 방에 들어갔을 당시 이미 촬영을 마쳤다. 계획을 실행에 옮길 기회를 찾는 사이에 내가 쓸데없이 끼어든 셈이다.

"내가 한 짓은 아무 의미도 없었던 거네."

"영상을 준비해 놓고도 나는 행동에 나서지 못했어. 보복이 두려웠거든. 네가 계기를 만들어 주지 않았다면 난 계속 더러운 꼴을 당했을지도 몰라."

기타의 지배에서 해방돼도 미레이의 가슴에 남은 상처는 낫지 않았다.

"도오루는?"

"기요요시를 배신한 걸 후회하고 있어. 걔를 원망하지는 마."

"알아. 초등학생에게 지울 짐이 아니었어."

그 해가 끝날 무렵, 유복한 부부가 도오루를 양자로 삼고 싶다고 신청했다. 도오루가 지금 어디서 어떻게 지내는지는 나도 미레이도 모른다.

"아 참, 이것 좀 봐."

미레이가 가방에서 통장을 꺼냈다. 통장에는 눈을 의심할 만큼 많은 숫자가 찍혀 있었다.

"이게 어떻게 된 거야……."

"영상을 삭제해 주는 대가로 받아 냈지. 좀 더 받아 내려고 했지만, 돈을 얼마나 낭비했는지 가진 돈이 이것밖에 안 되더라고."

"그런 돈을 받아도 괜찮을까?"

"기타는 시설에서 사라졌어. 내가 약속을 어긴 건 아니야. 그 밖에도 여러모로 문제를 일으켰나 봐."

"그렇구나……."

미레이는 방구석에 있는 의자에 앉아 나를 올려다보았다.

"기요요시는 시설에서 나가면 뭘 하고 싶어?"

갑작스러운 질문이었지만, 장래에 대해 묻고 있다는 것을 깨달았다.

"난 법률을 공부하고 싶어. 사회 구조의 밑바탕에는 법률이 있어. 법률을 공부하면 입장이 불리한 사람도 대등하게 싸울 수 있는 무기를 가질 수 있을 거야."

소년분류심사원에서 첨부인 구기미야와 만났던 이야기를 들려주자 미레이는 고개를 살짝 끄덕였다.

"법률이라. 응, 알았어. 둘 다 법학부에 들어가자."

"대학교에? 하지만 그런 돈은……."

통장에 기입된 금액은 분명 큰돈이라 할 만했다. 하지만 대학에 들어간다면, 미레이 혼자 학비로 쓰기에도 간당간당하지 않을까 싶었다.

"지금 이대로는 너무 부족하지. 돈을 좀 더 모아야 해."

"아르바이트로는 생활비에 보태는 정도밖에 안 될걸."

"일본에 기타보다 돈 많은 어른은 얼마든지 있어."

"대체 뭘 어쩌려고……."

나를 쳐다보는 미레이의 눈동자에는 각오의 빛이 서려 있었다.

"난 미래를 포기하고 싶지 않아. 미래를 위해서라면 손을 더럽혀도 상관없어."

이때 우리는 이미 한 가지씩 죄를 저질렀다.

나는 상해죄를. 미레이는 협박죄를.

이미 손은 검게 더러워졌다.

"나도 마찬가지야. 허울 좋은 소리를 할 마음은 없어."

우리 주변에는 충동에 이끌린 우리를 이성적으로 붙잡아 줄 어른이 없었다.

물론 그런 것은 그저 변명이다.

전부 우리 마음대로 결정했으니, 남의 탓으로 돌리는 것은 용납되지 않는다.

그래도 어쩌다 한 번씩 그때 미레이와 나눈 대화를 떠올리고는 한다.

올바른 길로 돌아갈 마지막 기회가 그 순간이었을지도 모른다면서.

익숙함은 감각을 마비시킨다. 조바심은 판단 능력을 둔하게 만든다.

고등학교 3학년 여름. 잘못된 선택을 한 우리는 용서받을 수 없는 죄를 저질렀다.

12

지라솔레의 문을 열자 사쿠가 꽃병의 물을 가는 중이었다.

"뭐예요! 흠뻑 젖었잖아요."

사쿠는 꽃병을 테이블에 내려놓고 바로 달려왔다.

"돌아오는 길에 비가 내렸어."

"어휴……. 고양이도 아니니까 무사히 잘 돌아왔다고 칭찬은 안 할 거예요. 왜 우산을 안 산 건데요? 아아, 바닥이……."

나는 비를 흡수해 무거워진 재킷을 벗지도 못하고 입구 앞에서 있었다. 정신이 흐리멍덩하니 아무 생각도 할 수가 없었다.

"쌤? 왜 그래요?"

"좀 피곤해서."

"아무튼 빨리 옷 갈아입어요. 이러다 감기 걸리겠어요."

그래도 가만히 있자, 사쿠가 한숨을 쉬며 뒤로 돌아가서 억지로 재킷을 벗겼다. 옷걸이를 찾아 돌아다니는 사쿠를 보고 있자니 마음이 차분해졌다.

"옷걸이, 테이블 옆에 있어."

"알면 좀 가져다주든가요."

사쿠가 뒤돌아보고 큰 소리로 말했다.

"고마워. 옷 갈아입고 올게."

"아까부터 그러라고 했잖아요."

화장실에 들어가서 새 겉옷과 셔츠로 갈아입었다. 갈아입을 속옷은 없었지만, 그래도 옷이 살에 달라붙는 불쾌한 감촉에서 어느 정도는 해방됐다.

거울을 보자 사쿠가 걱정하는 것도 무리는 아닐 만큼 해쓱한 얼굴이 비쳤다. 어떻게 사무소에 돌아왔는지도 어렴풋하게밖에 기억나지 않았다.

플랫폼에 내려섰을 때 뿌리기 시작한 비, 지나가는 사람의 우산에 떨어져 튕긴 빗방울, 자동차가 일으킨 물보라…….

사쿠가 커피를 내려 주었다. 무슨 맛인지 모를 만큼 뜨거운 액체를 목구멍 속으로 흘려 넣었다. 약간이기는 하지만 머릿속이 말끔해졌다.

"오늘은 피해자의 본가에 다녀왔죠?"

사쿠가 밀크티를 따른 컵을 양손으로 들고 내 맞은편 자리에 앉았다. 혼자 있고 싶다는 자기중심적인 마음과, 누군가와 이야기하며 기대고 싶다는 마음. 그런 애매모호한 두 가지 마음이 가슴속에 뒤섞여 있었다.

"응, 그랬지."

"거기서 심한 말을 들은 거예요?"

"아니. 오히려 환영해 주셨지. 가오루의 어머니는 좋은 분이었어."

"하지만 울 것 같은 표정으로 돌아왔잖아요."

"비 때문에 그렇게 보인 거 아니야?"

캐주얼한 것밖에 갈아입을 옷이 없었다. 이런 복장으로는 의뢰인과 이야기를 못 한다. 찾아올 사람은 아무도 없을 것 같았지만, 일단 입구 조명을 꺼 두기로 했다.

테이블로 돌아오자 사쿠가 나를 똑바로 쳐다보았다.

"왜?"

"그렇게 못 미더워요?"

"응?"

"얼버무리지 말고요. 무슨 일이 있었다는 것 정도는 저도 안다고요. 왜 혼자 끌어안고 끙끙대는 건데요."

사쿠한테 그런 걱정까지 시켰을 줄이야. 나는 검지로 뺨을 긁적였다.

"환멸을 느끼게 하고 싶지 않아."

"쌤을 훌륭한 인간이라고 생각한 적 없으니까 안심해요."

사쿠는 그렇게 말하고 혀를 쏙 내밀었다.

"심한 말은 여기서 듣는군."

"일부러 그러는 거예요. 그리고 변호사는 사람을 불행에서 구하는 직업이잖아요. 좀 모자란 구석도 있어야 도움을 받는 쪽도 마음이 편한 법이죠."

논리적인 해석을 정의로 간주하는 세계에서 살아가기에, 비논리적인 다정함이 가슴속 깊이 스미는 순간이 있다. 분명 머리가 아니라 마음에서 나온 말이다.

사쿠의 다정함에 기대기로 결정하고 커피를 한 모금 마셨다.

"잠시만 내 이야기를 들어 줄래?"

"비가 그칠 때까지만이라면 괜찮아요."

사실 비는 이미 그쳤다. 건물에 도착하기 직전에 멎었다. 지라솔레는 지하에 있으므로, 밖에 나가지 않으면 날씨를 확인할 수 없다. 그 사실은 잠깐 숨기기로 하자.

"옛날이야기부터 시작할 필요가 있어."

"그럴 만한 나이도 아니면서."

확실히 옛날이야기는 과장된 표현이었다. 아무리 거슬러 올라가도 십 년을 못 넘어간다. 기껏해야 구 년쯤 전 이야기다.

"우리가 전철에서 만났을 때 기억나?"

"그 이야기는 질리도록 들었어요."

"그때 나는 부적절한 조언을 했어."

사쿠는 잠시 생각하다가 "치한 사기를 말리지 않은 것 말이에요?" 하고 물었다.

"아니……, 그다음에 나온 이야기. 성추행을 하지 않았다고 완고하게 주장하는 사람을 만났을 때, 어떻게 하라고 했지?"

"아아. 경찰에 넘기고 튀는 것만큼은 용납할 수 없다고 했죠."

"기억하는구나. 잘난 척 그딴 소리를 했지만, 그건 옛날에 내가 지키지 못한 맹세이기도 해. 그래서 사쿠에게는 내 마음을 전하고 싶었어."

내 말을 들은 사쿠는 컵 손잡이를 잡으며 고개를 기울였다.

"흠. 쌤, 이해하기에 까다로운 표현은 금지할게요."

그럴 의도는 없었지만.

그러나 상대에게 전달되지 않으면 의사소통이라고 할 수 없다.

"나도 고등학생 때 치한 사기로 돈을 벌었어."

단도직입적으로 이야기하려면, 여기서부터 말을 꺼내야 한다.

"음, 이제 됐네요. 혼자서 했던 건 아니겠죠? 남자가 치한 사기를 쳤다는 소리는 못 들어 봤으니까요."

"파트너가 있었어. 미레이였지."

"쌤이 변호를 맡은 살인 사건의 피고인이요?"

"응. 나랑 미레이는 시설에 있었어. 둘 다 제대로 된 가족이고 돈이고 가지지 못했지. 하지만 장래를 버릴 마음은 없었어. 내 의지와는 무관하게 운명이 결정되다니, 도저히 받아들일 수가 없었거든."

"나와 미노루랑 똑같네요."

사쿠의 대답은 빨랐다. 비슷한 환경에서 살아 왔기에 내 처지를 공감하고 이해하는 것이리라.

"대학에 다니기 위해 필요한 돈을 계산해 봤을 때는 정말로 놀랐어. 연대보증인을 구할 수 없는 시설 출신자는 통상적인 방법으로 학자금을 대출하기가 힘들지. 장학금을 주는 자선단체도 알고는 있었지만, 금액은 미미했어."

당시 느꼈던 절망감을 지금도 선명하게 떠올릴 수 있다.

결국 돈인가. 그런 비정한 현실을 진심으로 저주했다.

"그래서 치한 사기를?"

"다양한 일을 했지. 합법과 불법 사이를 줄타기하는 일도, 명백히 불법인 일도. 하지만 나도 미레이도 양보할 수 없는 점이 한 가지씩 있었어. 나는 미레이가 몸을 파는 걸 허용하지 않았어. 미레이는 남에게 죄를 떠넘기는 건 싫다고 주장했지."

이기적인 생각임은 알고 있었다. 그래도 역경 속에서 살아온 우리는 어른을 이용하는 것밖에 운명을 바꿀 방법이 없다고 믿었다.

"치한 사기를 많이 친 데는 두 가지 이유가 있었어. 하나는 성공 확률이 높았기 때문이고, 다른 하나는 목표물을 미리 고를 수 있었기 때문이야. 돈이 있어 보이는 사람을 고르고, 미레이가 접근해서 소리를 지르면, 내가 교섭한다. 그렇게 역할을 분담했어."

"그렇게 일이 잘 풀렸나요?"

사쿠는 빈 컵을 오른손으로 흔들었다.

"사람들이 치한 사기라는 범죄를 아직 잘 모를 때였거든. 청순하게 생긴 여고생이 만졌다니까 이 남자가 만졌겠지. 승객도 역무원도 그렇게 믿어 의심치 않는 것처럼 보였어. 그래도 절대로 안 그랬다고 목표물이 주장하면 바로 물러나기로 했어."

"하지만 아까는……."

"응. 미레이와 했던 약속을 지키지 못했지."

"무슨 일이 있었던 거예요?"

나는 일어나서 두 사람이 마실 음료를 추가로 준비했다.

이제부터 꺼낼 이야기는 도중에 멈출 수 없다. 어떻게 이야기해야 할지 고민했지만, 정답이 있을 리 없었다. 내가 컵을 바꾸어 주어도 사쿠는 손을 뻗지 않았다. 말없이 이야기를 재촉하는 것처럼 느껴졌다.

"겉보기는 지금까지와 다를 바 없었어. 잘 맞춘 양복 차림이라 생활에 여유가 있는 것처럼 보였지."

"목표물 이야기로군요."

나는 고개를 끄덕했다. 커피를 한 모금 마셨는데도 벌써 입안이 마르기 시작했다.

"손목을 붙잡은 미레이가 소리를 질렀고, 두 사람은 전철역 플랫폼에서 이야기를 나눴지. 난 조금 떨어진 곳에서 미레이가 신호를 보내기를 기다렸어. 2인조라는 걸 들키고 싶지 않았거든. 그런데 남자가 호주머니에서 수첩을 꺼내는 거야."

"수첩?"

"경찰수첩."

우리가 싸움을 걸려고 했던 것은 최악의 상대였다.

"그 사람은……, 경찰관이었나요?"

"응. 치한 적발꾼 같은 게 아니라."

웬만하면 웃어 줄 사쿠도 웃지 않았다. 당연하다. 그럴 분위기가 아니었다.

"그래서……, 어떻게 됐는데요?"

결단이 흔들렸다. 구역질이 났지만, 카페인을 너무 섭취한 탓은 아니었다.

이 얼마나 약해 빠진 인간인가. 이 얼마나 비겁하기 짝이 없는 인간인가.

"둘이 함께 계단에서 떨어졌어."

"네?"

"장소는 2층 플랫폼이었어. 미레이는 그 자리를 떠나려고 했지. 하지만 경찰관은 미레이의 손을 잡고 놓아 주지 않았어. 계단 바로 옆에서 말이야. 미레이는 손을 뿌리치려고 했지만, 힘으로는 당해 낼 수 없었지. 그리고 그대로 계단에서 떨어졌어."

꿈속에서 몇 번이나 보았다. 내 눈앞에서 중력에 이끌려 아래로 떨어지는 두 사람을.

나는 오른손을 뻗었을 뿐이었다. 그 손에 붙잡힌 것은 없었다.

"그럴 수가……."

사쿠의 반응은 그것이 전부였다. 할 말을 잃은 것처럼 보였다.

"바로 사람들이 다가왔어. 구경꾼이 모여들고, 역무원이 달려오고, 구급차를 부르고, 마지막에 경찰이 왔지. 미레이도 경찰관도 목숨에 지장은 없었지만, 모든 일을 없었던 셈 치기는 불가능했어. 소동이 너무 커져 버렸거든."

의지할 수 있는 어른은 없으니, 우리끼리 해결해야 한다고 생각했다. 설령 그 행동이 용서받을 수 없는 결과를 초래할지라도.

"전철 안에서 여고생의 비명을 들은 사람도, 역 플랫폼에서 말다툼하는 모습을 본 사람도 많았어. 성추행범이 도망치려다가 피해자와 함께 계단에서 떨어졌다. 그런 스토리는 미레이가 진술하기 전부터 완성돼 있었어."

당시의 기억은 모호하게 남아 있을 뿐이다. 미레이도 나도 혼란에 빠졌었고, 평정심을 되찾았을 때는 수사가 이미 종료된 뒤였다.

"그 경찰관은 기소됐나요?"

"성추행뿐이라면 민폐 행위 방지 조례• 위반에 그치는 경우가 많아. 하지만 계단에서 떨어져서 미레이는 오른팔이 부러졌지. 그 결과를 간과할 수 없다고 판단했는지, 도주하기 위해 피해자를 떠밀었다는 상해죄로도 기소됐어."

"당연히 법정에서 다퉜겠네요?"

죄상을 부인하면 미레이도 피해자로서 증인신문을 받아야 했을 것이다. 판사 앞에서는 미레이도 끝까지 거짓말로 밀고 나가지 못했을지 모른다.

"재판이 열렸을 때는 태도를 바꿔서 죄상을 인정했어."

"어째서……."

"계기는 많았을 거야. 경찰과 검찰의 취조, 가족과 변호인의 접견. 여러 사람이 각자의 입장에서 자백을 촉구했을 가능성이 있겠지."

사쿠의 눈에 눈물이 고였다. 그 모습을 똑바로 쳐다볼 수가

• 사람들에게 현저하게 민폐를 끼치는 행위를 방지하기 위해 지자체에서 제정한 조례

없었다.

“하지 않았다면 죄를 인정할 필요 없잖아요.”

“증거가 있었어.”

“그게 무슨 말이에요?”

“경찰관의 재킷 가슴 주머니에 펜 모양 카메라가 들어 있었어. 거기에는 전철에서 찍은 몰래카메라 영상이 저장돼 있었고.”

침묵이 흘렀다. 내 말이 무슨 뜻인지 이해하는 데 시간이 필요했으리라.

“그것도……, 쌤이?”

“만에 하나의 상황에 대비해 준비해 둔 거야. 반대할 줄 알았기에 미레이에게는 말하지 않았지. 난 그 펜을 쓰러진 경찰관의 가슴 주머니에 넣고 현장을 떠났어.”

펜 모양 카메라는 상습적으로 몰래카메라를 찍었음을 뒷받침하는 물건이었다. 몰래카메라와 성추행은 밀접한 관계에 있다. 무죄라고 주장해도 변명으로밖에 받아들여지지 않을 증거를, 나는 작위적으로 날조했다.

“그 경찰관을 믿어 주는 사람은 없었나요?”

“경찰관이 비열한 범죄 혐의로 체포됐어. 식구가 불상사를 일으켰을 때, 예상되는 경찰의 대응은 두 가지뿐이야. 사건을 뭉개 버리거나, 철저하게 규탄하거나. 당시 경찰은 후자를 선택했어. 몰래카메라 영상이 발견된 게 크게 작용했겠지.”

내가 현장을 떠난 것은 상해 비행력이 있었기 때문이다. 목격자로서 진술해 봤자 믿어 주지 않을 테고, 오히려 미레이에게 의심의 눈길만 향할 것 같았다.

"유죄판결이 나왔나요?"

"응, 그랬지. 전과도 없이 실형을 선고받았는데도 그 사람은 항소하지 않았어. 경찰에서 징계면직되고 아내와는 이혼했지. 복역 중에 정신적으로 문제가 생겼고 결국 스스로 목숨을 끊었어."

판결 내용은 신문 기사에 적혀 있었다. 남자의 말로는 예전에 아내였던 사람에게 들었다.

"어떻게 그런 것까지……."

나는 들고 있던 컵을 노려보며 내뱉듯이 중얼거렸다.

"그 경찰관은 가오루의 아버지였어."

그래서 가오루는 사누마에게 미레이를 괴롭히라고 지시했다. 그래서 가오루는 죽게 되었다.

"쌤……."

눈물이 뺨을 흐르는 것을 알아차렸다.

지금의 나로서는 눈물을 그칠 수도, 뭔가로 닦을 수도 없었다.

13

변호인으로서의 굴레와 인과의 굴레가 나를 칭칭 얽어매고 있다.

처음에는 그것들이 굴레인 줄 몰랐다. 정신없이 움직이는 사이에 몸에 뭔가가 휘감기는 감각이 덮쳐 왔고, 알아차렸을 때는 이미 늦은 뒤였다.

굴레를 씌우기 위해 미레이는 나를 변호인으로 고른 것이리라. 구류된 피의자가 편하게 접견할 수 있는 상대는 변호인밖에 없기 때문이다. 사실을 인정하지도 부정하지도 않고 덮어놓음으로써 굴레의 존재를 교묘하게 숨기고, 복잡하게 얽히는 방향으로 향하게끔 지시를 내렸다.

위험 인자인 내게 무죄를 주장하게 할 필요가 있었기 때문이리라.

나와 미레이는 과거에 용서받을 수 없는 죄를 저질렀다. 그 일에 관련해 우리는 일련탁생*의 관계다. 인과의 연장선에 가오루의 죽음이 존재한다면, 나는 미레이를 배신할 수 없다.

끊어 낼 수도, 배신할 수도 없다. 그렇다면 내가 해야 할 일은 하나뿐이다.

* 다른 사람과 끝까지 행동과 운명을 함께함을 비유하는 말

미레이에게 무죄를 안겨 준다. 놀랄 만큼 단순한 이야기다.

기일 사이에 법원에서 여러 번 전화가 왔다. 판사에게 지시받은 서기관이 변호인의 준비 상황을 확인하기 위해 건 전화다.

다음 기일에 예정 주장을 분명하게 밝히겠습니다. 나는 그러한 답변으로 일관했다.

사누마와 공원에서 만난 날 이후로 나나우미 경찰서에는 한 번도 가지 않았다. 접견을 하지 않아도 미레이의 생각은 안다. 이제 와서 사건의 진행에 관해 지시를 받는 데 무슨 의미가 있을까.

예정 주장 기재 서면에는 미레이가 예상하고 있을 내용을 적었다. 드러내야 할 사실도, 숨겨야 할 사실도 과부족은 없을 것이다. 따라서 이번 기일이 순탄치 않을 것은 관계자가 모이기 전부터 알고 있었다.

무고 게임의 존재, 심판자가 저지른 죄, 가오루의 죽음.

그 세 가지를 이어 붙인 스토리를 예정 주장 기재 서면에 담았다.

"정말로……, 법정에서 이렇게 주장할 예정입니까?"

제일 먼저 서면을 다 읽은 도메키 검사가 작은 목소리로 말했다. 내게 질문한 것이 아니라 입에서 저절로 새어 나온 감상같이 들리기도 했지만, 일단 대답하기로 했다.

"피고인 측이 공판기일에 주장할 내용을 개략적으로 정리해서 기재한 겁니다."

도메키에 이어 후루노 검사가 서면에서 시선을 들었다. 자잘한 글씨를 읽을 때는 안경을 끼는지, 날카로운 눈빛이 바로 날아들지 않아서 마음이 편했다.

"이 무고 게임이니 뭔지에 대해 법정에서 언급하겠다고요?"

"동기에 관련된 사항이라 언급하지 않을 수 없습니다."

"언론에서 난리를 칠 거요."

"그래도 필요한 입증이니까요."

"어떻게 입증할 생각입니까?"

우배석 하기와라가 물었다.

"무슨 말씀이신지?"

"어떤 게임이었는지에 대해서요."

판사도 세간을 뒤흔든 무고 게임에 대해서는 알고 있을 것이다. 하지만 공평함과 중립성이 요구되는 그들은 사전 판단을 배제해야 하는 입장이므로, 법정 이외의 장소에서 심증을 형성해서는 안 된다. 즉, 주간지에 실렸으니까 알지 않느냐는 주장은 논외이며, 무고 게임의 내용에 대해서도 무슨 형태로 입증할 필요가 있다.

"피해자의 동기였던 야시로 고헤이를 증인으로 신청할 예정입니다. 증인은 이번 사건에 관계된 모든 무고 게임을 방청석에서 보았습니다. 증거신청서는 다른 증인의 것과 함께 나중에 제출하겠습니다."

"알겠습니다. 그 점은 조서에도 남겨 두겠습니다."

하기와라가 고개를 끄덕여 좌배석 사쿄에게 이야기를 진행하라고 재촉했다. 오늘 사쿄는 베이지색 셔츠를 입었다. 판사는 공개되는 공판기일에만 법복을 착용한다.

"어, 그러니까……. 이 서면에 따르면 오리모토 피고인도 게임의 피해자 중 한 명이로군요."

"그렇습니다. 유키 가오루 씨가 그 게임에서 가해자였고요."

두 검사가 뭐라고 속닥속닥했지만 내용까지는 들리지 않았다. 그들은 가오루가 저지른 죄를 인식하고 있었을까. 개시된 증거 가운데, 가오루와 사누마의 관계성을 암시하는 증거는 없었다. 하지만 고의로 제외했을 가능성도 완전히 부정할 수는 없었다.

"그 점은 어떻게 입증할 건가요?"

"공범자 역할을 맡은 인물에게 증언을 요구할 생각입니다."

"구체적으로는? 공범자라면 법정 출석에 난색을 보일 것 같은데요……."

이쪽이 걱정하는 사안을 즉시 지적하는 것으로 보건대, 사쿄 역시 우수한 판사다.

"사누마라는 이름의 주거 부정자입니다. 정해진 주거지가 없으면 소환 절차를 밟기가 어려울 테니, 제가 어떻게든 데려오겠습니다."

달리 입증할 방법을 찾아보려고 했지만, 차례차례 새로운 사실이 판명되는 사이에 사누마의 증언은 필요 불가결하다고 결론을 내리기에 이르렀다. 사누마를 법정에 끌어낼 방법을 고민했지만, 묘안은 떠오르지 않았다. 우직하게 부탁해도 고개를 끄덕일 인물은 아니리라.

"그 외에 증인으로 신청할 사람이 더 있습니까?"

"현재는 없습니다."

사쿄는 하기와라와 잠깐 상의한 후, 두 검사에게 이야기를 돌렸다.

"정식 의견은 신청이 있고 나서 다시 요청하겠지만, 현재 시점에서 두 증인에 대한 검사의 의견은 어떻습니까?"

"그 이전의 문제입니다. 피해자가 과거에 저지른 죄를 파헤치는 데 무슨 의미가 있는지 저희로서는 전혀 이해가 가지 않습니다."

후루노는 즉시 답했다.

도메키는 후루노의 발언을 들으며 몇 번이고 고개를 끄덕였다.

"즉……, 필요성이 없다는 말씀이십니까?"

나는 후루노에게 물었다.

"서면에는 피해자와 공범자가 피고인을 스토킹했다고 적혀 있던데."

"목적은 스토킹이 아니었다고 생각합니다만."

"어쨌거나 피해자가 피고인에게 위해를 가하려고 했다는 거죠?"

"네, 그렇습니다."

후루노는 빨리 본론으로 넘어가려고 했다. 미적지근하게 밀고 당기기를 바라지 않는 것은 이쪽도 마찬가지다.

"거기서 도출되는 건 피고인이 피해자를 원망했다는 사실이에요. 복수를 달성하기 위해 피해자를 살해했다. 그런 동기를 주장한다면 그나마 이해가 갑니다만."

이는 미레이가 가오루를 살해한 범인이라는 것을 전제로 한 발언이다. 검사가 해야 할 주장에 변호인으로서 고개를 끄덕일 수는 없었다.

"근본적인 부분이 틀렸습니다. 피해자를 살해한 건 피고인이 아닙니다."

후루노는 난폭하게 안경을 벗었다.

"그게 결부가 안 된다는 거요. 설령 피해자가 위해를 가했음을 입증해 내더라도, 피고인이 범인이 아니라는 결론은 나오지 않아."

"무고 게임의 규정이 두 가지 사실을 논리적으로 결부시킵니다."

"규정?"

"네. 야시로 고헤이의 증언으로 그 점을 입증하겠습니다."

"게임으로 사람이 죽기라도 한다는 거요?"

"결과적으로는 그렇게 되고 말았습니다."

나와 후루노의 대화를 듣고 있던 도메키가 더는 못 참겠다는 듯이 발언했다.

"그냥 놀이이지 않습니까. 뭘 그리 과장되게……."

"착각하시는지도 모르겠습니다만, 게임에 진 것이 사인(死因)이라고 주장하는 것이 아닙니다. 죽음을 안겨 줄 수 있는 게임은 존재하지 않을 테니까요."

"그렇다면 피해자는 왜 사망했다는 겁니까?"

"심판자로서 규정을 어긴 사실이 죽음을 불러왔습니다."

"그건 또 무슨 소립니까?"

"이 자리에서 그것까지 밝힐 생각은 없습니다."

내 말이 끝나기도 전부터 도메키는 만년필 펜촉으로 서면을 두드렸다. 판사 앞에서는 예의 바르게 행동하기로 마음먹었을 텐데, 그답지 않은 태도였다.

"그런 건 법적인 논법이 아닙니다."

"두 사람의 증언을 들으면 이해하실 겁니다."

도메키는 침을 튀기며 목소리를 높였다.

"애당초 주장이 너무 모자라지 않습니까. 피해자가 피고인을 괴롭힌 동기는? 피고인의 지문이 칼에 묻었고, 피해자의 피를 뒤집어쓴 이유는?"

"그걸 입증하는 건 검사님 역할 아닙니까?"

"뭐라고요?"

불꽃을 튀기는 검사와 변호인을 하기와라가 제지했다.

"아직 예정 주장 단계니까 그 정도로 해 두죠. 어느 쪽 주장이 인정될지는 법정에서 가리면 될 문제입니다. 증인 채택 여부도 정식 신청 후에, 우리 쪽에서 합의해서 판단하겠습니다."

그런데, 하고 하기와라가 목소리를 낮추어 말했다.

"변호인에게 한 가지만 확인하겠습니다. 예정 주장 기재 서면의 마지막에 기재된 부분 말인데요……."

하기와라가 뭘 물어보고 싶은지 금방 알아차렸다. 두 검사도 내 대답을 기다렸다. 대답을 미룰 수는 없다.

불안감이 드러나지 않도록 천천히 입을 열었다.

"거기 기재된 사건의 진상이 피고인의 무죄를 법적으로 뒷받침합니다."

14

오, 왔다, 왔다.

호토대학교 로스쿨 곁에 있는 식당에 들어가자 익숙한 목소리가 들려왔다. 그쪽으로 시선을 돌렸다. 그들은 창가 테이블에 앉아 있었다.

"오랜만이다, 세이기."

"늦어서 미안해."

야시로 고헤이는 얼굴 앞에다 대고 손을 내저었다.

"다망하신 변호사 선생님이 지각을 안 하면 누가 지각을 하겠냐."

고헤이의 앞자리가 비었길래 거기 앉았다.

"너희도 바쁘잖아. 아아……, 시험은 이미 끝났나."

"결과가 나오기까지는 살아 있어도 살아 있는 게 아니야. 그렇지, 겐지?"

고헤이가 동의를 구하자 후지카타 겐지는 고개를 살짝 끄덕였다.

"왜 이렇게 합격 발표가 늦는 거람."

"그러게 말이야. 결과가 나와야 다음을 향해 공부할 생각이 들 텐데."

고헤이와 겐지가 잡담하는 모습을 로스쿨에서는 본 적이 없다. 둘 다 자습실을 이용한다고 했으니까, 요 이 년간 가까워졌는지도 모른다.

"올해야말로 반드시 붙을 거야. 고헤이는 내년에도 열심히 해."

"왜 나만 떨어지는 건데?"

"다음을 향해 공부할 생각이 드느니 마느니 했잖아. 그런 약한 마음이 중요한 순간에 발목을 잡는 법이야."

"자신만만하게 굴다가 떨어지는 것보다는 낫지 않을까."

고헤이는 웃었다.

두 사람은 올해가 세 번째 사법시험이었을 것이다. 나는 단번에 합격했지만, 일주일 가까이 이어지는 시험이 얼마나 힘들었는지는 지금도 똑똑히 기억난다. 고생을 보답받으면 좋겠지만, 내가 말하면 그저 빈정거리는 소리로 들릴지도 모른다.

"올해는 어떤 문제가 나왔어?"

"마침 잘 물어봤어. 그게 헌법에서 말이야……."

그로부터 이십 분쯤 카레를 먹으며 시험 문제를 검토했다. 실무에서 사용하는 법률 지식은 상당히 편향되어 있으므로, 지식이 녹슬어 버린 분야가 많다는 것을 새삼 실감했다.

시험을 한 차례 되짚어 본 후, 두 사람은 변호사 일에 대해 물어보았다. 하지만 적자 경영에 허덕이는 개업 변호사로서는 꿈이 담긴 대답을 해 줄 수 없었다.

세 사람의 접시가 다 비었을 때를 노려 고헤이가 내게 물었다.

"학교에는 무슨 볼일로 온 거야?"

"가오루가 쓴 논문을 읽어 보고 싶어서."

옆자리에 놓아둔 가방에 자료실에서 복사한 논문을 넣어 두었다. 나쿠라 교수님 말대로 가오루의 논문 집필 속도는 아주 빨랐던 듯했다.

“논문……? 그건 또 왜?”

“흥미가 좀 있어서. 사건과 관계있는지는 모르겠지만.”

고헤이는 더 이상 캐묻지 않고, 물을 마신 후 다른 질문을 던졌다.

“정말로 나를 증인으로 법정에 세울 생각이야?”

“응. 요전의 공판 전 정리 절차 기일에 증인으로 신청할 예정이라고 알렸어.”

“내가 재판원 재판에서 증언하는 건가…….”

“방청인도 많이 올 거야.”

나는 의식적으로 미소를 지었다. 고헤이는 법률 지식을 갖췄을 뿐 아니라, 수많은 무고 게임을 경험했으므로 증인신문의 중요성을 잘 알 것이다.

“검사의 반대신문도 있잖아.”

“그게 없으면 증인신문이라고 하지 않겠지.”

“그건 알지만…….”

고헤이가 망설이는 기색을 보이자 겐지는 “겁먹었냐?” 하고 야유하듯 말했다.

“신중하게 비교하고 고려하고 있을 뿐이야.”

“사람들에게 주목받을 기회와 창피당할 가능성을?”

“아니. 판사의 눈총을 받는 공포와 오리모토의 눈빛을 받는 명예를.”

“그게 그거잖아. 살인 사건 피고인의 눈빛을 받는 게 뭐가 그리 좋냐?”

겐지가 웃자 고헤이는 테이블에 시선을 떨어뜨렸다. 나는 겐지의 발언을 흘려 넘길지 망설였다. 하지만 지금은 다툴 때가 아니다.

“무고 게임을 중립적인 입장에서 보아온 고헤이가 적임자야. 부탁해.”

내가 파악하고 있는 한, 고헤이는 무고 게임에서 방관자 외에 다른 역할을 맡은 적이 없다. 부담될 줄은 알지만, 달리 부탁할 만한 상대가 없었다.

“위증은 안 할 거야.”

“있는 그대로 이야기하면 돼.”

“알았어……, 알았다고. 하면 되잖아.”

고헤이는 들고 있던 스푼을 천장으로 향했다. 항복했다는 시늉일까. 어쨌거나 이것으로 첫 번째 증인은 확보했다.

“그럼 실제로 증언할 내용 말인데…….”

“그 전에 한 가지 물어봐도 될까.”

고헤이가 아니라 겐지가 말을 꺼냈다.

“괜찮아. 뭔데?”

“세이기는 오리모토가 무죄라고 정말로 믿는 거야?”

기시감이 느껴지는 질문이었다. 아니, 기시감이 아니라 기청감인가.

언제의 기억인지는 바로 떠올랐다.

“겐지는 변함없구나.”

“뭐?”

“가오루에게도 같은 질문을 했잖아. 다케루가 정말로 무고하다고 생각하느냐고.”

겐지가 회식비를 모아서 넣어 둔 봉투가 자습실에서 분실된 적이 있었다. 겐지는 다케루의 책상 서랍에서 봉투를 발견했다고 주장하며 무고 게임을 하자고 요청했다. 하지만 심판자 가오루의 판결로 패자가 된 사람은 다케루가 아니라 겐지였다.

“그런 걸 용케도 기억하네.”

“가오루의 대답도 기억해. 다케루가 봉투를 훔쳤을 수도 있다고 인정하고 나서, 인간이 인간을 심판하려면 확신에 가까운 심증을 형성해야 한다고 했어.”

“대단한 기억력이로군.”

심판자 역할을 맡은 가오루는 중립적인 입장에서 대답할 필요가 있었다. 그렇다면 변호인을 맡은 나는 뭐라고 대답해야 할까.

“내 대답은 훨씬 단순해. 미레이가 무죄를 주장한다면, 나도 무죄를 주장할 거야.”

“그건 오리모토의 변호인으로서 대답하는 거야? 아니면…….”

"변호인으로서 대답하는 거야. 괜한 억측은 하지 말아 줬으면 해."

"그렇군."

기왕 겐지가 이야기를 꺼냈으니 흐름을 타기로 했다.

"겐지야말로 지금도 다케루가 봉투를 훔쳤다고 믿어?"

"앙갚음하는 거냐? 옛날이야기는 이쯤 해 두자."

겐지는 작게 웃었다.

"아니……, 중요한 일이야."

"진심으로 묻는 거야?"

내가 말없이 고개를 끄덕이자 겐지는 마지못한 표정으로 대답했다.

"다케루의 책상에서 봉투가 나온 건 사실이야. 서랍이 조금 열려 있어서 발견했지."

"조심성이라고는 없네. 마치 발견해 달라고 부탁하는 것 같잖아."

"그렇게 트집 잡을 것 같아서 말하기 싫었던 거야. 서둘러 숨기려다 제대로 닫지 않은 거겠지. 그게 아니면 뭔데?"

당시의 나로서는 겐지의 질문에 대답할 수 없었으리라.

"누군가 다케루에게 죄를 뒤집어씌우려고 한 거야. 무고 게임을 개최할 구실을 만들기 위해."

"……구실? 어째서 그렇게 단언하는 거지?"

"그렇게 생각하면 앞뒤가 맞으니까. 게임이 끝나고 나서 있었던 일 기억나?"

이 질문에는 고헤이가 대답했다.

"패배를 선고받은 겐지가 멧돼지처럼 가오루에게 돌진했지."

"그런 기억은 왜 안 잊어버리냐?"

겐지가 고헤이를 노려보며 말했다.

"그러고 나서는?"

"가오루가 법대 서랍에서 칼을 꺼내서……."

"그만. 아마 알겠지만 그 접이식 나이프가 가오루의 목숨을 빼앗았어."

고헤이와 겐지는 얼굴을 마주 보았다. 겐지가 먼저 시선을 돌리고 물었다.

"거기가 연결된다는 거야?"

"가능성의 이야기야."

말을 조금 많이 했다고 생각했지만 계속했다.

"겐지에게 확인하고 싶었던 건 이거야. 다케루가 봉투를 훔치는 모습을 직접 봤어?"

"아니……, 직접 보지는 못했어."

겐지의 대답은 짧았다.

"그 말을 들었으니 충분해."

화제를 바꾸려고 했지만 고헤이가 물고 늘어졌다.

“잠깐만. 분명 가오루는 법대에 칼을 꽂았어. 하지만……, 그게 뭐 어쨌는데? 그 행동이 녀석의 죽음과 관련 있다고 생각하는 거야?”

“아직 미레이와도 상의하지 않았어. 지금 시점에서 자세한 설명은 못 해. 신문 때 언급할 가능성이 있으니까, 미리 말해두는 편이 좋을 것 같아서.”

“대체 어떤 주장을 하려는 거야?”

두 사람의 반응을 놓치지 않도록 의자를 살짝 뒤로 물리고 대답했다.

“무고의 제재라고 하면, 대충 이해하겠어?”

“……진심이냐.”

고헤이는 입을 떡 벌린 채 굳어 버렸다. 겐지도 비슷한 반응이었다.

“어떻게 생각해?”

“그야……, 아무래도 무모한 짓이겠지.”

“역시 그렇게 생각하는구나. 하지만 이게 무죄 주장을 관철할 유일한 길이야. 아무리 좁아도 통과해야 해.”

좁을 뿐만이 아니다. 이 길에는 수많은 지뢰가 깔려 있다.

부주의하게 발을 내디디면 나와 미레이의 죄가 드러나는, 그런 지뢰다.

“승산은 있어?”

"글쎄……. 하지만 미레이는 포기하지 않았어. 변호인 역할을 완수할 수 있는 사람은, 가오루에 관해서도 미레이에 관해서도 잘 아는 나뿐이겠지."

로스쿨에서 가오루는 연구자의 길을 걸으려 했다.

가오루가 법률에 푹 빠진 것은 비열한 죄를 저지른 아버지를 원망했기 때문 아닐까. 가오루의 어머니는 내게 그렇게 말했다. 확실히 아버지를 원망했어도 이상할 것 없는 상황이었다.

하지만……, 아버지가 무고하다고 가오루가 확신했다면?

그때는 원한을 품을 대상이 확 바뀐다. 하나는 무고한 사람을 구하기는커녕, 이유 없이 벌을 내린 사법기관. 그리고 또 하나는, 사랑하는 아버지를 불행에 빠뜨린 진짜 가해자.

전자에 대한 원한이 형법과 형사정책을 공부하는 동기가 되었다. 강대한 권력을 지닌 사법기관에 복수하려면 제도 자체를 바꿀 수밖에 없다고 생각했는지도 모른다. 그렇기에 가오루는 죄와 벌을 더욱 깊이 이해하기 위해 법학자가 되는 길을 선택했다.

그럼 후자에 대한 원한은? 죄를 저지른 인간을 제재하는 것은 독립된 집행기관이 담당해야 할 역할이다. 하지만 그러한 방식이 정상적으로 작동하지 않은 탓에 무고한 아버지가 심판받았다.

의지할 수 있는 정의가 존재하지 않는다면, 자신의 손을 더럽혀서 가해자를 벌하는 수밖에 없다.

그것이 가오루가 최종적으로 도달한 결론 아니었을까.

그러한 시각으로 돌이켜 보면 그동안 해 왔던 무고 게임의 의미도 저절로 명확해진다.

남은 수수께끼는 가오루가 죽어야 했던 이유.

그것뿐이다.

15

드디어 무덤 털이 사건의 첫 번째 공판기일이 찾아왔다.

302호 법정은 방청석이 스무 석 정도밖에 안 되는 좁은 단독 법정이다. 호토대학교 로스쿨에 있는 모의 법정과 비슷한 크기라, 나로서는 주눅 들지 않고 공판에 임할 수 있었다.

법대에는 삼십 대 후반으로 보이는 남자 판사, 검사석에는 머리숱이 적어진 중년의 부검사•가 각각 익숙한 태도로 앉아 있었다. 그들이 쳐다보는 증언대에는 이번 사건의 피고인 곤다 사토시가 앉아 있었다.

인정신문•• 후에 곤다는 자신이 저지른 죄를 인정하는 취지

• 일상생활에서 발생하는 경미한 민형사 사건을 신속하게 처리하는 간이 법원의 재판을 담당하는 검사

•• 법정에 피고인으로 출석한 사람이 기소장에 기재된 피고인과 동일 인물인지 확인하는 절차

의 진술을 했다.

기소사실 인부•, 모두진술, 증거 조사. 법정의 소송절차가 물 흐르듯 담담히 진행됐다. 검사 측의 입증이 끝나자 변호인 측은 어떻게 하겠느냐고 판사가 확인했다. 정상증인••은 확보하지 못했기 때문에 피해자와 주고받은 합의서에 관해서만 조사를 신청했다.

내용을 소개한 합의서를 판사에게 제출하자 이제 피고인 질문만 남았다.

작게 심호흡을 했다. 법정에서 서 있는 사람은 나뿐이다. 발언자는 일어선다. 그것이 공개재판의 암묵적인 규칙이었다.

"기소장에 기재된 사실에 이의가 없는 것, 맞습니까?"

"네, 그렇습니다."

곤다는 판사를 똑바로 쳐다보고 대답했다. 익숙하지 않으면 옆에 있는 질문자를 보고 대답하기 십상이지만, 과연 단골 피고인이라 다른 것일까.

"왜 화병과 향로를 훔쳤습니까?"

"돈이 필요했기 때문입니다."

당연히 이 같은 동기로 범죄가 정당화될 리 없다. 판사의 안

• 검찰이 제기한 혐의에 대해 유죄를 인정할지 무죄를 주장할지 피고인이 입장을 밝히는 절차

•• 형사재판에서 피고인에게 정상참작의 여지가 있음을 호소하기 위해 법정에 서는 증인을 가리킨다.

색을 살피자 엄한 표정으로 곤다를 내려다보고 있었다. 실형 선고를 전제로 징역 몇 년이 적당할까 생각하는 것처럼 보였다.

"그런데 피고인은 누가 피해자에게 합의금을 지불했는지 압니까?"

"전처가 돈을 내 주었다고 변호사 선생님께 들었습니다."

부검사가 의문 어린 표정으로 자료를 넘겼다. 곤다의 신상과 경력을 확인하려는 것이리라. 그럴 필요가 없음을 알려 주기 위해 추가로 질문했다.

"이번 사건으로 취조를 받았을 때와 이전 재판 때는 그 여성과 어떤 관계인지 말하려고 하지 않았죠. 이유가 뭡니까?"

곤다의 호적등본에는 이혼한 사실이 실려 있지만, 상당히 오래된 기록이다. 본인이 밝히지 않으면 굳이 조사하지는 않으리라.

"더는 폐를 끼치기 싫었거든요. 안 그래도 저 때문에 인생이 엉망진창으로 망가진 사람이라……. 전처에게 저는 이미 죽은 사람입니다."

비유라고 생각했는지 부검사도 판사도 특별한 반응은 보이지 않았다.

"이혼한 부인이 이번 사건의 합의금을 내준 이유는 압니까?"

"아니요, 모릅니다."

협의할 때 피고인 질문을 하면서 전처 이야기를 꺼내겠다고 곤다에게 말했다. 그것만은 안 된다고 반대하던 곤다는 결국 자신의 뜻을 꺾고, 이번 일에 매듭을 짓겠다고 중얼거리듯 말했다.

나는 숨을 한 번 고르고 나서 다음 질문을 했다.

"피고인은 처음에 묘지에 산다고 했습니다. 어디에 있는 묘지죠?"

"나나우미 공동묘지입니다."

"거기를 고른 이유는요?"

"거기에……, 제 무덤이 있기 때문입니다."

처음으로 판사의 표정에 변화가 있었다. 펜을 쥔 채 고개를 살짝 갸웃했다.

"좀 더 자세하게 설명해 주시겠습니까?"

질문의 방향에 불안을 느꼈는지 부검사가 재빨리 끼어들었다.

"그게 이번 사건과 관계가 있습니까?"

"네. 피고인이 범행을 저지른 이유를 밝히기 위함입니다."

"금전적 목적이라고 아까 말했을 텐데요. 이제 와서……."

"자 자, 그만."

판사가 부검사를 제지하며 말했다.

"무관하지는 않은 것 같으니 계속해도 괜찮습니다. 다만 짧게 부탁합니다."

곤다는 무덤이 만들어진 경위를 밝히고, 전처가 공양한 음식을 통해 가족과 인연을 이어왔음을 이야기했다. 사전에 준비해

두라고 지시한 덕분인지 과부족 없이 잘 정리된 내용이었다.

재판 경험이 풍부할 판사도 당황한 듯 눈을 끔뻑끔뻑했다.

"피고인은 사망했다는 거짓말로 피고인의 무덤까지 만든 전 부인을 원망합니까?"

"설마요. 제게 그럴 자격은 없습니다."

"다시 묻겠습니다. 절도를 되풀이한 건 생활비를 벌기 위해서였습니까?"

부검사가 일어서서 책상에 손을 짚고 몸을 내밀었다.

"이의 있습니다. 변호인은 중복된 질문으로 답변을 유도하고 있습니다."

내가 반론하기 전에 판사가 개입했다.

"무덤에 공양한 음식으로 식사를 했고 묘지에 살았다면, 생활비를 벌기 위해서라는 동기와는 모순되겠죠. 물어볼 필요가 있는 질문입니다."

"……알겠습니다. 이의를 철회하겠습니다."

"피고인은 변호인의 질문에 답변하세요."

이해심 있는 판사라 다행이었다. 곤다는 잠깐 뜸을 들이다가 자기 나름대로 진심을 담은 대답을 꺼냈다.

"고생만 시킨 아내에게 돈을 남기고 죽고 싶었습니다."

이 답변을 끌어낸 것으로 충분했다.

"일해서 번 돈이라면 모를까, 피고인은 남의 물건을 훔쳐서

매각하는 엄연한 범죄를 저질렀습니다. 그런 짓이 용납되지 않는다는 건 알고 있습니까?"

변호인이라고 해서 아무 비판도 없이 피고인을 긍정만 해서는 안 된다. 검사가 질문할 때 분명히 지적할 만한 사항은 먼저 짚어 두어야 한다.

"네……, 깊이 반성하고 있습니다."

"피고인은 그동안 모은 돈으로 피해를 변상하고, 남은 돈은 전부 전 부인에게 전해 달라고 제게 부탁했죠?"

판사의 의향을 헤아렸는지, 부검사는 답변을 유도한다고 이의를 제기하지 않았다.

"그렇습니다."

"전 부인은 돈을 받지 않겠다고 했습니다. 그리고 피고인 대신 피해를 변상하겠다고 했고요. 그래도 전 부인에게 그 돈을 남겨 주길 바랍니까? 사회에 복귀한 후에 또 범죄를 저지를 겁니까?"

"아무 의미도 없는 짓이라는 걸 깨달았습니다. 자기만족에 불과한 이런 짓을 다시는 하지 않겠습니다."

곤다는 고개를 푹 떨구었다. 연기가 아니라고 믿고 싶었지만, 본심은 곤다 본인밖에 모른다.

"피고인은 언젠가 사회에 복귀할 겁니다. 그때 자기 무덤으로 돌아가서 바쳐진 음식에 손을 댈 겁니까?"

"저는……, 아내가 저를 잊지 않길 바랐습니다. 그래서 무덤 속에 머무르려 했습니다. 하지만 아내가 전한 말을 듣자 정신이 번쩍 들더군요. 남은 인생을 힘껏 살아 보기로 마음먹었습니다. 아무도 저를 모르는 먼 곳으로 갈 작정입니다."

전 부인이 전해 달라던 '안심하고 가'라는 말의 의미를 자기 나름대로 해석한 모양이었다.

무엇이 정답인지 나는 모른다. 부정할 마음도 긍정할 마음도 없었다.

"이것으로 질문을 마치겠습니다."

기다렸다는 듯이 부검사가 힘차게 일어섰다.

지금까지도 재판 때 재범을 하지 않겠다고 맹세한 것 아니냐. 돈을 벌고 싶으면 성실하게 일해야 하는 것 아니냐. 집도 돈도 없으면서 어떻게 살아갈 생각이냐. 피고인의 태도를 보건대 정말로 반성하는 것이 맞는지 의심스럽다.

그렇게 비난하는 말이 잇달아 날아들었다.

대부분 정론이었으므로, 말을 어물거리는 곤다에게 도움의 손길을 뻗을 수가 없었다.

판사의 보충 질문도 형식적인 확인일 뿐, 뭔가 긍정적인 반응은 느껴지지 않았다. 무덤에 관한 이야기를 꺼내서 오히려 심증이 나빠진 것은 아닐까. 그런 생각까지 들었다.

검사의 논고와 변호인의 변론이 끝나자 곤다는 다시 증언대 앞에 섰다.

“이상으로 이 사건의 심리를 마치겠습니다. 마지막으로 뭔가 하고 싶은 말은 없습니까?”

“많은 분께 피해를 입혀서 죄송합니다. 마땅히 죗값을 치르겠습니다.”

판결 선고 기일을 지정한 후, 이날의 공판은 끝났다. 이제 판결이 내려지기를 기다릴 뿐이다. 내가 할 수 있는 일은 없다. 수첩에서 시선을 들자 호송 담당자에게 수갑이 채워진 곤다가 나를 보고 있었다.

“왜 그러시죠?”

접견을 희망하는 것인가 싶었다. 협의할 사항은 없지만 예상되는 판결 내용은 알려 주는 편이 좋을지도 모른다.

“변호사 선생님이 부르신 건가요?”

“누구를요?”

수갑을 차고 있으므로 곤다는 몸을 통째로 움직였다. 그가 돌아본 방청석에 남자가 한 명 서 있었다. 아마도 피고인 질문이 시작된 후에 들어왔으리라. 워낙 집중한 탓에 법정 문이 열리는 소리를 못 들었을 가능성이 있다.

“……사누마.”

사누마는 곤다에게 고개를 살짝 숙였다. 진녹색 전통 작업복이라는 아주 눈에 띄는 차림새였다.

"어디선가 재판 날짜를 알아내서 온 거겠죠. 선생님한테 볼 일이 있는 모양입니다."

"이봐, 그만 가자."

호송 담당자가 곤다의 허리를 묶은 포승줄을 잡아당겼다. 곤다는 증언대 근처에서 허락을 받지 않고 입을 열었다.

"변호사 선생님한테 협력해 줘."

불쑥 꺼낸 한마디였지만 사누마도 들은 듯했다. 그는 곤다가 법정을 나서는 모습을 빤히 지켜보았다. 판사와 부검사는 의아한 표정으로 사누마를 바라보았다.

사누마에게는 아무 말도 없이 나도 법정을 빠져나왔다. 법정의 출입구는 하나뿐이다. 통로에 놓인 긴 의자에 앉아 있으니 바로 사누마가 나왔다.

"기껏 와 줬는데 무시하면 쓰나."

"놀리러 왔어?"

"아니. 그 사람에게는 빚이 있거든."

"곤다 씨에게?"

"또 누가 있겠어? 요전에 나한테 편지 줬던 거 기억나?"

곤다의 부탁으로 전해 준 편지. 거기에 뭔가 적혀 있었던 것일까.

"응. 내용은 못 들었지만."

"너한테 협력해 주라고 길게도 써 놨더군. 참 귀찮은 사람을 자기편으로 만들었어."

"곤다 씨가……."

자세한 사정까지 곤다에게 이야기한 기억은 없다. 어째서 나를 위해…….

"그럼 증인으로 출석해 줄 건가?"

목소리가 들뜨지 않도록 조심했다. 기대하고 있다는 것을 들켜서는 안 된다.

"빚이 있다고는 해도 옛일이야. 그리고 저 사람은 깜빵에 가잖아. 나오기 전에 내빼면 내게 아무 짓도 할 수 없어. 어차피 오래 살 것 같지도 않고."

"당신 정말로 썩었군."

내 말에 사누마는 입꼬리만 끌어올려 씩 웃었다.

"……여기에 오기까지는 그렇게 생각했지. 정식으로 거절하기 위해 널 만나러 온 거야. 하지만 아까 재판을 보고 또 마음이 바뀌었어."

"무슨 뜻이야?"

"재판은 딱딱하고 지루한 절차라고 생각했었거든. 처음부터 답이 다 정해져 있는데, 답답하게 시간만 질질 끈다고 말이야."

"완전히 틀린 말도 아닌걸."

"하지만 법정에서 주고받는 이야기가 꽤 흥미진진했어. 묘지에 사는 이유를 알았을 때 반응 봤어? 전부 얼빠진 표정이더라고. 내게 부탁하려는 재판에서도 그런 얼굴을 볼 수 있는 건가?"

그런 점에서 흥미를 느끼다니, 한없이 삐뚤어진 인간이다.

"더 유쾌한 얼굴을 볼 수 있을 거야. 그 재판에서는 무죄를 주장할 예정이거든. 당신의 증언이 무죄 주장의 핵심이고."

"핫. 비행기 한번 잘 태우네. 알았어, 법정에서 증언할게. 다만……, 할 거면 철저하게 해."

이번만큼은 사누마의 웃음소리가 불쾌하게 들리지 않았다. 증언만 해 준다면, 그 이유가 아무리 비뚤어졌더라도 상관없다.

이것으로 두 번째 증인도 확보했다. 이제 미레이의 의향만 확인하면 된다.

16

유죄판결을 받았을 때 실형 선고가 예상되는 피고인은 공판기일이 다가온 단계에서 구치소나 구치지소로 이송된다. 판결 후에 예정된 수감 절차를 원활하게 진행하기 위해서다.

살인죄로 기소된 미레이는 당연히 구치지소로 신병이 옮겨졌다.

접수를 마치자 바로 좁은 접견실에 들여보내 주었다. 구멍 뚫린 아크릴 판과 싸구려 접의자. 경찰서 접견실과 큰 차이는 없다. 혹시나 모를 가해행위를 막을 목적으로 만든, 필요 최소한의 접견 공간이다.

"오랜만이네. 이제 안 오려는 건가 싶었어."

미레이는 책망하는 듯한 말부터 꺼냈다.

"좀 바빴어."

곤다에게 사누마가 어디 있는지 알아낸 직후에 접견한 것이 마지막이었다. 그 후로 오늘 다시 접견하기까지 다양한 일들이 있었다. 히메카와 공원에서 사누마와 만났다. 가오루의 본가에 조문하러 갔다. 공판 전 정리 절차 기일에 예정 주장 기재 서면을 제출했다. 고헤이와 사누마에게 증인으로 출석하겠다는 약속을 받았다.

보고해야 할 일이 많은데도 좀처럼 입이 떨어지지 않았다.

거북한 침묵을 깬 것은 미레이였다.

"그 예정 주장은 뭐야?"

뜻밖의 질문이라 당황스러웠다. 법원에 제출한 것과 같은 서면을 미레이에게도 넣어 주었다. 어떤 질문을 받아도 대답할 수 있도록 예정 주장의 내용을 떠올렸다.

"우리가 법정에서 주장할 내용을 적은 거야."

"피고인인 내게 상의도 없이?"

"틀린 부분이 있었나? 면밀하게 검토했는데."

"기재된 내용에 틀린 점은 없었어. 그거, 사누마라는 사람에게 알아낸 정보지?"

"그럼 뭐가 마음에 안 드는데?"

"틀리지는 않았지만 필요한 만큼 충분하지도 않아. 유키는 못된 장난질로 나를 괴롭혔다. 그 괴롭힘과 다른 무고 게임이 얽힌 끝에 유키는 사망하기에 이르렀다. 기요요시가 준 서면에는 거기까지밖에 안 적혀 있었어."

미레이가 무슨 말을 하려는 것인지 서서히 이해가 됐다.

"기재할 사실은 취사선택했어. 하지만 그건……."

"숨기는 게 없어야 한다고 했던 사람은 기요요시야."

말을 끝내기도 전에 미레이가 끼어들었다.

"숨기는 거라니……, 가오루의 아버지 이야기야?"

"여기까지 조사했을 정도니까, 그 사실도 알아냈겠지."

"가오루 아버지의 전과를 공개하면 어떤 사태가 초래될지, 미레이라면 잘 알 텐데."

말투에 열기가 깃들었다. 그 점을 비난받을 이유는 없다.

"하지만 그게 진실이잖아. 왜곡은 용납되지 않아."

"법정은 진실만을 발언하는 곳이 아니야."

"변호사다운 대답이네."

미레이는 오른쪽 뺨에만 차가운 웃음을 지으며 말했다.

"난 미레이의 변호인이야. 거짓말은 하지 않겠지만, 피고인에게 불리한 사실은 덮을 거야. 내 생각이 틀렸어?"

"정론이야. 그 사실이 내게 불리하게 작용한다면……, 말이지."

점점 짜증이 쌓였다. 이렇게까지 말한다면 미레이가 처한 상황을 정확하게 전하는 수밖에 없다.

"법정에서 가오루 아버지의 전과를 폭로하면 검사 측은 승리를 확신할 거야."

"어째서?"

"모든 동기가 한 줄의 선으로 이어지니까. 가오루가 미레이를 괴롭힌 동기, 미레이가 모의 법정에서 가오루를 살해한 동기. 그들의 머릿속에서 그게 이어지면, 우리에게 승산은 없어."

"기요요시가 머릿속에 그린 시나리오를 구체적으로 알려 줘."

나는 크게 한숨을 쉬었다. 아크릴 판 너머에 있는 미레이에게도 닿았으리라.

"정말로 이야기해도 돼?"

"접견 내용이 새어 나갈 걱정은 없어. 안심해."

내게 직접 들어 본들 무슨 의미가 있다는 것일까.

"가오루는 아버지가 죄도 없이 벌을 받았다는 것을 알고 있었어. 나와 미레이가 함정에 빠뜨렸다는 것도 눈치챘고. 가오루가 어떻게 진상에 다다랐는지는 몰라. 하지만 지금부터 들려주는 건, 그러한 사실을 전제로 짜 맞춘 스토리야."

미레이는 아무 말도 없이 내 눈을 똑바로 쳐다보았다.

"유죄판결이 내려지자 가오루네는 무너져 내렸어. 본인뿐만 아니라 가족의 인생까지 망가진 건 두말할 필요도 없겠지. 불행을 낳은 원흉이 누구인지 알아낸 가오루는 복수를 결심했어.”

“복수라…….”

미레이는 뭔가 하고 싶은 말이 있는 눈치였지만, 거기서 말을 끊었다.

“하지만 가오루는 어디까지나 신중했어. 원죄의 무서움을 잘 알고 있었기에, 나와 미레이가 시커멓게 물들었는지를 확인하려고 했지. 그 확인 작업이 일련의 무고 게임이었어.”

미레이 말대로 접견을 방해하는 사람은 없다. 세 건의 무고 게임이 어떤 역할을 했는지 간단히 설명하기로 했다.

“제일 먼저 일어난 일은 자습실에서 불특정 다수의 책상에 내 명예를 훼손하는 종이를 놓아둔 사건이었지. 종이에는 시설 입구에서 찍은 사진도 인쇄돼 있었어. 이 범행은 인사 같은 거였지. 우리의 과거를 아는 누군가가 심상치 않은 짓을 꾸미고 있다. 그 의도만 전달하면 충분했어.”

“후지카타에게 사진을 준 사람도 유키라고 생각하는 거구나.”

확인만을 목적으로 툭 던진 말처럼 들렸다.

“증거는 없어. 하지만 달리 해석할 길은 남아 있지 않아.”

“그래……. 설명 계속해.”

두 번째 무고 게임은 모의 법정에서 개최되지 않았다. 하지만 가오루의 목적 달성에 중요한 역할을 담당한 것이 이 게임이었다.

"다음으로 가오루는 사누마를 고용해서 미레이를 괴롭혔어. 얼음 깨기용 송곳으로 외시경을 깨뜨리고, 열쇠 구멍에 접착제를 채워 넣고, 인터넷 뉴스 기사를 우편함에 넣었지. 못된 장난질이 계속됐지만 통일성은 없었고, 두 주 정도 만에 사누마를 철수시킨 이유도 불분명했어."

"내게 복수하는 것이 목적이라면 피해 수준이 어중간하다는 거구나."

냉정한 분석이었다. 미레이도 나와 같은 식으로 논리를 전개해 왔기 때문이리라.

그렇다면 어딘가에 우리의 결론이 갈라지는 분기점이 있을 것이다.

"가오루는 괴롭히는 정도로 복수를 마칠 마음이 애초에 없었어. 이것도 사전 준비 중 하나에 불과했지. 만족했으니까 사누마를 철수시켰다. 그렇게 본다면 철수하기 직전에 일어난 일이 열쇠일 거야. 그 전날 우리는 공원에서 연립주택 출입구를 감시하다 우편함에서 인터넷 뉴스 기사를 발견했고, 미레이의 집에서 이야기를 나눴어."

"그때 도청한 음성으로 결실을 거두었다는 거군."

출입구를 감시했는데도 우편함에는 기사가 들어 있었다. 그 결과에 동요한 우리는 미레이의 집에서 비밀스러운 이야기를 나누었다.

“우리는 시설 사진과 인터넷 뉴스 기사를 보고서 과거에 저지른 죄를 떠올렸고 이야기를 꺼냈어. 그렇게 연결시키는 것이 가오루의 노림수였는 줄도 모르고 말이지. 미레이의 집을 도청하며 적확하게 유도해 나가면 언젠가는 자멸한다. 가오루는 그렇게 생각한 거야.”

“녹음된 음성이 유키의 손에 넘어갔다는 것까지는 알았어. 그런데 유키는 그걸로 뭘 하고 싶었던 건데? 그렇게 공들인 작전을 준비할 정도라면, 우리가 자기 아버지를 나락에 떨어뜨렸다는 것도 처음부터 알고 있지 않았을까?”

“인간이 인간을 심판하려면 확신에 가까운 심증을 형성해야 해.”

“뭐?”

미레이는 처음으로 동요한 기색을 보였다. 커다란 눈동자가 좌우로 흔들렸다.

“가오루는 무고한 아버지를 심판한 사법기관에도 원한을 품었어. 우리가 아무리 의심스러워도, 의심스럽다는 이유만으로 벌을 준다면 사법기관과 똑같은 잘못을 저지르는 셈이지.”

“심판자로서 죄상을 확인하려고 했다는 거야?”

“가오루는 심증을 형성할 증거를 모으기 위해 미레이의 집을 도청했어. 그리고 신용할 수 있을 만한 상황에서 우리가 죄를 털어놓았지. 그 증거를 손에 넣음으로써 가오루는 유죄를 확신한 거야."

"그렇구나……. 거기까지는 생각을 못 했네."

나와 미레이 사이에서 서서히 인식의 차이가 생기기 시작했다. 미레이의 생각을 물어보고 싶었지만, 내 이야기를 끝내는 것이 먼저라고 판단했다.

"심증을 형성했으니 도청과 장난질을 계속할 이유가 없지. 그래서 사누마에게 철수를 명령하고, 범인을 알아내기 위한 내 상담에도 응해 준 거야. 가오루의 행동에는 전부 이유가 있었어."

"유키가 준비한 무고 게임은 그 두 건뿐?"

하나 더 있지 않느냐고 말하는 듯한 시선이었다. 나는 안다는 뜻을 담아 고개를 끄덕였다.

"회식비를 넣어 둔 봉투가 자습실에서 도난당했지. 그것도 가오루가 그런 거야."

"뭣 때문에?"

"무고 게임을 개최할 구실을 만들고 싶었던 거겠지. 무고 게임에 필요한 죄는 뭐든지 상관없었고, 죄를 뒤집어씌울 상대도 마찬가지였을 거야. 고소인이 아무리 훌륭하게 죄를 입증하더라도, 가오루는 무고의 구제를 선고할 작정이었어."

미레이는 아무 말도 하지 않았다. 말없이 다음 말을 기다리는 것처럼 보였다.

"패배를 선고받자 겐지는 법대로 향했어. 그 모습을 보고 가오루는 접이식 나이프를 법대 상판에 꽂았지. 법정에 모인 방관자들에게 칼을 보여 주는 것이 가오루의 목적이었어. 겐지가 폭주하지 않았다면 다른 핑계를 대며 칼을 꺼내지 않았으려나."

"뭘 묻고 싶은지는 알지?"

"그 칼에 무슨 의미가 있었느냐……, 그렇지?"

미레이가 고개를 끄덕였는지 확인도 하지 않고 내 생각을 말했다.

"가오루는 심증을 형성할 때까지는 벌을 주지 않기로 정했어. 하지만 벌을 집행하기 위한 준비는 따로 진행해 둘 필요가 있었지."

"그게 무슨 뜻이야?"

"가오루의 아버지는 교도소에서 정신에 문제가 생겼고, 결국은 스스로 목숨을 끊었어. 그렇다면 동해보복의 사상에 따라 죄를 떠넘긴 가해자도 죽음으로 죗값을 갚아야 한다……. 가오루는 그렇게 판단했지. 그리고 목숨을 빼앗을 흉기로 선택한 것이 그 접이식 나이프였어."

"흉기를 사전에 우리에게 보여 준 이유는?"

미레이가 지체 없이 물었다. 모호한 대답으로 얼버무릴 수는 없을 듯했다.

"가오루의 머릿속에는 목적을 달성한 후에 체포되는 상황까지 들어 있었던 게 아닐까. 계획적인 살인보다는 충동적인 살인의 형량이 가벼워지는 경향이 있어. 칼이 모의 법정에 있다는 사실을 주변 사람들에게 인식시켜 두면, 충동적으로 살인을 저질렀다는 주장에 힘이 실린다. 그렇게 생각했는지도 모르지."

"그게 무고 게임 세 건에 관한 기요요시의 해석?"

"설명이 충분하지 못한 부분은 있을 거야. 하지만 큰 줄거리는 맞지 않을까?"

그때 어째선지 미레이가 미소를 지었다. 놀랄 만큼 자연스러운 표정이었다.

이 부드러운 표정은 무슨 의미일까.

"솔직히 이 정도까지 검토해 낼 줄은 몰랐어. 하지만 출발선이 틀렸네."

"알아듣게 제대로 설명해."

찜찜한 예감이 잔물결처럼 밀려오며 등골이 오싹해졌다.

"유키는 나를 죽이려고는 하지 않았어."

"그렇다면 그 칼은?"

"날 찌르기 위해 준비한 게 아니야. 다른 이유가 있었어."

"……가르쳐 줘."

세차게 뛰는 가슴을 진정시킬 수가 없었다.

"그 전에 나도 물어볼게. 물어보고 싶은 건 많지만……, 그렇지. 결국 유키는 왜 죽은 거야?"

"그건……."

"변호인이 거기서 대답이 막히면 안 되지."

미레이 말이 옳다. 나는 자신 있게 대답해야 한다.

"무고 게임이 처음으로 개최됐을 때 가오루는 맹세했어. 심판자가 부정을 저질렀음이 증명되면 심판자 본인도 벌을 받겠다고. 우리가 무고의 제재라고 칭했던 규정이야."

심판자에게만 적용되는 특수한 규정이 우리가 내놓을 주장의 핵심이다.

"무고의 제재. 그리운 말이네."

"가오루는 심판자임에도 불구하고 무고 게임에서 남들 모르게 죄를 저질렀고, 다른 사람에게 죄를 떠넘겼어. 사건이 있었던 날, 미레이는 모의 법정에서 심판자가 저지른 부정을 규탄한 거야. 그래서 가오루가 법대 말고 증언대 앞에 서 있었던 거고. 심판하는 입장이 아니라, 심판받는 입장이었기 때문이지. 그리고 부정을 저지른 심판자는 무고의 제재에 따라 벌을 받았어."

미레이의 표정에는 아무 변화도 없었다.

미레이의 입을 바라보기가 너무나 무서웠다.

"유키에게 제재를 가한 건 누군데?"

"가오루 본인. 가오루는 스스로 목숨을 끊은 거야."

법원에 제출한 예정 주장 기재 서면의 끝부분에도 그렇게 적었다.

"유키는 자기 아버지에게 죄를 뒤집어씌운 가해자에게 규탄당해서 자살했다. 그런 주장을 판사나 재판원이 받아들일까?"

어이없어하는 것도 아니고, 무안을 주는 것도 아니다.

하지만 나로서는 미레이의 본심을 알 수가 없었다.

"법정에서 아버지의 전과는 덮으면 돼. 가오루가 무고 게임에서 부정을 저질렀다는 건, 고헤이와 사누마의 증언으로 입증할 수 있어. 그러니까 어떻게든 될 거야. 무리수가 아니라고."

"안타깝지만 무리수야."

"그럼 어쩌라는 거야!"

좁은 접견실에 내 목소리가 울려 퍼졌다.

"기요요시도 실은 내가 유키를 죽였다고 생각하는 거지?"

"아니야. 난……."

부정해야 한다. 미레이를 믿는다고 말해야 한다.

"복수하기 위해 나타난 유키에게 반격을 가했다. 과거의 죄가 폭로될까 봐 두려워서 입막음을 했다. 검사가 펼칠 만한 주장은 그 정도려나? 아니지. 소추권자인 그들은 무슨 일이 있어도 과거의 유죄판결이 원죄였다는 말은 못 해. 그렇다면……."

"부탁이야, 그만해……."

"힘들게 해서 미안해."

미레이는 다시 미소를 지었다. 이런 상황에서 왜?

"포기하면 안 돼. 절대로 교도소에는 보내지 않겠어."

“포기를 왜 해? 난 유키를 죽이지 않았는걸.”
“뭐?”
무슨 말인지 이해가 안 됐다. 하지만 잘못 들은 것은 아니었다.
미레이는 가오루를 죽이지 않았다고 했다. 그렇게 말해 주었다.
“기요요시에게도 털어놓을 수는 없었어. 그러기로 유키와 약속했거든.”
“가오루와……, 약속을?”
“유키는 내 목숨을 빼앗아서 죗값을 치르게 하려던 게 아니었어.”
“아까부터 무슨 소리야?”
“정말로 신 같더라니까.”
너무나 갑작스러운 전개라 이해력이 전혀 따라가지 못했다.
“믿어도 되는 거야?”
미레이는 힘 있게 고개를 끄덕였다.
“우리는 법정에서 무죄를 증명할 수 있어.”

17

따라서 살인죄가 성립하지 않으므로 피고인은 무죄다.
엔터 키를 눌러 방구석에 있는 프린터로 데이터를 보냈다.

경쾌한 소리와 함께 출력된 종이를 집어서 내용을 확인했다. 이로써 모든 준비를 마쳤다.

이렇게 주장해도 정말 괜찮은 걸까. 나 자신에게 물어본들 답은 돌아오지 않는다. 남에게 상담해서 해결될 문제도 아니다. 그런 것쯤은 안다.

미레이는 결단을 내렸다……. 그렇다면 나도 결단해야 한다.

구치지소에서 접견한 후 그다음 공판 전 정리 절차 기일에는 내내 묵비권을 행사했던 미레이가 출석했고, 같은 타이밍에 아카이 재판장도 모습을 나타냈다.

처음으로 관계자가 모두 모인 기일에, 나는 예정 주장의 전체 내용을 분명히 밝혔다.

그런 반응을 보고 말문이 막혔다고 하는 것이리라. 검사 두 명뿐만 아니라 판사 세 명도 잠시 아무 말도 못 하고 굳어 버렸다. 사누마가 보면 재미있어할 광경이었다.

하지만 바로 도메키 검사가 고개를 숙이고 표정을 풀었다. 그런 주장을 어떻게 입증하겠느냐며 유죄를 확신하고서 비웃듯이. 후루노 검사와 판사 세 명의 속내는 읽어 낼 수 없었지만, 재판장은 미레이에게 변호인의 주장이 피고인의 뜻과 합치하는지 확인했다.

재판장의 질문에 미레이는 말없이 고개를 끄덕였다.

양측이 주장을 제시했고 증거도 정리가 끝났으므로, 공판 전

최종 정리 절차 기일이 열렸다. 검사가 청구한 증인 및 고헤이와 사누마의 증인신문은 필요성이 인정되어 실시하기로 결정됐고, 서증도 청구가 유지된 것은 모조리 조사하기로 했다.

우리의 주장은 극히 단순하다.

피고인은 피해자를 살해하지 않았다. 그 한마디로 일관한다.

할 수 있는 일은 전부 다했다. 이제는 공판기일을 기다릴 뿐이다.

지참한 서면을 가방에 넣고, 대신에 더블 클립으로 고정한 종이 몇 장을 꺼냈다. 짬이 날 때 조금씩 읽었던 가오루의 논문도 몇 장 안 남았다.

졸음을 쫓기 위해 껌을 씹으며 내용을 읽어 나갔다. 마지막 논문도 형사정책 관련이라 새로운 발견은 없었다. 형벌이 완수할 역할과 적정성을 담보하는 수단에 대해, 다른 국가의 형사정책과 비교하는 관점을 중시하며 알기 쉽게 썼다.

일본의 형사정책을 노골적으로 비판하는 내용은 아니다. 하지만 저자의 과거를 아는 사람이 읽으면, 행간에 숨겨진 생각을 자연스레 알아차리리라.

가오루는 **무고한 아버지를 구제할 방법을 찾고 있었다.**

사무소 문이 열리는 소리가 들리고 사쿠가 들어왔다.

"안녕하세요."

사쿠는 조그마한 꽃다발을 왼손에 들고 있었다.

"혹시 밤새웠어요?"

"시험을 앞둔 학생 같은 짓은 안 해. 예정보다 일찍 깼을 뿐이야."

몇 시에 자서 몇 시에 깼는지는 말하지 않기로 했다. 밤을 새운 것이나 매한가지 아니냐고 말할 것이 뻔했기 때문이다.

"드디어 왔네요."

"뭐가?"

"알면서……. 미레이 씨의 재판이요. 긴장돼요?"

정확하게는 미레이가 피고인인 사건의 1차 공판기일이 이제부터 시작된다.

"가슴이 두근거리지는 않지만, 긴장도 안 되는 것 같아. 굳이 따지자면 겨우 본무대를 맞이했다는 느낌이야. 기소되고 나서 시간을 오래 끌었으니까."

"정말 믿음직하네요. 커피 마실래요?"

사쿠는 들고 있던 꽃다발을 내려놓고 물었다.

"아니. 슬슬 나가 봐야 해. 꽃다발 사 왔구나."

"용담꽃은 싸더라고요. 깜짝 놀랐어요."

보랏빛이 도는 파란색 꽃잎과 가늘고 길쭉한 진녹색 잎. 이것이 용담꽃.

가오루는 이 꽃을 들고 무덤을 찾아와 달라고 내게 부탁했다.

"공판기일은 10시부터지만, 그 전에 성묘를 하고 오려고."

"선전포고를 하고 오는 건가요?"

"확인하고 싶은 게 있어."

결과가 어떠하더라도, 법정에서 내가 주장할 내용은 변함없다. 그래도 답은 알아 두고 싶었다. 여차할 때 주저하는 일이 없도록.

"오늘은 저녁까지 계속 재판이죠?"

"응. 사무소는 닫아도 돼. 갑자기 의뢰인이 찾아와도 곤란하니까."

입구 조명을 꺼 놓으면 누가 찾아왔다가도 포기하고 돌아가리라.

"그럼 저도 보러 가도 돼요?"

"응?"

"오늘 재판이요. 방청하고 싶네요."

"……왜?"

"쌤이 싸우는 모습을 보고 싶어서요."

뭐라고 대답하기가 난감했다. 오지 말라고 거절할 권리는 내게 없다.

"악착같은 모습이라 실망만 할걸."

"저는 선생님이 훌륭한 사람이라고는 생각하지 않아요. 그래도 고맙기는 해요."

"적자를 못 면하는 변호사에게 고마워할 것 없어."

자조하듯 웃자 사쿠는 고개를 저었다.

"제 주변에는 폭력을 행사하는 사람이나, 무관심한 사람, 허울 좋은 소리만 늘어놓는 사람밖에 없었어요. 하지만 쌤만은 진지하게 정면으로 상대해 줬죠."

"그건……, 전철에서 있었던 일?"

그날, 아침에 예정대로 일어났다면 더 일찍 전철을 탔을 것이다. 그랬다면 우리는 만나지 못했으리라. 사쿠는 치한 사기죄로 체포됐을지도 모르고, 내 사무소에서는 다른 직원이 일하고 있을지도 모른다.

운명이란 분명 그런 것이다.

"맞아요. 사회적으로 봤을 때, 쌤의 충고는 잘못됐다고 평가받겠죠. 하지만 제 마음에는 와닿았어요. 그런 충고는 듣는 사람이 받아들이기 나름이잖아요. 저는 구원받았고, 그게 전부라고 생각해요. 그래서 쌤이 사무소에서 일해 달라고 했을 때는 기뻤어요. 쌤에게 힘이 될 수 있을지도 모르겠다 싶었거든요."

"사쿠는 잘하고 있어."

"알아요."

사쿠는 웃었다. 의자 안쪽에는 해바라기꽃을 꽂은 꽃병이 놓여 있었다.

"저는 쌤이 싸우는 모습을 곁에서 보고 싶을 뿐이에요. 악착같은 게 뭐 어때서요? 이제 와서 환멸을 느끼지는 않을게요.

그래도 방해돼서 싫다고 하면, 회계장부를 조작해서 돈을 삥땅 칠 거예요."

나도 모르게 웃음이 터졌다. 이런 상황에도 잘도 그런 농담이 나오는구나 싶었다.

"알았어, 항복이야. 방청석에서 지켜봐."

"네!"

묘하게 쑥스러워서 테이블에 놓여 있던 용담꽃을 들고 얼른 사무소를 나섰다. 사쿠는 웃고 있으리라. 한심한 변호사의 뒷모습을 바라보며.

고쿠분 빌딩 앞에서 택시를 잡아타고 목적지를 말했다.

나나우미 공동묘지. 이 부근에는 다른 공동묘지도 있을 테지만, 가오루는 텅 빈 곤다의 무덤이 있는 나나우미 공동묘지의 어딘가에 잠들어 있다. 납골도 이미 마쳤으리라.

"성묘 가세요?"

택시 기사가 백미러로 꽃다발을 힐끗 보더니 물었다.

"네, 친구 무덤에요."

"친구분……. 아직 젊은 나이였을 텐데."

뭔가를 알아차린 건지, 더는 캐묻지 않았다. 사람 좋아 보이는 택시 기사였다.

문득 생각이 나서 나도 질문을 했다.

"무덤에 대해 잘 아십니까?"

"뭐, 나이를 이쯤 먹으면……, 나름대로는요."
"그럼 지석이 뭔지도 아세요?"
"아아. 조상님의 이름을 새겨 놓은 돌 말이군요."
빨간불이 좀처럼 바뀌지 않았다. 인터넷에 검색하면 금방 나오겠지만, 택시 기사의 지식을 빌리기로 했다.
"그거, 어디쯤에 놓여 있는 건가요?"
"음, 그러니까……. 잠깐만요."
택시 기사는 관자놀이 언저리를 검지로 툭툭 두드렸다.
"모르시면 됐습니다. 이상한 걸 여쭤봐서 죄송해요."
"생각났습니다. 일반적으로는 묘비 옆에 있을 겁니다."
역시 택시 기사는 박식한 사람이었다.
"감사합니다. 도움이 됐어요."
그 말을 마지막으로 택시 기사와 대화가 끊겼다. 죽은 친구 생각을 하는 줄 알고 배려해 준 것일까. 하지만 내 생각은 다른 방향으로 향했다.
침묵이 십 분쯤 이어진 후, 나나우미 공동묘지에 도착했다. 법원까지 걸리는 시간을 고려하면 너무 느긋하게 머무를 수는 없다. 바로 돌아올 테니 갈 때도 태워 주지 않겠느냐고 부탁하자, 택시 기사는 흔쾌히 승낙하고 근처 주차장에서 기다리겠다고 했다.
가오루의 어머니가 그려 준 지도는 간략했지만, 무덤을 찾기는 어렵지 않았다. 한 번 와 본 곳이라 위치 관계가 대충 머릿속에 들어 있었다.

묘비에는 '유키 가문'이라는 글씨가 새겨져 있었다. 유키는 가오루 어머니의 옛날 성씨다. 이혼한 후 가정법원에 성씨 변경을 신청해서 가오루의 성씨도 유키로 바뀐 것이리라.

스테인리스로 만든 화병에는 아무것도 없었다.

화병에 물을 담고 내가 가져온 용담꽃을 꽂아서 원래 자리에 되돌려 놓았다.

물론 그런다고 무슨 장치가 작동하지는 않는다. 돌과 스테인리스의 회색으로 통일된 묘비 주변에 산뜻한 용담꽃 색깔이 더해졌을 뿐이다.

일어서서 묘비를 들여다보았다. 이것으로 약속을 지킨 셈일까. 안타깝지만 대답은 아니오다. 여기 오기 전부터 알고는 있었다.

묘비에서 시선을 돌려 왼쪽에 있는 판판한 돌을 보았다.

택시 기사 말대로 지석은 거기 있었다. 무덤에 매장된 사람의 생전 이름을 새긴 돌이다. 오른쪽 가장자리부터 순서대로 자잘한 글씨를 읽어 나갔다.

내가 아는 이름은 왼쪽 가장자리에 새겨진 '유키 가오루'뿐이었다.

역시……, 예상이 들어맞았다.

지석에 **가오루 아버지의 이름은 새겨져 있지 않았다.**

당연하다. 친족이 아닌 사람이 유키 가문의 무덤에 들어갈 리 없으니까.

하지만 가오루는 무덤에 아버지와 할아버지가 잠들어 있다고 했다. 유키 가문의 무덤이 아니라, 일부러 그렇게 한정한 것이다. 처음에는 잘못 말했겠거니 했다. 아니면 자기가 친가 쪽 무덤에 들어갈 것이라고 착각했거나.

하지만 그래서는 풀리지 않는 점이 있다는 것을 깨달았다.

우리는 모의 법정에서 사건이 발생하기 일 년쯤 전에 그 약속을 했다. 한편 가오루 어머니는 가오루가 죽기 한 달 전에 아버지가 자살했다고 말했다.

분명 이상하다. 가오루 어머니의 말이 사실이라면, 우리가 약속했던 시점에는 가오루 아버지가 살아 있었던 셈이니까.

곤다같이 특이한 사례나 생전에 계명을 받은 사람을 제외하면, 살아 있는 사람의 이름이 지석에 새겨질 일은 없다.

그런데도 아버지가 잠든 무덤에서 재회하자고 한 것인가?

있을지 없을지도 모르는 무덤 앞에서?

이 모순을 해소할 답은 하나밖에 떠오르지 않는다.

가오루는 정신이 병든 아버지에게 죽음이 찾아오는 것은 시간문제라고 생각했다.

그 죽음을 마지막 방아쇠로 삼고자 한 것이리라.

그리고 가오루는 자신의 죽음을 막연하게 예견만 했던 것이 아니었다.

아버지가 죽고 나서 자신이 죽을 것까지 알고 있었다.

죽음의 선후 관계. 나는 거기에서 도출되는 법률상의 효과를 안다.

18

1차 공판기일.

101호 법정은 재판원 재판을 개정할 수 있는 거대한 법정이다.

방청석은 100석을 넘고, 판사와 재판원이 앉는 법대도 특별한 구조다. 변호인석조차 혼자 있으면 마음이 어수선해질 만큼 넓다.

방청석은 방청인과 기자로 이미 70퍼센트쯤 채워져 있었다.

재킷의 플라워 홀에 단 변호사 배지를 손가락으로 만졌다.

기죽어 있을 때가 아니다. 마음을 진정시키기 위해 주변을 둘러보았다.

정면의 검사석에는 후루노와 도메키가 나란히 앉아 있었다. 그들은 내 시선을 알아차리고 살기등등한 시선을 던졌다. 유죄율 약 99.9퍼센트의 형사재판, 그것도 재판원 재판에서 절대로 패배할 수는 없다는 생각이리라.

검사석 뒤쪽의 문이 열리고 호송 담당자 세 명이 나타났다. 남자 교도관 두 명이 나란히 서 있었고, 그 뒤로 모자를 깊이 눌러쓴 여자 교도관도 보였다.

호송 담당자가 법정에 데려올 사람은 피고인밖에 없다.

미레이는 가느다란 손목에 수갑을 찼고, 허리에 묶인 포승줄의 끄트머리는 교도관이 쥐고 있었다. 경로를 세세하게 지시받아 가며 미레이는 내 옆에 섰다.

눈이 마주쳤지만 미레이는 바로 아래를 내려다보았다. 나도 집중하기 위해 법대를 쳐다보았다.

서기관이 수화기를 들어 통화하고 몇 분 후, 피고인의 수갑과 포승줄을 풀어 주라는 지시가 내려졌다. 다시 뭐라고 통화한 후 법대 뒤편의 나무문이 소리를 내며 열렸다. 아카이 재판장, 하기와라, 사교, 그리고 재판원과 보충 재판원이 차례대로 문을 통과했다.

사람들이 모두 일어섰다. 판사와 재판원들이 법대에 늘어선 것을 확인한 다음, 말 없는 신호와 함께 인사를 나누었다.

"그럼 개정하겠습니다. 피고인은 증언대 앞에 서세요."

그렇게 목소리를 높이는 것처럼 보이지는 않았지만, 아카이 재판장의 지시는 넓은 법정에 울려 퍼졌다. 마이크에 잡힌 음성을 스피커로 내보내는 것이리라.

증언대에 선 미레이는 법대를 똑바로 쳐다보았다.

"이름은 뭡니까?"

"오리모토 미레이입니다."

그 후, 생년월일, 직업, 주거, 본적 등을 확인하는 인정신문이 진행됐다.

"지금부터 피고인에 대한 살인 피고사건•의 심리를 시작하겠습니다. 검사는 기소장을 낭독해 주십시오."

후루노가 일어서서 기소장을 나지막한 목소리로 읽어 나갔다. 지금까지 몇십 번이나 훑어본 문장이므로, 내용은 완벽하게 외우고 있었다.

피고인은 호토대학교 로스쿨 모의 법정에서, 유키 가오루에게 살의를 품고 접이식 나이프로 좌측 전흉부를 1회 찔러, 동인(同人)을 좌측 전흉부 자상에 기인한 과다 출혈로 사망시킨 바이다.

이것이 기소장에 기재된 기소 사실의 요지다. 날짜와 장소가 자세하게 적혀 있든, 접이식 나이프의 형태와 재질을 특정했든 우리의 주장에 영향을 주지는 않는다.

"피고인에게는 묵비권이 있습니다……."

• 검사가 기소권을 행사해 범죄로 기소된 사건

기소장 낭독이 끝나자 아카이 재판장이 묵비권에 대해 설명했다. 피고사건에 관한 진술을 요구하는 전제 조건으로서, 이 단계에 권리를 고지해야 한다.

"검사가 낭독한 기소장에 기재된 사실과 관련해 틀린 점, 또는 변명해 두고 싶은 점은 있습니까?"

법정의 중심에 가까운 곳에서 미레이는 숨을 들이마신 후 입을 열었다.

"기소장에 기재된 일시 및 장소에서 저와 피해자가 만난 건 틀림없습니다. 하지만 저는 피해자를 살해하지 않았습니다."

짧은 답변이었다. 하지만 피고인의 기소사실 인부 절차로서는 이 정도로 충분하다.

공판 전 정리 절차 기일 때 정리한 주장대로였기 때문인지 재판장의 표정에는 변화가 없었다. 한편 방청석은 술렁거렸다. 명확하게 무죄를 주장했기 때문이리라.

"변호인의 의견은요?"

"피고인과 동일합니다. 본 사건에서는 살인의 실행 행위가 인정되지 않으므로, 피고인에게 살인죄는 성립하지 않습니다. 따라서 무죄를 주장합니다."

화를 돋우는 말을 들었다는 듯이 정면에 앉은 도메키의 표정이 구겨졌다.

기소사실 인부 절차에서 무죄를 주장하는 것은 피고인 측의 선전포고나 다름없다. 그리고 이다음에 진행되는 모두진술에서 각자가 준비해 온 구체적인 전술이 드러난다.

"일단 검사 측부터 모두진술을 할 테니 피고인은 앉아서 들으십시오. 그럼……, 검사 측, 부탁합니다."

후루노는 어떤 의미에서는 예상 범위 내에 머무르는 모두진술을 선보였다.

피해자 유키 가오루는 죄를 저질러 복역한 아버지가 원죄라고 믿었다. 동시에 피고인이 아버지에게 죄를 뒤집어씌웠다고 짐작했다. 복수를 결심한 피해자는 못된 장난질로 피고인을 괴롭혔다. 범인을 알아낸 피고인은 피해자를 불러내 죄를 규탄했다. 하지만 옥신각신하던 끝에 피고인은 피해자를 살해하기에 이르렀다.

대략적인 내용은 이와 같다. 구멍이 없는 스토리로 들리기도 했다.

유키 가오루의 아버지가 전과자이고, 오리모토 미레이가 그 사건의 피해자임은 미레이가 공판 전 정리 절차 기일에 처음으로 출석했을 때 밝혔다. 그래도 검사가 원죄를 전제로 삼아 주장을 내세우지 않으리라는 것은, 모두진술을 듣기 전부터 알고 있었다.

후루노나 도메키가 그 사건의 담당자가 아니었다고 해도 검찰이 관련된 문제인 것만큼은 틀림없는 사실이기 때문이다. 잘못된 기소였다고는 절대로 인정할 수 없다. 그런 결론 외에 조직의 일원으로서 고를 수 있는 선택지는 존재하지 않았을 것이다.

피해자는 아버지가 원죄라고 **믿었고** 피고인이 아버지에게 죄를 뒤집어씌웠다고 **짐작했다**는 식의, 주관에만 의거한 주장이 허용되는 한계선이었으리라.

소추권자라는 굴레가 진실을 멀리 밀어냈고, 우리가 파고들 틈을 주었다.

"이어서 변호인 측, 모두진술 부탁합니다."

피해자의 아버지가 얽힌 재판과 관련해 피고인 측이 적극적으로 다툴 이유는 없다. 검사가 가오루의 아버지는 유죄였음을 전제 조건으로 삼아도 상관없다고 말하는 이상, 그에 따르면 된다.

하지만 나는 모두진술 도중에 이렇게 말했다.

"피해자 아버지의 전과 말씀입니다만, 이 사건은 원죄였다고 주장합니다. 그 인물은 아무 죄도 저지르지 않았으며, 피고인이 수사기관에 허위로 진술함으로써 까닭 없이 유죄판결을 받았습니다."

기소사실 인부 절차 때와는 비교도 안 될 만큼 방청석이 크게 술렁거렸다. 제일 앞줄에 앉아 있던 방청인 중 한 명은 벌떡 일어나서 부랴부랴 법정을 나섰다. 이 타이밍에 빠져나간 것으로 보건대, 어딘가의 기자일지도 모른다.

"정숙하십시오."

판사가 실제로 이 말을 하는 모습을 나는 처음으로 보았다.

법정이 소란스러워진 것은 변호인의 주장이 피고인을 배신하듯 들렸기 때문이리라. 피고인을 유죄로 이끌기 위해 주장하고, 그 주장을 입증하는 것은 변호인이 아니라 검사의 책무다. 그 당연한 전제가 쌍방의 모두진술에서는 뒤집힌 것이다.

피고사건에 직결하는 죄는 아닐지라도, 피고인이 과거에 저질렀을 의혹이 있는 허위 고소 사실에 대해 검사는 무죄를, 변호인은 유죄를 각자 소리 높여 주장했다.

"……이상이 피고인 측의 주장입니다."

흥분이 가라앉지 않는 법정의 분위기를 느꼈는지 재판장은 예정보다 일찍 휴정을 선언했다. 약 십오 분의 짧은 휴정이지만, 마음을 가라앉히기에는 충분한 시간이다.

재판이 재개될 때까지 미레이는 지하 대기실로 되돌아갔다.

아까 모두진술 때 나는 피고인이 가오루의 아버지를 함정에 빠뜨렸다고 말했다. 우리가 아니라 피고인이 그랬다고. 미레이에게 죄를 모조리 떠넘긴 것이다.

미레이가 죄를 떠맡고 나는 무관한 척하기로 협의를 이미 마쳤다.

그런데 미레이는 정말 그걸로 됐다고 생각하는 것일까.

안 된다, 주저하지 마라. 관계자들이 나간 법정에서 주먹을 꽉 움켜쥐었다.

재판이 재개되자 예정대로 검찰이 청구한 증거 조사 절차가 진행됐다.

범행 장소와 범행 시각을 특정하기 위한 현장검증 조서, 피해자의 사인과 사망시각을 특정하기 위한 수사보고서, 흉기의 재질과 형태를 특정하기 위한 접이식 나이프.

범죄 사실을 인정하는 데 불가결한 증거를 총망라해서 조사해 나간다.

개중에는 내가 첫 번째 발견자로서 이야기한 내용이 담긴 진술 조서도 있었다. 당시는 정신이 혼란스러웠지만, 진술 내용에 큰 오류는 없었다. 모의 법정에 들어가서 가오루의 시체와 가오루의 피를 뒤집어쓴 미레이를 발견하기까지의 경위가 상세히 기재되어 있었다.

재판원 재판에서는 법적 소양이 없는 재판원도 심증을 형성할 수 있도록, 증거 내용을 보통 사건보다 상세하게 알려 준다. 때문에 검사가 청구한 증거 조사가 끝나기까지 두 시간 가까이 걸렸다.

이날의 마지막 증거 조사로서, 신고를 받고 출동한 경찰관의 증인신문이 행해졌다.

하지만 양쪽의 입증에 영향을 줄 만한 증언은 얻지 못했다. 내 진술 조서에 적힌 내용의 일부를 되풀이하는 데 그쳤기 때문이다. 뒤집어서 말하자면, 첫 번째 발견자의 진술 내용이 뒷받침됐다고 평가할 수는 있을지도 모르겠다.

기소사실 인부 절차와 모두진술 때 분위기가 잠깐 달아오르기는 했지만, 피고인 측에서는 1차 공판기일을 큰 파란 없이 넘겼다고 할 수 있었다.

책상에 펼쳐 놓은 자료를 가방에 넣고 변호인석에서 일어섰다.

본무대는 내일부터 이어질 증인신문이다. 재판원 재판은 기본적으로 연일 재판을 실시한다. 내일 2차 공판기일에는 증인 세 명을 신문할 예정이었다.

무엇을 묻고, 어떤 대답을 끌어낼 것인가.

신문할 사항을 확인하며 나는 사쿠와 함께 사무소로 돌아갔다.

19

2차 공판기일.

고헤이는 긴장한 표정으로 증언대에 앉아 있었다. 신문은 고헤이를 증인으로 신청한 나부터 시작했다.

"증인은 피해자 및 피고인과 어떤 관계였습니까?"

"……동기입니다."

침착하지 못한 목소리였다. 재판원 재판에서 증언하고 있으니, 어느 정도 주눅이 드는 건 어쩔 수 없다. 설명이 불충분한 부분은 필요에 따라 내가 보충하면 된다.

"호토대학교 로스쿨의 같은 학년이었다. 그렇게 받아들이면 될까요?"

"앗……, 그렇습니다."

"그런데 증인은 무고 게임이라는 말을 들어 본 적 있습니까?"

고헤이가 더욱 긴장했다는 것을 표정으로 알 수 있었다.

"네, 있습니다."

"로스쿨 동기들끼리 했던 일종의 게임. 그렇게 이해하면 될까요?"

"그렇죠. 트럼프나 모바일 게임보다는 살벌했지만, 그 외에 적절한 표현은 떠오르지 않습니다."

생각했던 것보다 유연하게 대답해 주었다. 이 상태라면 설명을 맡겨도 될 듯했다.

"내용을 간단하게 설명해 주십시오."

"특정한 피해를 입은 고소인이 정해진 규정에 따라 형벌 법규를 위반하는 죄를 저지른 인물을 범인으로 지목하는 게임입니다. 심판자, 고소인, 증인으로 이루어진 경기자가 각자 역할을 수행함으로써 무고 게임이 진행되죠……."

고헤이는 아주 이해하기 쉽게 설명했다. 어떤 게임인지 재판원도 머릿속에 그릴 수 있었으리라. 거기서부터 더 깊이 파고

드는 것은 내 임무다.

"아까 언급한 역할 중에 증인이 맡아본 역할은 있습니까?"

"아니요. 저는 방청석에 앉아 게임을 관람했을 뿐입니다."

계속 중립적인 입장이었던 방관자. 그렇기에 고헤이에게 증언을 요청하기로 결정했다.

"그럼 피해자는 어땠습니까?"

"가오루는 모든 게임에서 심판자 역할을 맡았습니다."

긴장이 완전히 풀린 듯했다. 아래쪽을 향했던 시선도 법대 언저리까지 올라왔다.

"제일 처음으로 열린 무고 게임에 대해 질문하겠습니다. 그때도 피해자가 심판자 역할을 맡았습니까?"

"네, 그렇습니다."

"무고 게임이 시작된 계기는 무엇입니까?"

고헤이는 잠시 생각하는 기색이었다. 질문 내용은 미리 알려두었으므로, 설명할 순서를 머릿속으로 정리하는 것이리라.

"한 동기가 자습실에서 지갑을 분실했습니다. 그런데 그 지갑을 가지고 있는 사람을 봤다는 목격자가 나타났죠. 하지만 의심받은 사람이 자기는 모르는 일이라고 주장해서 입씨름이 벌어졌습니다. 잠시 후, 그 광경을 보고 있었던 가오루가 해결 방법을 제시했는데……. 그게 바로 무고 게임이었습니다."

"그런 방법으로 문제를 해결한 건 그때가 처음이었습니까?"

"다들 놀랐으니까 그럴 겁니다."

"즉, 피해자가 무고 게임을 고안했다는 거로군요."

"그렇게 기억합니다."

검사석의 도메키가 책상에 손을 짚고 일어섰다.

"그런 사소한 사실을 확인할 필요가 있습니까?"

"그럼 질문을 변경하겠습니다."

이의라기보다 트집에 가까웠지만, 필요한 정보는 끌어냈다.

"다시 확인하겠습니다만, 피해자가 맡았던 심판자는 죄를 저지른 인물을 특정하고 패자에게 벌을 내리는 역할이라고 설명했죠?"

"네, 그렇습니다."

"증인은 심판자가 게임에서 행사한 권한이 약하다고 생각했습니까, 강하다고 생각했습니까?"

슬슬 유도신문이라는 지적이 나올 것 같아서 에둘러 질문했다.

"꽤 강한 권한이라고 생각했습니다. 특히 벌을 내리는 권한은요."

"앞서 피해자가 동기였다고 증언했는데요. 왜 동기 중 한 명에 불과했을 피해자가 그렇게 강한 권한을 행사할 수 있었던 건가요? 즉, 패자가 벌을 받아들였던 이유에 대해 증인의 생각을 말씀해 주십시오."

"일단 저희에게 가오루는 평범한 동기가 아니었습니다."

"그게 무슨 뜻이죠?"

"로스쿨은 사법시험 수험 자격을 얻기 위해 다니는 곳이라고 생각합니다. 하지만 가오루는 이미 사법시험에 붙었어요. 실제로 놀랄 만큼 우수한 인재였죠. 동기들 대부분이 가오루를 한 수 위로 평가했습니다."

가오루나 세이기같이 우수한 녀석은 남에게 열등감을 안기지…….

언제였는지는 잊어버렸지만, 고헤이가 그렇게 말한 적이 있었다. 나와 가오루를 같은 위치에 놓지 말라고 받아쳤을 텐데, 고헤이는 뭐라고 대꾸했더라…….

"우수한 학생이니까 강한 권한을 행사하는 걸 인정했다. 그렇습니까?"

이것은 부정적인 대답을 이끌어 내기 위한 질문이다. 내 의도에 맞게 고헤이는 고개를 저었다.

"가오루라면 잘못된 판단을 하지 않으리라고 믿었던 건 사실입니다. 하지만 자기 자신도 벌을 받을 가능성이 있다는 걸 고려하면, 믿을 만하다는 이유만으로 심판자에게 권한을 줄 수는 없겠죠. 가오루도 그 점은 이해하고 있었고요. 그래서인지 권한에 대한 불신감을 지적받기 전에 스스로 맹세했습니다."

몇몇 재판원은 법대에서 몸을 살짝 내밀고 있었다. 내용을 이해하고 있으며, 신문에 흥미가 있다는 두 가지 사실이 확인됐다.

"맹세라니요?"

"심판자가 자신의 역할을 저버리고 부정을 저질렀음이 증명되면 심판자 본인도 벌을 받겠다는 맹세요. 저희는 그 규정을 무고의 제재라고 칭했습니다. 가오루는 고의로 범인을 잘못 특정했을 경우와 심판자가 죄를 저지른 경우를 부정의 구체적인 사례로 들었죠."

"그 규정이 부정을 억지하는 힘으로 작용했다는 건가요?"

"네, 그렇습니다."

"무고의 제재가 실제로 시행된 적은 있었습니까?"

"제가 알기로는 없습니다."

가오루는 심판자의 역할을 완벽하게 수행했다. 그렇기에 패자는 심판자가 내린 벌을 받아들였고, 새로운 무고 게임이 계속 개최됐다.

"무고의 제재가 시행되면, 심판자는 어떤 벌을 받나요?"

"그건……."

"피해자는 많은 패자에게 벌을 내렸습니다. 그 과정에서 부정을 저질렀다면, 상당히 무거운 죄라고 평가할 수 있지 않을까요?"

도메키가 또 일어서서 아까보다 목소리를 높였다.

"이의 있습니다. 변호인의 질문은 답변을 유도하고 있습니다."

"알겠습니다. 질문을 철회하겠습니다."

방금 질문은 이쪽에 잘못이 있었다. 너무 앞질러 나가지 말자고 마음을 진정시켰다.

"괜찮겠습니까?"

재판장이 확인했다.

"괜찮습니다. 다음으로 무고 게임에 대해 사실관계를 몇 가지 확인하겠습니다……."

겐지가 범인으로 특정된 명예훼손 사건. 무고의 구제가 선고된 절도 사건. 가오루가 칼을 법대 상판에 꽂은 일련의 소동. 그러한 일들에 대해 담담히 사실관계를 확인했다.

마지막으로 재판장의 허가를 받아 검사가 증거물로 제출한 접이식 나이프를 고헤이에게 보여 주며 물었다.

"이 칼을 본 적 있습니까?"

"네. 가오루가 법대 상판에 꽂은 칼일 겁니다."

"이상으로 신문을 마치겠습니다."

도메키는 내가 자리에 앉기도 전에 일어섰다. 검사는 다방면으로 질문을 던졌지만, 무슨 의도가 담겨 있는지는 명백했다.

거창하게 설명해 봤자 결국은 학생들끼리 놀이를 즐긴 것에 불과하다. 게임으로 사람이 죽다니 말도 안 된다. 뭐가 무고의 제재냐…….

고헤이가 중립적으로 잘 대답했으므로 이의를 제기할 생각은 없었다.

신문의 향방을 지켜보며 주신문•을 돌이켜 보았다.

내 질문에 고헤이는 중요한 점을 몇 번이나 지적했다.

가오루는 누구나 인정하는 우수한 인재였다. 그런데도 밑바닥 로스쿨이라고 놀림당하는 곳에 진학한 이유는 무엇일까. 답은 간단하다. 나와 미레이가 지원하려는 것을 알고 있었으므로, 우연을 가장해 아버지를 몰락시킨 가해자와 접촉하려 한 것이다.

그렇게 생각하면 무고 게임을 고안한 이유도 저절로 드러난다. 가오루가 세운 계획은 그때부터 진행되고 있었다. 즉, 무고 게임은 아버지가 원죄였음을 증명하기 위해 만들어 낸 하나의 도구에 지나지 않았다.

짧은 휴정 후에 사누마의 증인신문이 시작됐다.

본인 확인을 위해 증인은 출석 카드를 작성하는데, 주거란에는 '부정', 직업란에는 '대행업자'라고 각각 삐뚤빼뚤한 글씨체로 적혀 있었다.

미리 협의하고 싶다고 전했음에도 불구하고, 사누마는 한 번도 사무소를 찾아오지 않았다. 과연 오늘 법정에 출석할지도 불안했는데, 일단 증언은 얻을 수 있을 듯했다.

• 재판에서 증인을 신청한 당사자가 먼저 그 증인에게 질문하는 것

나는 검은색 전통 작업복을 입은 사누마의 옆얼굴을 보면서 질문을 던졌다.

"일단 증인과 피고인의 관계를 묻겠습니다. 증인은 사건이 발생하기 전부터 피고인을 알고 있었습니까?"

"사람을 죽인 여자잖아. 당연히 알지."

사누마는 나를 보고 대답했다. 검은색 전통 작업복은 판사가 입는 법복과 흡사했다.

"앞을 보고 답변하십시오. 그리고 사건이 발생하기 전부터 알고 있었느냐는 질문입니다."

"살인범이라는 사실은 인정하는 건가?"

예상은 했지만 증언대 앞에 앉았는데도 사누마는 얌전하게 굴지 않았다.

"증인신문은 피신문자가 질문에 답변하는 절차입니다. 증인이 질문하는 자리가 아니에요."

"이야……. 아주 무게감이 넘치잖아. 알았어, 제대로 대답할게. 난 사건이 발생하기 전부터 그 여자를 알고 있었어."

"어떤 관계였습니까?"

"내가 여자를 감시했지. 서글픈 일방통행 관계야."

평소와 다름없는 만큼, 사누마를 다루는 데 익숙한 내가 유리하게 끌고 갈 수 있다. 공격적인 말은 무시하면 되고, 모자란 말은 보충하면 된다.

"감시했다는 게 무슨 뜻인지, 구체적으로 답변해 주십시오."

"여자의 집을 도청했어."

방청석이 또 술렁거렸다. 제일 앞줄에 앉은 기자가 뭔가를 메모했다.

"피고인이 사는 연립주택의 한 방을 도청했다. 그런 뜻이죠?"

"응, 맞아."

"증인은 피고인의 스토커였다는 뜻입니까?"

듣고 있는 사람들이 품을 의문을 먼저 해소하기로 했다.

"아니. 이런 어린애한테는 흥미 없어."

"그럼 도청의 목적은요? 아까도 말했지만 앞을 보고 답변하십시오."

사누마가 미레이에게 지저분한 눈빛을 던지길래 정면을 보게 했다.

"의뢰를 받았지. 그게 전부야."

"증인의 직업은 대행업자라고 했는데요. 도청 의뢰도 자주 들어옵니까?"

"처음 들어온 의뢰는 아니었어. 그 정도면 충분한 대답이겠지."

"의뢰를 받았을 때의 상황을 설명해 주십시오."

사누마는 예전에 들었던 대로 답변했다. 고객은 송신 전용 주소를 사용해 도청 대상과 수단, 보수에 관해 기재한 메일을 보냈다. 메일에는 도청 의뢰뿐만 아니라 여고생이 저지른 사기에 관련된 인터넷 뉴스 기사를 우편함에 넣으라는 지시 사항도 적혀 있었다.

"도청한 음성은 어떻게 했습니까?"

"전부 지정된 클라우드에 올렸어. 고객에게는 여대생의 집에서 나는 소리를 훔쳐 듣는 취미가 있었던 거겠지."

"증인도 음성을 들었습니까?"

"전부 다 듣지는 않았어. 그렇게 시간이 남아돌지는 않으니까."

도청 자체에 관한 질문은 이 정도로 충분하리라.

"의뢰인에 대해 질문하겠습니다. 메일로 의뢰를 받았다고 했는데, 의뢰인과 직접 만난 적은 있습니까?"

"없어. 녀석은 한사코 모습을 드러내지 않았지."

"증인은 의뢰인의 그러한 태도를 순순히 받아들였습니까?"

사누마는 내 얼굴을 올려다보더니, 인상을 찡그리듯 웃었다.

"빙빙 돌리지 말고 물어봐. 고객의 정체는 유키 가오루 아니었느냐고."

법정이 쥐 죽은 듯 고요해졌다. 그 원인을 만들어 낸 장본인은 사방을 둘러보고 흐뭇한 표정을 지었다.

"왜……, 그렇게 단언하는 거죠?"

젠장, 순서가 엉망진창이 됐다.

"핫. 표정 한번 볼 만하군. 클라우드에 올린 음성 데이터에 바이러스를 심었어. 데이터를 열면 컴퓨터 웹캠을 통해 영상을 빼낼 수 있지."

직접적으로 물어보면 유도신문이라고 검사가 이의를 제기한다. 그렇다고 에둘러서 물어보면 폭주한 사누마가 제멋대로 떠든다. 이렇게 어려운 증인신문은 처음이었다.

피고인석에 앉은 미레이의 옆얼굴을 보고 작게 숨을 내쉬었다. 사누마의 신문이 바라는 대로 진행될 것이라고는 생각지 않았다. 원하는 도착점에 도달할 수 있다면, 과정에는 눈을 감는 수밖에 없다.

"증인은 얼굴만 보았을 뿐, 이름은 몰랐다는 건가요?"

"응, 이름에는 흥미가 없었어."

"증인은 웹캠으로 빼낸 영상을 제게 제공했죠."

"얼마나 부탁을 해 대는지 성가셔 죽을 것 같았거든."

다시 재판장의 허가를 받아 사누마에게 사진을 한 장 보여주었다.

"이건 영상의 일부를 잘라 내서 만든 사진인데요."

"또 빙 둘러서 확인하는군. 그래……, 이 녀석이 웹캠에 찍힌 남자야."

내가 보여 준 사진에는 가오루의 얼굴이 선명하게 담겨 있었다.

사누마가 돌려준 사진을 서기관에게 넘긴 후 변호인석으로 돌아갔다.

"그런데 증인은 증거로 채택된 영상이나 사진을 저 말고 다른 사람에게 제공한 적 있습니까?"

"아무한테도 안 줬어. 그쪽만 예외야."

"이상으로 신문을 마치겠습니다."

이어서 일어선 도메키는 얕보여서는 안 되겠다고 생각했는지, 평소보다 매서운 말투로 신문에 나섰다. 사누마도 처음에는 순순히 대답하는 것처럼 보였다.

하지만 사실관계를 확인한 다음부터 흐름이 바뀌었다.

"자신이 저지른 짓을 의기양양하게 증언했는데, 그게 범죄라는 사실은 자각하고 있습니까?"

"범죄? 뭐가?"

의자 등받이에 몸을 기댄 사누마의 모습에 배짱이 참 두둑하다 싶었다. 재판원 재판의 증인신문에서 이렇게까지 불손한 태도를 취할 수 있는 사람은 거의 없었다.

"피고인의 집을 도청한 행위 말입니다."

"범죄라……."

히죽 웃은 사누마는 연립주택에서 내게 펼쳤던 것과 똑같은 논리를 꺼내 놓았다. 집음기를 통한 도청은 어떤 법규에도 저촉되지 않는다는 논리를. 지금 생각해 보면 전부 가오루가 알려 준 지식이었으리라. 연구자를 지망했던 가오루라면 특별법에 관한 지식에도 정통했을 것이다.

"상식적으로 생각할 때 용납할 수 없는 행위라는 겁니다."

"법률가가 상식이니 윤리 운운하면 밑천 다 드러난 거 아닌가?"

"……."

도메키의 벌겋게 달아오른 얼굴이 멀리서도 훤히 보였다. 신문의 향방을 가만히 지켜보고 있자니, 아무래도 사누마가 우세한 듯했다. 이 남자의 말발은 정말로 얕볼 수 없다.

도중부터 경험이 풍부한 후루노가 신문을 맡았다. 한다하는 사누마도 후루노의 날카로운 눈빛과 박력 있는 말투에는 놀란 듯했다. 그래도 크게 무너지는 일 없이 증인신문은 끝났다.

고헤이와 사누마의 증인신문을 위해 준비했던 메모지를 작게 접었다. 잇따른 신문이 이렇게까지 정신적으로 피곤할 줄은 미처 몰랐다.

꽤 긴 휴정 시간을 보낸 후, 증언대에는 검사가 증인으로 신청한 가오루의 어머니가 앉았다.

조문하러 갔을 때, 가오루의 친구라고 나 자신을 소개했다. 그 일을 잊어버리지는 않았겠지만, 가오루의 어머니는 변호인석에 앉은 내게 냉랭한 시선을 보내지는 않았다.

사누마를 신문할 때 꼴사나운 모습을 보였던 도메키가 주신문을 하기 위해 일어섰다.

"피해자의 아버지, 즉 증인의 배우자였던 인물에 대해 질문하겠습니다. 사쿠마 사토루 씨는 민폐 행위 방지 조례 위반과 상해죄로 징역형을 받은 적이 있죠?"

사쿠마는 가오루의 옛날 성씨다. 이번 신문에서는 양쪽의 모두진술에 의해 쟁점으로 떠오른 가오루 아버지의 전과에 대해 주로 질문하려는 것이리라.

"네, 그렇습니다."

"증인은 사쿠마 씨가 유죄판결을 받은 게 원죄였다고 생각합니까?"

이렇게까지 직접적으로 물어볼 줄은 몰랐기에 놀랐다.

조급해진 것일까, 그런 작전일까.

"아니요……. 그 사람은 죄를 지었다고 생각합니다."

당장이라도 목구멍 안으로 기어들 것 같은 목소리였다. 나와 미레이가 주장을 추가한 탓에 가오루 어머니는 괴로운 신문을 받아야 하게 되었다. 죄책감으로 가슴이 찌부러질 듯했다.

"왜 그렇게 생각합니까?"

"그 사람 가슴 주머니에 펜 모양 카메라가 들어 있었거든요."

"카메라에는 어떤 영상이 저장돼 있었습니까?"

"전철에서 찍은 몰래카메라 영상이라고 들었습니다."

물적증거까지 존재하는데 원죄일 리 없다.

그렇게 주장하기라도 하듯 도메키는 법정을 둘러보았다. 과거에 날조한 증거가 원죄 주장을 방해하는 걸림돌이 되었다. 당시 나는 이런 일이 생길 줄 꿈에도 몰랐다.

"사쿠마 씨는 무죄를 주장했습니까?"

"아니요. 재판에서는 죄를 인정했을 거예요."

도메키는 만족스럽게 고개를 끄덕였다.

"그럼 아들인 가오루 씨는 어땠습니까?"

"가오루는……, 이제 와서는 잘 모르겠네요. 하지만 그 아이가 자기 아버지를 존경하고 진심으로 따랐던 건 확실해요. 그렇기에 큰 충격을 받았을 거라고 생각했습니다."

검사의 주장을 뒷받침하는 객관적 사실은 고루 갖추어져 있다. 도메키는 증인신문을 통해 그러한 사실을 하나하나 짚어서 보여 주었다. 수수한 작업이지만 잘못된 판결이 아니었다는 심증을 형성할 뿐이라면, 그 정도 입증으로 충분할지도 모른다.

쉽지 않은 형세임을 이해하고서 반대신문을 하기 위해 일어섰다.

"저는 피고인의 변호인입니다. 하지만 유키 가오루 씨의 친구이기도 했습니다."

가오루의 어머니는 눈을 약간 크게 뜨고 나를 보았다.

"네, 알아요."

어떤 입장인지 숨긴 채 조문한 것을 용서해 주지는 않겠지만, 그래도 한마디 전하고 싶었다. 이제부터는 변호인으로서 신문할 차례다.

"아까 검사의 질문에 가오루 씨가 아버지의 죄를 어떻게 생각했는지는 모른다고 대답하셨죠."

"네. 체포된 직후와 재판 중에는 몹시 동요한 것처럼 보였지만요."

"동요라니요?"

"학교를 조퇴하거나, 시도 때도 없이 사건 현장을 보러 가거나……."

"사건에 관해 뭔가 주장한 적은 있습니까?"

가오루의 어머니는 잠시 생각한 후 말했다.

"저나 접견할 때 만난 사쿠마에게 아버지는 무죄라고 거듭 말했어요."

무죄라는 말을 듣고 도메키가 움찔 반응했다.

"그런데도 가오루 씨가 아버지의 유죄판결을 원죄로 여겼는지는 역시 모르겠다고요?"

"근거가 있는 것처럼은 보이지 않아서, 그렇게 믿고 싶었을 뿐 아닐까 했습니다."

"그렇군요. 사쿠마 씨는 가오루 씨의 그런 말에 어떻게 반응했습니까?"

"긍정도 부정도 하지 않고 그냥 미안하다고 사과했어요."

이 발언만으로는 도메키가 만들어 낸 심증을 뒤집을 힘이 부족하다.

"사쿠마 씨에게 유죄판결이 내려지기 전후로, 가오루 씨에게 달라진 점은 없었습니까."

"그게 무슨 말씀이시죠?"

"예를 들면 뭔가에 푹 빠졌다든가요."

질문의 의도를 헤아리지 못했는지, 도메키는 이의를 제기하지 않았다.

"아아……. 갑자기 법률 공부를 시작했어요."

그래서 뭐 어쨌느냐는 듯이 도메키는 검사석에 내려놓은 자료를 만년필로 툭툭 두드렸다.

"질문을 바꾸겠습니다. 사쿠마 씨는 이번 사건이 일어나기 한 달쯤 전에 돌아가셨다고 들었는데요. 사인은 뭐였습니까?"

떠올리고 싶지 않은 과거임은 알지만, 물어보아야 했다.

"……자살이요."

"언제부터 정신 상태가 불안정해졌죠?"

"형이 확정돼서 교도소에 들어간 후부터였을 거예요."

"목숨을 끊을 조짐 같은 것은 있었습니까?"

"그건……."

말문이 막힌 증인을 도우려는 듯 도메키가 일어섰다.

"질문이 너무 추상적입니다. 애당초 의미가 있는 질문 같지도 않고요."

"조짐이 있었는지 없었는지 묻고 있을 뿐입니다."

물러설 생각은 없었으므로 재판장에게 판단을 맡겼다.

"증인, 변호인의 질문에 대답할 수 있겠습니까?"

재판장은 상냥하게 물었다.

"네……. 몇 번이나 자살 미수를 되풀이했다는 소식을 듣고, 스스로 죽음을 선택하는 건 시간문제라고 생각했습니다."

"다음으로 사건 직전에 피해자가 어떤 상태였는지 질문하겠습니다."

어머니가 보기에 이상한 구석은 없었는지 확인했지만, 명확한 대답은 돌아오지 않았다. 재판 결과에 영향을 줄지도 모른다는 걱정 때문에 안이하게 대답할 수는 없었으리라.

추가로 몇몇 질문을 더 던지고 나서 반대신문을 마쳤다.

재판장이 폐정을 선언하자 방청인과 관계자는 자리에서 일어섰다. 교도관 사이에 끼인 미레이에게 접견이 필요한지 물었지만 대답은 없었다.

오늘 증인신문으로 다양한 증언을 얻을 수 있었다.

하지만 법정에 제시된 것은 다양한 무늬가 새겨진 잡다한 퍼즐 조각이다.

무죄가 그려진 완성도를 상상하기는커녕, 전체 상조차 떠오르지 않는다. 그것이 판사와 재판원이 품은 솔직한 심증이리라.

지금 시점에서는 그런 심증이라도 상관없다.

퍼즐 조각이 다 모이면, 남은 문제는 퍼즐 조각을 올바르게 맞춰 나가는 것뿐이다.

완성형을 확인해서 마땅히 그래야 할 형태로 맞춰 나간다.

내일 공판기일에서 퍼즐을 완성해 보이겠다.

20

3차 공판기일.

마지막 증인은 가오루의 사법 부검을 담당한 남자 법의관 나가하마였다.

부검 감정서는 이미 조사했지만, 전문가의 분석을 법정에서 직접 듣는 편이 재판원의 이해를 돕는다는 이유로 증인신문을 실시하기로 했다.

후루노는 모니터에 슬라이드를 띄우는 프레젠테이션 방식으로 신문을 진행했다.

피해자의 사인은 좌측 전흉부의 자상에 기인한 과다 출혈. 방어흔은 발견되지 않았고, 즉사였을 가능성이 크다. 흉기는 가슴에 꽂힌 접이식 나이프. 흉기의 형태와 상처의 각도로 보건대, 정면에 서 있던 범인이 피해자를 밀어서 쓰러뜨리면서 칼날을 좌측 전흉부에 꽂았다고 추측할 수 있다. 사망 추정 시각은 오후 1시 전후.

법의관의 정밀한 분석에 아마추어가 의문을 제기할 여지는 없었다.

"피고인의 옷에 묻은 혈액은 피해자의 것이었죠?"

후루노가 물었다.

"네, 틀림없습니다."

"혈액이 묻은 상황을 간단하게 설명해 주시겠습니까. 즉, 피해자가 찔린 순간 묻은 건지, 그 외의 가능성도 있는 건지 궁금하군요."

후루노는 허용되는 신문의 한계선을 잘 안다. 대단하다고 순수하게 감탄했다.

"적어도 일이 다 벌어진 후에 묻은 건 아닙니다. 범인이 흉기로 찔렀을 때 피가 옷에 튀었을 가능성이 극히 크죠. 그렇게 분석할 수 있는 이유는……."

후루노가 프레젠테이션으로 보충 설명을 마친 후, 반대신문 기회가 주어졌지만 이쪽에서 물어봐야 할 사항은 거의 없었다.

"피해자가 정면에서 찔렸을 경우, 몸싸움을 벌인 흔적 등의 방어흔이 보이지 않는 건 부자연스럽지 않을까요?"

"불시에 기습했다면 충분히 가능하겠죠."

"체격상 열세인 여성이 남성을 찔렀더라도요?"

"답변은 변함없습니다."

"이상으로 신문을 마치겠습니다."

법의관 나가하마의 증인신문이 끝나고 미레이가 유죄라는 심증이 강해진 사람이 많을 것이다. 흉기에서 검출된 피고인의 지문과 피고인의 옷에 묻은 피해자의 혈액. 이 두 가지 사실을 더하기만 해도 피고인이 피해자를 찔렀다는 결론이 부각된다.

증인신문이 마무리되고 이제 피고인 질문만 남았다.

마침내 맞이한 공판기일, 과거의 죄를 공개한 모두진술, 어지러이 흩어진 퍼즐 조각 같은 증언.

드디어 모든 준비가 끝났다. 증언대에 앉은 미레이도 같은 생각일 것이다.

"일단 연립주택에서 있었던 일에 대해 질문하겠습니다. 증인 사누마 씨는 피고인의 집을 도청했다고 증언했습니다. 그건 틀림없는 사실입니까?"

"틀림없습니다."

긍정 또는 부정으로 대답할 수 있는 질문을 중심으로 진행했다. 무고 게임을 통해 익힌 기술은 실제 형사재판에서도 크게 도움이 된다.

"자기 집을 도청하고 있다는 걸 피고인은 알고 있었습니까?"

"아니요, 몰랐습니다. 연립주택 부지에서 못된 장난질이 잇따르길래, 집을 도청하는 것 아닐까 의심하기는 했습니다. 하지만 도청 탐지기로 조사해도 아무것도 발견되지 않아서 그 결과를 믿었습니다."

미레이는 술술 대답했다. 긴장한 낌새는 보이지 않았다.

"우편함에는 여고생이 참여한 사기 관련 인터넷 뉴스 기사가 들어 있었다고 했는데요. 그건 피고인과 관계가 있는 기사였습니까?"

"무관한 기사였습니다. 저와 여고생 사이에 개인적인 접점도 없었고요."

"그럼 그 기사를 보고도 별생각 없었다는 뜻입니까?"

미레이는 호흡을 한 번 가다듬고 나서 대답했다.

"아니요……, 제가 과거에 저질렀던 치한 원죄 사기가 떠올랐습니다."

"그건 어떤 범죄입니까?"

"저는 고등학생 때 아동양육시설에 살았습니다. 무일푼이나 마찬가지인 상황이었고, 경제적으로 지원해 주겠다는 사람도 없었지만 진학을 포기할 수는 없었습니다. 결국 대학 학비를 벌기 위해 불법 행위에 손을 댔습니다. 그중 하나가 치한 원죄 사기라고 불리는 범죄였고요. 구체적으로는……."

미레이가 치한 사기에 관해 설명했지만, 방청석에서 웅성거리는 소리가 신경 쓰여서 귀에 잘 들어오지 않았다. 법정이 조용해지기를 기다렸다가 질문을 재개했다.

"우편함에 들어 있던 기사에서 치한 원죄 사기도 언급했습니까?"

"네. 그래서 그 두 가지가 머릿속에서 이어졌습니다."

"기사만 보고서 과거에 저지른 죄가 떠올랐다고요?"

"이유가 하나 더 있습니다. 저희 집 현관문의 외시경에 얼음 깨기용 송곳을 꽂아둔 것이 못된 장난질의 시작이었는데요. 그 송곳에는 종이가 한 장 묶여 있었습니다. 아동양육시설의 입구에서 찍은 단체 사진이 인쇄된 종이였죠."

이해하기 쉬운 설명이었지만, 일단 정리하고 넘어가기로 했다.

"시설에서 찍은 단체 사진과 사기 관련 기사. 그 두 가지를 보고 증인이 과거에 저지른 죄와 연립주택에서 벌어진 장난질이 연결돼 있다고 해석했다. 맞습니까?"

"네."

"장난질은 얼마나 계속됐습니까?"

"두 주 남짓이요."

"단기간에 장난질이 멈춘 이유에 대해 뭔가 짚이는 구석은 있습니까?"

"이게 답변이 될지는 모르겠지만, 과거에 저지른 죄의 내용을 저희 집에서 밝힌 직후에 장난질이 멈췄습니다."

이의를 제기할 틈도 없을 만큼 재빠르게 질문과 답변을 펼쳐 나갔다.

"좀 더 구체적으로 설명해 주십시오."

"아까도 말씀드렸지만 당시 저는 누군가 저희 집을 도청하고 있다는 사실을 몰랐습니다. 똑같은 기사가 몇 번이나 우편함에 들어 있길래 집에서 친구에게 상의했죠. 기사에 실린 범죄와 비슷한 짓을 나도 옛날에 저질렀다, 범인의 목적은 복수일지도 모른다. 그런 내용이었을 겁니다."

그 친구는 나지만, 법정에서 그 사실을 밝힐 생각은 없었다.

"그 음성은 윗집에 설치된 기기에 녹음됐고, 증인 사누마 씨에게 도청을 의뢰한 의뢰인에게 음성이 넘어갔다. 증인은 그렇게 생각한 거로군요."

"네. 원하던 음성을 손에 넣었기 때문에 장난질을 멈춘 거라고 생각했습니다."

가오루가 음성을 원한 이유에 대해서는 나중에 물어볼 예정이었다. 여기서 확인해야 하는 점은 미레이가 의뢰인의 정체를 구체적으로 언제 알아차렸느냐다.

"증인 사누마 씨는 유키 가오루 씨가 도청을 지시한 의뢰인이었다고 증언했습니다. 피고인도 그 사실을 알고 있었습니까?"

"당시는 몰랐습니다. 하지만 장난질이 멈추고 일 년쯤 지난 후에 유키가 범인임을 알았습니다. 이번 사건이 일어나기 두 주 전에요."

"뭔가 계기가 있었습니까?"

"우편함에 익명 고발문이 들어 있었습니다."

나는 구치지소로 이송된 미레이와 접견했을 때 고발문의 존재를 알았다.

"내용을 말씀해 주십시오."

"아동양육시설의 사진을 입수한 것도, 저희 집을 도청하라고 지시한 것도 전부 유키라고 적혀 있었습니다."

"그러한 사실만 기재돼 있었습니까?"

"사진 두 장이 동봉돼 있었습니다. 하나는 SNS에서 주고받은 대화를 스크린숏으로 캡처한 사진입니다. 시설의 사진을 찾는다는 취지의 문장이 본문에 적혀 있었는데요. 사진에 찍힌 계정명을 조사해 보자 수신자는 시설 친구였고, 발신자는 유키였습니다. 두 번째는 유키의 얼굴이 찍힌 사진입니다. 웹캠을 해킹해서 입수한 사진이라는 설명이 덧붙여져 있었습니다."

피고인이 증언대에서 길게 이야기하는 것을 싫어하는 판사가 많다. 하지만 아카이 재판장은 미레이의 발언을 중지시키지 않았다. 타이밍을 놓친 것이 아니라, 논리적으로 정리된 내용이라고 생각했기 때문이리라.

"제가 증인 사누마 씨에게 제공받은 사진은 피고인도 확인했죠?"

"네. 고발문에 동봉된 것도 그것과 아주 비슷한 사진이었습니다."

"그렇지만 증인 사누마 씨는 변호인인 저 말고 다른 사람에게는 웹캠으로 빼낸 영상이나 사진을 제공한 적이 없다고 진술했습니다. 피고인은 고발문을 보낸 사람이 누구인지 짚이는 구석이 있습니까?"

"없습니다."

피고인 질문에 대한 답변으로서는 그것으로 충분하다. 추측을 내놓아 봤자 아무 의미 없다.

예상되는 가능성 중 하나는 사누마가 거짓말을 했다는 것이다. 하지만 의뢰인의 정체를 알려 준들 사누마에게는 이점이 없고, 사건 후에 사누마의 말과 행동을 돌이켜 봐도 그런 낌새는 없었다. 적어도 양심의 가책을 견디다 못해 익명으로 진상을 털어놓을 인간은 아니다.

"고발문을 받은 후 어떤 행동에 나섰습니까?"

"유키에게 이야기를 들으려고 했습니다. 과거의 무고 게임에 대해 물어보고 싶은 것이 있다고 메일을 보냈죠."

"답장은 왔습니까?"

"모의 법정에서 만나자고 하더군요."

"지정된 일시를 기억합니까?"

"네. 기소장에 기재된 날짜의 12시 30분입니다."

이것으로 미레이와 가오루가 모의 법정에 함께 있었던 이유를 설명해 냈다.

"이미 증거로 제출한 내용이므로 이야기를 유도하겠습니다. 첫 번째 발견자인 제게는 약속 시간을 오후 1시로 지정한 메일이 왔습니다. 그렇지만 피고인에게 온 메일에는 12시 30분이라고 적혀 있었던 거로군요."

"네, 틀림없습니다."

공백의 삼십 분. 이제 모의 법정에서 일어난 일을 진술하면 된다.

"피고인은 언제 로스쿨에 도착했습니까?"

"12시 25분경이요."

"그때 피해자는 이미 모의 법정에 있었습니까?"

"네. 평소처럼 법복을 입고 재판장석에 앉아 있었습니다."

방청인 중 몇 명인 법대 중앙에 앉은 아카이 재판장을 쳐다봤으리라. 그 모습에 피해자의 모습을 투영했을 것이다.

"피고인은 모의 법정에 들어가서 어떻게 했습니까?"

"증언대에 서서 유키에게 물었습니다. 시설 사진을 입수한 것도, 연립주택에서 장난질을 치라고 지시한 것도 유키였느냐고요."

증언대의 미레이, 재판장석의 유키. 딱 지금 이 법정과 똑같은 구도다.

"피해자는 뭐라고 대답했습니까?"

"용케 알아냈구나……."

"증거를 요구하거나, 발뺌을 하지도 않고요?"

"네. 바로 인정했습니다. 저는 왜 그런 짓을 했느냐고 물었고요."

"대답은요?"

"아버지를 구하고 싶어서. 유키는 그렇게 대답했습니다."

미레이는 거기서 말을 끊고 법정을 둘러보았다. 모두가 미레이의 입을 유심히 바라보고 있었다. 거기서 튀어나올 말을 한마디도 놓치지 않으려는 것처럼.

"피해자의 아버지가 사쿠마 사토루 씨라는 사실을 그 시점에 인식하고 있었습니까?"

"아니요. 제 머릿속에서는 아직 연결되지 않았습니다."

"알겠습니다. 계속하십시오."

"유키는 법대 서랍을 열고 안에서 뭔가를 꺼냈습니다. 그리고 법대 옆에 있는 계단을 내려와 증언대로 다가왔습니다. 바로 근처까지 다가왔을 때에야 유키가 오른손에 칼을 쥐고 있다는 사실을 알아차렸습니다."

"이번 사건의 흉기로 제출된 접이식 나이프 말입니까?"

"그렇습니다."

증거물인 접이식 나이프를 보여 주며 동일성을 확인하지는 않았다. 빨리 진상을 밝히라는 분위기를 피부로 느꼈기 때문이다.

"증언대 앞에서 피고인과 피해자가 마주 선 셈이군요. 그다음은요?"

"조금씩 뒷걸음을 치면서 나를 죽일 작정이냐고 물었습니다."

이야기를 재촉할 타이밍을 찾고 있자니 미레이가 스스로 입을 열었다.

"자기에게 죽어야 할 이유가 있느냐고 유키가 되묻더군요. 이런저런 장난질로 저를 괴롭혔으니, 범인은 제가 저지른 죄 때문에 피해를 입은 사람일 거라고 예상했습니다. 하지만 유키라는 성씨에는 짚이는 구석이 없었어요. 그래서 아무 대답도 하지 못했습니다."

"피고인이 대답하지 못하자 피해자는 어떤 행동에 나섰습니까?"

미레이는 말없이 서기관석을 가리켰다. 거기에 해답이 있다고 알려 주기라도 하듯이.

"무슨 뜻입니까?"

질문한 사람은 내가 아니라 아카이 재판장이었다.

"모의 법정에도 서기관석이 있습니다. 유키는 증언대에서 그쪽을 가리켰어요."

미레이는 가오루의 행동을 재현하려 한 것이다.

"거기에……, 뭐가 있었습니까?"

다시 내가 질문했다.

"방금 제가 가리킨 것이 있었습니다."

"방청인, 일어서지 마세요."

재판장이 주의를 주었다. 서기관석을 들여다보려고 한 방청인이 있었던 것이리라.

미레이가 가리킨 것이 무엇인지 콕 집어 말하기 전에 전제가 되는 지식을 정리하기로 했다.

"재판원법이라는 명칭의 법률이 있습니다. 재판원법 제65조에 의해……."

도메키가 일어섰다.

"이의 있습니다. 변호인은 본 사건과는 무관한 발언을 하고 있습니다."

조문의 내용을 떠올리자 심상치 않은 낌새가 느껴진 걸까.

"그 규정이 사건과 관계있습니까?"

재판장이 물었다.

"네. 재판원들의 이해를 돕기 위해 필요한 설명이라고 생각합니다."

"계속하십시오. 필요성이 인정되지 않는다고 판단되면 중지시키겠습니다."

베테랑 판사답게 재판을 지휘할 때도 중립적이다.

"재판원법 제65조에 의해 재판원 재판 대상 사건에서는 일정한 경우, 심리에 참여하는 관계자의 공술 등을 기록 매체에 기록하는 것이 인정됩니다. 이 규정은 원칙상 연일 개정하는 재판원 재판을 진행하는 가운데, 법정에서 나온 이야기를 돌이켜볼 기회와 재판원 등의 적정한 직무 수행을 확보하는 것이 목적입니다. 그리고 법조문에는 영상 및 음성을 기록 대상으로 한다고 명기돼 있습니다. 최종 공판 전 정리 절차 때 이번 사건의 공판절차도 기록하기로 결정했습니다. 즉, 제 발언도 영상과 음성이 기록된다는 뜻입니다."

그리고 나는 미레이처럼 검지로 서기관석을 가리켰다.

"아까 피고인이 가리킨 곳을 보면 삼각대에 고정된 비디오카메라가 있습니다. 피고인 질문의 영상과 음성을 저 카메라로 기록하는 거죠. 그리고 사건이 일어난 모의 법정에도 같은 곳에 비디오카메라가……."

"이의 있습니다! 변호인은 답변을 유도하고 있습니다."

도메키가 언성을 높였다.

"유도하는 게 아니라 피고인의 동작을 말로 표현했을 뿐입니다."

"변호인. 피고인에게 다시 질문하십시오."

아카이 재판장의 지시에 따라 미레이에게 물었다.

"피해자는 모의 법정에서 무엇을 가리켰습니까?"

"서기관석에 놓여 있던 비디오카메라요. 램프에 빨갛게 불이 들어와 있어서 녹화 중이라는 걸 알았습니다."

명예훼손죄를 저지른 겐지가 무고 게임에서 졌을 때, 나는 모의 재판 영상을 유출해서 벌을 집행했다고 거짓말한 적이 있다. 따라서 모의 법정에 비디오카메라가 있다는 사실은 알고 있었다. 하지만 사건의 자초지종이 촬영됐을 줄은 미레이에게 듣기까지 상상도 하지 못했다.

"피해자는 뭔가 말했습니까?"

"촬영한 영상을 세이기에게 전해 줘. 유키는 그렇게 말했습니다."

"세이기라면 저 말이로군요."

피고인에게 별명의 유래를 설명시킬 필요는 없으리라. 흥미를 품는 사람이 있을 것 같지도 않았다.

"네."

"피고인은 제게 촬영한 영상을 전달했습니까?"

"영상이 저장된 SD 카드를 지퍼 백에 넣어서 전달했습니다."

검사석을 보자 도메키가 책상에 떨어뜨린 만년필을 주우려 하고 있었다.

"재판장님. 동일성을 확인하기 위해 피고인에게 SD 카드를 보여 주겠습니다."

험악한 표정으로 노려보는 도메키 앞에 SD 카드를 쳐든 후에 증언대의 미레이에게 보여 주었다.

"이 SD 카드를 본 적 있습니까?"

"네. 그게 아까부터 말했던 SD 카드입니다."

"그렇군요. 그런데 저는 저장된 데이터를 열어 볼 수가 없었습니다. 그 이유가 뭔지 압니까?"

"암호가 걸려 있기 때문일 거예요. 비밀번호를 설정한 건 유키고요."

"피고인은 비밀번호를 알고 있습니까?"

"네. 유키가 가르쳐 주었습니다."

도메키가 후루노에게 속닥속닥하는 모습을 곁눈질로 힐끗했다. 예상외의 전개에 동요한 것이리라.

"변호인인 제게 비밀번호를 알려 준 적은요?"

"없습니다. 몇 번이나 물어봤지만, 알려 줄 수 없다고 거절했죠."

SD 카드가 수사기관의 손에 넘어갔다면 상황은 크게 달라졌을 것이다.

계기는 수없이 많았다. 임의동행에 응했을 때, 체포된 후 취조를 받았을 때, 구류돼서 변호인이 선임됐을 때. 하지만 미레이는 그 어떤 장면에서도 입을 굳게 다물었다.

몸과 마음이 함께 막다른 지경에 몰렸지만, 누구와도 상의하지 않고 혼자 결정했다.

아니, 혼자 결단을 내린 것은 아니다.

"왜 거절했습니까?"

"공판기일이 시작될 때까지는 데이터를 열어 보지 않는다. 유키와 그렇게 약속했기 때문입니다."

미레이는 가오루에게 맹세했다.

죄를 청산받는 대신 무고한 인간을 구제하겠다고.

"지금이라면 비밀번호를 알려 줄 수 있겠군요."

"네."

미레이는 영어와 숫자로 이루어진 비밀번호를 외웠다.

"재판장님. SD 카드에 저장된 영상을 조사할 것을 요청하는 바입니다. 입증 취지는 피해자가 사망하기 직전에 피고인과 나눈 대화 및 피해자가 흉기에 찔린 상황 등입니다."

아카이 재판장의 반응은 느렸다. 그러자 도메키가 다시 벌떡 일어섰다.

"그런 요청……, 인정할 수 없습니다. 재판장님! 이건 규정에 어긋나는 증거 신청입니다."

"공판 전 정리 절차에 부쳐진 사건이므로 부득이한 사유가 인정되지 않는 한, 새로운 증거 신청은 기각된다. 그 점은 물론 잘 압니다. 하지만 피고인은 비밀번호를 계속 숨겨 왔습니다. 따라서 공판 전 정리 절차가 종료된 후에도 데이터는 열어 보지 못했습니다. 즉, 피고인 질문이 진행되던 도중에야 SD 카드에 저장된 데이터가 사건 당일 모의 법정에서 주고받은 대화를 기록한 영상임이 판명된 겁니다. 중요한 증거지만 비밀번호를 몰라서 증거 신청을 할 수 없었으므로, 부득이한 사유로 인정되어야 합니다."

내가 말을 마치기를 기다렸다가 도메키가 입을 열었다.

"정말로 데이터를 열어 보지 않았습니까?"

"그게 무슨 뜻입니까?"

"공판기일까지 데이터를 열어 보지 않겠다고 피해자와 약속했다, 피고인은 그렇게 진술했습니다. 하지만 아무 이득도 없는 그런 약속을 피고인이 지킬 것 같지는 않은데요. 부득이한 사유를 꾸며 내기 위한 구실로밖에 들리지 않습니다."

도메키의 기세에 기가 죽을 뻔했지만, 여기서 물러날 수는 없다.

"아닙니다. 오히려 증거 신청을 늦추는 쪽이 이득은 더 없습니다. 피고인이 비밀번호를 숨긴 이유는 영상을 보면 알 수 있을 겁니다."

"신청하는 시점에 합리적으로 설명할 수 없다면, 부득이한 사유는 인정되지 않습니다."

"그럼 채택 여부를 판단하기 위해 제시 명령을 내려 주십시오."

도메키가 아니라 아카이 재판장에게 말했다.

증거를 실제로 보지 않고서는 채택 여부를 결정할 수 없을 때, 법원은 소송지휘•에 의거해 일시적으로 증거의 제시를 명령할 수 있다. 이 단계에서 심증을 형성할 수는 없지만, 증거의 내용을 확인해 법정에서 조사할지 말지를 결정하기 위한 제도다.

"알겠습니다. 변호인에게 SD 카드의 제시를 명령합니다."

"재판장님……, 진심이십니까?"

• 소송을 원활히 진행하고 심리에 만전을 기하기 위해 소송의 절차를 주재하는 법원의 행위

"삼십 분쯤 휴정하겠습니다. 검사 측도 내용을 확인해 주세요."

아카이 재판장은 이의를 허용치 않겠다는 말투로 휴정을 선언했다. 서기관이 바쁘게 움직였고, 두 검사는 불만스러운 표정으로 법정을 빠져나갔다. 미레이는 지하 대기실로 돌아갔다.

변호인석에 남은 나는 천장을 올려다보았다. 이제는 법원의 판단에 맡기는 수밖에 없다.

공판 전 최종 정리 절차 기일까지는 증거 신청을 해야 한다고 몇 번이나 설득했다. 하지만 미레이는 고개를 끄덕이지 않았다. 가오루와 나눈 약속이 미레이를 옭아맸다.

나는 아직 비디오카메라 영상을 못 봤다. 하지만 내용은 대충 짐작이 갔다.

영상 속에서 가오루는 진상을 폭로했을 것이다. 검사도 판사도 할 말을 잃을 만큼 놀라리라. 그리고 법정에서 영상을 재생하면 어떤 사태가 초래될지 곰곰이 생각할 것이다.

삼십 분은 순식간에 지나갔다. 아카이 재판장이 재판 재개를 선언할 때까지 나는 눈을 감고 있었다. 울타리 안쪽을 둘러보자 관계자가 모두 모여 있었다.

재판장이 대뜸 검사에게 물었다.

"증거 신청에 대한 검사 측 의견은요?"

"동의할 수 없습니다."

도메키가 즉시 답했다.

부득이한 사유가 인정되지 않는다는 것과 전문증거•에 해당한다는 것을 도메키는 빠른 말투로 떠들어 댔다. 도메키의 주장에 나는 최소한 필요한 범위 내에서 반론했다.

모두의 시선이 아카이 재판장의 입에 집중됐다.

"변호인이 신청한 SD 카드를 증거로 채택해 법정에서 영상을 조사하겠습니다."

법원의 판단에 법정이 떠들썩해졌다.

"이의를 신청합니다!"

도메키는 자리에 앉지 않고 말을 계속하려 했다.

하지만 후루노가 도메키를 제지했다.

"그만 됐어, 앉아."

"후루노 검사님. 어째서……."

도메키는 손을 떨며 옆에 앉은 상사를 보았다.

"실체적 진실••을 발견하는 것도 검사가 다해야 할 사명이기 때문이야. 그 영상은 조사해야 해. 이의를 제기해도 의미 없다는 건 자네도 잘 알 텐데."

도메키는 힘이 쭉 빠진 것처럼 의자에 털썩 앉았다.

드디어 101호 법정의 모니터에 모의 법정을 촬영한 영상이

• 자신이 보고 들은 바를 법정에서 직접 증언하는 것이 아니라, 다른 형태로 법원에 제출되는 증거. 형사재판에서 전문증거는 대부분 증거로 인정되지 않는다.

•• 당사자의 주장이나 제출된 증거에 구애받지 않고 객관적으로 사안을 규명해 실질적으로 밝혀낸 진실

재생됐다.

21

영상을 촬영한다는 사실을 가오루가 밝히기까지의 흐름은 미레이가 증언대에서 진술한 바와 똑같았다.

칠흑 같은 법복을 걸친 가오루와 하얀 블라우스를 입은 미레이. 어느 쪽도 아직 피로 물들지 않았고, 흑과 백으로 대비되는 모노톤이 모의 법정에 감도는 정적 속에 녹아들었다.

그런 가운데 가오루가 오른손에 쥐고 있는 칼만이 이질적인 존재감을 뿜어냈다.

미레이가 비디오카메라 렌즈를 확인한 후 떨리는 목소리로 물었다.

"영상을 전해 달라고?"

"응. 삼십 분 후에 세이기가 올 거니까."

미레이는 고개를 저었다.

"뭣 때문에 촬영하는지는 모르지만, 직접 세이기한테 주면 되잖아."

"단둘이 있을 때는 기요요시라고 부르면서, 잘도 구분해서 사용하는구나."

가오루와 미레이는 증언대를 사이에 둔 형태로 마주 서 있었다. 가오루가 오른손을 뻗어도 칼끝이 간신히 미레이에게 닿지 않는 거리감이 유지됐다.

“역시 도청한 음성을 들었구나. 왜 그런 짓을 한 거야?”

“그렇게 한꺼번에 물어보니까 정신이 없네. 일단 첫 번째 질문부터 대답할게.”

가오루는 칼을 쥐지 않은 왼손으로 검지를 세웠다.

“영상을 직접 줄 수 없는 이유는 간단해. 세이기가 올 무렵에는 이 세상에서 사라진 뒤일 테니까.”

법복의 소맷자락 앞으로 튀어나온 접이식 나이프. 톱니가 들어간 작은 칼날이건만, 사신이 들고 다니는 커다란 낫같이 불길한 기운이 영상에서 전해졌다.

“……진정해.”

미레이의 제지를 무시하고 가오루는 왼손을 피스 사인과 비슷한 형태로 만들었다.

“두 번째 질문은 내가 미레이의 집을 도청한 이유였지. 이번에는 대답하기가 좀 복잡하네. 한마디로 말하자면 네가 저지른 죄에 관한 증거를 모으고 싶었어.”

“뭣 때문에?”

“그 죄 때문에 우리 인생이 망가졌으니까.”

“우리라니……, 그게 누군데?”

목구멍에서 쥐어 짜내듯 가느다란 목소리로 미레이는 물었다.

"사쿠마 사토루라는 이름 기억나?"

침묵이 몇 초 흘렀다. 미레이가 반응을 보일 때까지 가오루는 말없이 기다렸다.

"그런……, 난……."

"아아, 다행이다. 기억나지 않는다고 했으면 아무래도 충격이었을 거야. 사쿠마 사토루는 내 아버지야. 어때? 이제 이래저래 이해가 되지 않아?"

미레이는 멍한 표정으로 우두커니 서 있었다.

"한마디 해 두겠는데, 사과는 하지 마. 그런 무의미한 짓을 바라는 게 아니니까. 내 목적도 알겠어?"

"내게 복수할 생각이야?"

미레이는 한 발짝 더 뒤로 물러났다.

"처음에는 그럴까 싶기도 했어. 내게는 복수할 권리가 있을지도 모른다는 생각에. 미레이를 원망하지 않는다고 하면 거짓말이겠지. 그때 네가 진실을 밝혔다면 아버지는 심판받지 않았어. 네가 없었다면 아버지가 돌아가시지도 않았을 테고."

"……돌아가셨다고?"

"한 달 전에 목을 매서 자살했어."

가오루의 오른손이 살짝 올라갔다. 칼끝이 미레이의 몸을 향했다.

"유키, 내 말 좀 들어 봐."

가오루는 무표정하게 손끝으로 칼의 방향을 조정했다.

"난 아버지가 무고하다는 걸 알고 있었어. 그래서 어머니와 접견하러 갈 때마다 무죄를 주장해 달라고 부탁했지. 하지만 아버지는 미안하다는 말만 반복했어."

"일을 크게 만들 생각은 아니었어. 난 그저 돈이 필요해서……."

변명 따위는 들리지 않는다는 듯 가오루는 비극적인 이야기를 이어나갔다.

"진실을 알고 싶어서 유죄판결이 확정된 후에도 계속 편지를 보냈지. 답장은 한 번도 오지 않았지만, 읽어 줄 거라고 믿었어. 출소한 후에 어머니 몰래 만나러 갔더니 아버지가 잊어 달라면서 머리를 숙이더라."

"잊어 달라니……, 뭘?"

"아버지는 내가 복수를 생각한다는 걸 알고 있었어. 형사의 감이었으려나. 그런 짓을 해 봤자 아무 의미 없다고 따끔하게 타일렀지. 아버지는 사회질서를 유지하는 경찰관이라는 직업에 자부심을 품고 살았어. 개인적인 복수는 그 역할을 부정하는 결과로 이어지니까, 복수만큼은 그만두라고 울면서 부탁하더군."

둘 다 증언대 앞에 미동도 없이 우뚝 서 있었다.

"아버지가 뭐라고 하든 난 가해자를 용서할 수 없었어. 하지만 아버지의 마음을 무시하고 복수로 치닫는 건 이기적인 자기 만족에 불과하다는 생각도 들었지. 복수가 용납되지 않더라도 하다못해 정당한 죗값은 치르게 해야 한다. 그게 최종적으로 다다른 결론이었어."

"정당한 죗값?"

"난 무고 게임에서 심판자 역할을 맡아 왔어. 심판자에게는 올바른 논리를 바탕으로 범인을 특정하는 능력과 죄에 따라 적절한 벌을 결정하는 능력이 요구돼. 미레이, 내가 어떻게 벌을 선택했는지 알아?"

"동해보복……."

미레이의 대답에 가오루는 고개를 살짝 끄덕였다.

"저지른 죄가 그대로 벌이 되어 패자에게 되돌아간다. 이 동해보복의 사상이야말로 정당한 죗값을 의미한다고 생각지 않아? 재산권을 침해한 자는 그 정도에 따라 재산권 행사를 제한당한다. 명예를 훼손한 자는 그 정도에 따라 사회적 신용도의 저하를 감수한다. 뒤집어 말하면 그 이상의 보복은 인정되지 않아. 정당한 죗값을 치른 자는 용서받아야 해. 바람직한 죗값의 형태를 이해하기 위해, 난 심판자로서 많은 패자에게 벌을 내려 왔어. 그렇다면 미레이에게는 어떤 벌이 적합할까?"

"부탁이야, 살려 줘……."

가오루는 수평에 가까운 각도까지 칼을 들어 올렸다.

"미레이가 아버지를 죽였다고 판정했다면, 난 망설임 없이 널 죽였을 거야. 하지만 아무리 생각해도 그런 결론에는 다다르지 않았어."

"뭐?"

미레이는 어리둥절한 표정으로 물었다.

"미레이가 허위로 진술한 탓에 아버지는 기소당했지. 하지만 거짓말을 꿰뚫어 보지 못하고 무고한 사람에게 유죄판결을 내린 건 이 나라의 사법기관이야. 아버지는 복역 중에 정신이 병들어서 스스로 목숨을 끊었어. 계기를 만든 미레이와 방아쇠를 당긴 사법기관. 어느 한쪽에만 몽땅 책임을 지우는 건 정당하다고 볼 수 없어. 그래서 양쪽 모두에게 죗값을 받아 내기로 했어."

가오루의 음색에는 아무 변화도 없었다. 그 때문인지 그 논리에서는 광기가 스며 나오는 것 같았다.

"그게 무슨 소리야……."

"네가 저지른 죄는 아무 죄도 없는 남에게 죄를 떠넘겨서 진실을 숨긴 거야. 그 죄를 청산하려면 합당한 장소와 시간에 그 사람의 무고함을 증명해 줘야 해. 그리고 사법기관은 과거에 내린 판단이 잘못이었음을 공적 장소에서 인정해야 하고. 그리하여 양쪽이 죗값을 치렀을 때, 아버지는 구제돼."

사람들 대부분은 가오루의 발언에 담긴 의도를 이해하는 데 시간이 필요하리라. 하지만 가오루의 논문을 여러 편 읽어 본

나는 단어 하나가 바로 머릿속에 떠올랐다.

가오루는 형사정책에 관한 논문을 많이 썼다. 형벌론을 대상으로 하는 형사정책에서는 재판에서 오심이 나왔을 때를 대비해 구제 제도를 어떻게 설계하느냐가 중요한 연구 분야 중 하나다.

"혹시……, 재심 청구 이야기야?"

"과연 대단하군. 말귀를 잘 알아들어서 편하네."

사쿠마 사토루에게 내려진 유죄판결은 상소기간이 지나감으로써 확정됐다.

분쟁 해결 절차의 안정성을 유지하기 위해, 확정된 판결은 재차 다툴 수 없는 결과로 취급할 필요가 있다. 하지만 중대한 사실오인이 발견되는 등, 확정판결을 방치하면 부정의가 발생하는 경우에는 잘못을 시정할 수 있는 길이 열린다.

확정판결을 시정하는 재심은 비상구제절차라고 불린다.

"나한테 뭘 시키려는 거야?"

"미레이밖에 할 수 없는 일."

"경찰에 가서 전부 다 털어놓으라는 거야?"

"그 정도 행동으로 재심의 문은 열리지 않아. 재심이 굳게 잠긴 문이라고 불린다는 건 미레이도 잘 알 테지. 무죄를 선고하기에 합당한 새로운 증거가 발견되지 않는 한, 재심 청구는 받아들여지지 않아. 그리고 받아들일지 말지 판단하는 건 사법기관 자신이고. 정공법으로는 그들이 문을 열 수밖에 없는 새로운 증거를 모을 수 없어."

"그렇다면……."

미레이의 말이 끝나기도 전에 가오루가 다시 입을 열었다.

"두드려도 열리지 않는다면, 밖에서 뜯는 수밖에 없지."

"밖에서……?"

"몇 번이나 말했듯이 동해보복이야. 법정에서 발생한 잘못은 법정에서 바로잡을 필요가 있어. 소추권자와 심판자가 모이는 형사재판……. 거기서 아버지의 무고함을 증명해 줬으면 해. 공개 법정에서 나온 발언을 없었던 셈 칠 수는 없지. 울타리 안쪽에 있는 사람뿐만 아니라, 방청석에 앉은 기자와 방청인을 포함한 모두가 증인이니까."

칼날은 수평에 가까운 각도를 유지한 채 움직이지 않았다.

이것은 일종의 협박이다. 거절하면 찌르겠다고 위협하는 것처럼 보이기도 한다.

"하지만 유키의 아버지는……, 돌아가셨잖아."

"유죄판결을 받은 사람이 사망하더라도 재심 청구의 길은 막히지 않아. 죄가 확정됐든, 모든 걸 받아들이고 스스로 목숨을 끊든 그 사람이 죄를 저지르지 않았다면 그건 재심으로 구제받아야 할 원죄에 해당해."

로스쿨을 수료하기 직전, 나쿠라 교수님이 강의 시간에 무죄와 원죄의 차이에 대해 물어보았다.

유죄인지 무죄인지는 판사가 결정하지만, 원죄인지 아닌지는 신밖에 모릅니다.

무고 게임에서 심판자 역할을 맡았던 가오루는 그렇게 대답했다.

심판자도 보통 인간이다. 전지전능한 신이 아니다.

그런데도……, 가오루는 자기 아버지가 원죄라고 단언했다.

마치 진리를 꿰뚫어 보는 신이라도 된 것처럼.

"재심 청구는 할 수 있을지도 모르지만, 무죄를 증명하기 위한 재판은 열릴 리 없어."

"우리가 재판을 열게 하는 거야. 준비는 다 해 놨어."

"일단 그 칼부터 내려놔."

죽일 생각은 없다면서도 가오루는 칼을 내려놓으려 하지 않았다.

"간과할 수 없는 사건이 발생하고 충분한 증거가 모이면 검사는 기소해. 어려운 이야기가 아니야. 누가 피해자가 되고 누가 가해자가 될 것인가. 이제 그 역할만 분담하면 돼."

"재판은 게임이 아니야. 그런 역할을 누가 맡는다는 거야?"

"물론 피해자 역할은 내가 맡지. 난 여기서 죽을 거야."

가오루는 칼끝이 자기 몸을 향하도록 칼을 거꾸로 쥐었다.

"왜 유키가 죽어야 하는데?"

"내 시체가 발견되면 어떤 사태가 벌어질지 상상해 봐. 현장 상황도, 과거의 인연도 전부 오리모토 미레이를 범인으로 가리키겠지. 네가 협력해 준다면 기소까지 끌고 가기는 간단해."

"그런……, 내게 죄를 떠넘길 작정이야?"

동해보복이라고 가오루는 말했다. 저지른 죄가 그대로 벌이 되어 되돌아간다고.

"미레이에게 유죄판결을 달게 받아들이라고 할 생각은 없어. 그건 잘못을 되풀이하는 것이나 다를 바 없으니까. 재판 날에 이 영상을 피고인 측 증거로 신청하면 돼. 아버지의 무고함과 자신의 무고함을 동시에 증명한다. 그것이 미레이가 수행해야 할 역할이야."

가오루 말대로 바로 지금 비디오카메라 영상은 공개 법정에서 검증을 받고 있다. 오리모토 미레이와 사쿠마 사토루의 무고함을 증명하기 위해.

"이 영상을 경찰에 넘기면 난 체포되지 않아. 경찰이 영상을 묻어 버리면 재심의 문도 열리지 않겠지. 유키라면 그 정도는 알 텐데. 설마 나를 믿는다는 소리는 하지 않겠지?"

미레이는 그 자리에서 꼼짝도 하지 않았다. 섣불리 움직이면 자해할 이유를 주는 것이라고 생각했는지도 모른다.

"미안하지만 미레이를 믿을 수는 없어. 그래서 보험을 준비해 놨지. 아버지의 무고함을 증명하기 위해 모은 증거를 제삼자에게 맡겼어. 미레이가 죗값을 치르지 않으면, 그 증거가 만천하에 공개될 거야."

"어쨌거나 내가 저지른 죄는 드러난다는 거네."

가오루는 부정하지 않았다. 잔혹할 만큼 냉정하게 미레이가 나아가야 할 길을 제시했다.

"어차피 과거의 죄가 폭로되는 걸 막을 수 없다면, 아버지와 날 위해 법정에서 진실을 밝혀 줄 것이다. 그 정도로는 미레이를 믿어."

이때 미레이에게 제시된 선택지는 두 개뿐이었다.

하나는 현장에 출동한 경찰관에게 사정을 설명한다는 선택지다. 비디오카메라를 수사기관에 넘겼다면 체포는 면할 수 있었으리라. 하지만 가오루에게 증거를 받은 제삼자가 미레이의 과거를 폭로할 예정이었다.

그리고 다른 하나는 가오루가 쓴 시나리오에 따라 맡은 역할을 연기한다는 선택지였다. 공개 법정이 열릴 때까지는 범인 역할을 연기하다가, 준비된 무대에서 두 사람의 무고함을 증명한다.

어느 쪽 길이든 과거에 저지른 죄를 규탄당하는 결말로 이어진다.

"재심의 문을 열기 위해 자신의 목숨을 희생한다. 요컨대 그런 말이잖아. 유키, 진심으로 그러면 된다고 생각하는 거야?"

"유키 가오루가 죽는 건 정해진 일이었어. 난 죽을 이유를 갖다 붙였을 뿐이야."

"죽을 이유?"

"무고의 제재."

가오루는 웃음을 지었다. 영상이 재생되고 처음으로 화면에 비친 부드러운 표정이었다.

"그게 무슨 소리야?"

"설명할 필요 없을 텐데. 난 아버지의 무고함을 증명하기 위해 동기에게 벌을 내려왔어. 벌 받아야 할 죄를 눈감아 준 적도 있고, 죄를 저지르도록 유도한 적도 있고, 내 손으로 죄를 저지른 적도 있지. 이것들은 심판자의 역할에 어긋나는 부정행위야. 난 죗값을 치러야 해."

미레이가 가오루에게 한 발짝 다가갔다. 두 사람의 거리가 약간 좁혀졌다.

"그래도 목숨을 잃어야 할 죄는 저지르지 않았는걸."

"벌을 결정하는 건 심판자의 역할이야."

"자기한테만 무거운 벌을 내리다니……, 그런 건 그냥 교만이야."

"난 아버지를 구하지 못했어. 이것도 동해보복이야."

"이제부터 구할 거잖아. 유키가 죽으면 누가 그 과정을 지켜볼 건데?"

한 발짝 더 다가섰다. 두 사람은 손을 뻗으면 닿을 거리에 있었다.

"미안해, 미레이. 뒷일은 부탁할게."

"안 돼!"

미레이가 가오루에게 달려갔다. 하지만 칼도 가오루의 몸으로 다가갔다.

증언대 앞에서 가오루와 미레이의 모습이 겹쳐졌다.

미레이가 가오루를 덮듯이 쓰러지면서 두 사람이 영상에서 사라졌다.

예상했던 소리는 전혀 들리지 않았다.

미레이의 비명도, 가오루의 신음도.

영상임을 잊어버릴 만큼 고요했다. 가슴이 답답해질 만큼 아무 소리도 없었다.

그리고 미레이 혼자 천천히 일어섰다.

가오루의 피에 젖은 미레이가 비디오카메라 렌즈를 쳐다보았다.

22

내가 사쿠와 함께 101호 법정을 나서자 수많은 기자가 기다리고 있었다.

조용하고 차분해야 할 법원 복도가 시끄러운 소리로 가득했다. 법원 직원이 퇴청을 재촉하는데도 내 모습을 발견한 기자들이 줄줄이 모여들었다.

"쌤, 도망치죠."

재빨리 판단을 내린 사쿠는 내가 대답도 하기 전에 잰걸음으로 성큼성큼 나아갔다. 꽤 피곤했으므로 나도 기자의 존재를 무시하고 사쿠가 뚫어 준 길을 지나갔다.

지라솔레의 문을 열기까지 나와 사쿠는 아무 말도 나누지 않았다. 사무소까지 쳐들어오는 몰상식한 기자는 없겠지만, 일단 문을 잠가 두기로 했다.

"완전히 인기인이 됐네요."

사쿠가 벗은 재킷을 옷걸이에 걸고 나서 말했다.

"그렇게 화려한 퍼포먼스를 선보였으니 어쩔 수 없지."

"틀림없이 내일 신문 1면을 장식할 거예요. 그 기사를 본 의뢰인이 우르르 몰려와서……, 마침내 지라솔레에도 해바라기꽃이 피는 계절이 찾아온 거죠."

"무슨 소릴 하는 거야. 아직 재판 안 끝났어. 들뜨기에는 아직 일러."

사쿠가 두 사람이 마실 커피를 내려서 가져왔다.

"고마워."

기사가 난다면 비디오카메라 영상에 관해 주로 다룰 것이다.

영상에는 사망한 가오루의 모습과 목소리가 담겨 있었다. 이 영상을 대신해 모의 법정에서 일어난 비극의 전모를 파악할 수 있는 입증 방법은 존재하지 않으므로, 증거의 불가결성도 진술의 상황적 신빙성도 인정된다. 후루노 검사 말처럼 실체적 진실을 발견하려면 반드시 조사해야 하는 영상이었다.

"쌤이랑 미레이 씨가 이긴 거죠?"

"그런 질문은 판결이 내려지고 나서 해."

"그 영상을 보면 절대로 유죄라고 생각할 수 없을 거예요."

이번 재판의 변호인을 맡는 바람에 사쿠를 많이 고생시켰다. 감질나게 굴지 말고 의문에는 대답해 주어야 마땅하리라.

"애당초 미레이를 기소한 시점에 검찰의 패배는 결정됐어."

"그럼 불기소처분이 올바른 판단이었나요?"

거기가 갈림길이었던 것은 사실이다.

"올바르고 그르고를 내가 판단할 수는 없지. 사건의 진상을 밝혀내기 위해 기소한다. 검찰이 그런 자세로 움직였다면 잘못된 기소였다고는 할 수 없을 테니까."

"하지만 검사는 확실한 증거가 모였을 때만 기소하잖아요."

열심히 공부한 모양이다. 보충 설명도 거의 필요 없을 듯했다.

"응. 형세가 수상하다고 판단했다면 그들은 불기소를 선택했을 거야. 미레이가 모의 법정에서 가오루와 나눈 약속을 지키기 위해서는 피해야 하는 사태였지."

피의자의 눈앞에 기소와 불기소 카드를 쳐들면 후자를 선택하는 쪽이 압도적으로 많다. 불기소는 석방으로 이어지고, 기소는 유죄로 이어진다고 이해하는 것이 피의자의 사고 회로이기 때문이다. 하지만 미레이는 기소라고 적힌 카드가 선택되도록 갖은 수를 다 썼다.

불기소가 아니라 기소를 바란 것도 모자라 법정에서 죄를 털어놓으려고 하는 사람이 있을 줄 검사는 상상도 못 했으리라. 그렇기에 아무도 미레이의 목적을 알아차리지 못했다.

"그렇더라도……, 미레이 씨는 몇 달이나 전에 기소됐잖아요. 기소된 시점에 영상을 보여 줬어도 전혀 문제없었던 것 아닌가요?"

"증거에 숨겨진 힘이 너무 강력했어."

"그게 무슨 뜻이에요?"

"법률상 1심 판결 선고 전까지는 공소 취소가 인정돼. 공소가 취소되면 재판은 열리지 않지. 그 정도로 명백한 무죄 증거가 나오면 혐의 불충분으로 검사 측에서 공소 취소를 신청할 가능성도 없지는 않아. 그래서 미레이는 입을 꾹 다문 거야. 공개 법정에서 자신의 죄를 폭로하기 위해."

"그렇게까지 해서……."

"공소가 취소되지는 않더라도, 검사가 유죄를 구형하기를 포기할 가능성도 있거든. 피고인이 무죄임을 전제로 공판기일이 개시되면, 영상을 조사할 필요성이 부정됐을지도 모르지. 미레이 입장에서는 검사가 소리 높여 유죄를 주장해 줘야 했어.”

“다 계산했던 거로군요.”

“시나리오는 처음부터 준비돼 있었어.”

영상을 본 검사와 판사는 자신의 역할을 깨달았을 것이다.

“유키 씨가 자살했다는 사실을 경찰 쪽 사람은 꿰뚫어 보지 못한 건가요?”

“미레이 혼자 가해자 역할을 연기했다면 경찰이나 검찰의 눈을 속이기는 불가능했겠지. 하지만 피해자 역할을 맡은 가오루도 미레이를 범인으로 꾸미려고 했어. 가해자 역할과 피해자 역할이 손을 잡았으니, 진상을 꿰뚫어 보는 건 무리야.”

사쿠는 들고 있던 컵을 테이블에 내려놓았다.

“목숨을 잃은 유키 씨가 미레이 씨를 범인으로 꾸몄다고요?”

“죽기 전에 준비를 다 해 놨던 거야. 가오루의 주변에는 미레이와의 관계성을 암시하는 증거가 잔뜩 있었겠지. 미레이의 과거를 조사한 흔적, 사누마에게 받은 음성 데이터, 아버지의 전과에 관한 기록. 뭔가 하나라도 발견됐다면 수사기관은 의심을 품었을 거야.”

“그렇구나. 그것들을 처분한 후에 모의 법정에서 미레이 씨와 만난 거로군요.”

미레이는 내게 아주 광범위하게 유형 증거 개시 신청을 해 달라고 요청했다. 처음에는 자신에게 유리하게 작용할 증거를 찾아보려는 줄 알았다. 하지만 그런 이유가 아니라 가오루가 정리했을 증거를 검찰이 입수했는지 알아보려던 것이었다.

“증거를 감췄을 뿐만 아니라, 무고 게임의 진상을 눈치채도록 유도한 것도 가오루였어.”

“혹시……, 고발문 이야기예요?”

“응. 시설에서 찍은 사진을 제공해 달라며 SNS에서 주고받은 대화도, 웹캠으로 촬영한 사진도 가오루라면 간단히 손에 넣을 수 있었어. 전부 본인이 관여한 일이니까.”

사누마가 바이러스를 심어서 웹캠 영상을 빼낸 것도 가오루는 알고 있었으리라. 불의의 사태조차 이용해서 원하는 방향으로 미레이를 유도한 것이다.

“고발문을 보내 자기가 범인임을 알려 주고 접촉하려고 했다…….”

“그렇게 해서 미레이를 모의 법정으로 끌어낸 거지.”

“사건이 발생한 날을 기준으로 하면, 미레이 씨가 연립주택에서 장난질에 시달렸던 건 일 년 전이고, 고발문을 받은 건 두 주 전이었요. 맞죠?”

“응, 잘 정리했어.”

다음 말을 듣지 않고도 사쿠가 뭘 물어보려고 하는지 짐작이 갔다.

“도청한 음성을 입수한 시점에 아버지의 무고함을 증명하기 위해 필요한 증거는 다 모인 셈이잖아요. 그런데 왜 일 년이나 지나서 아버지가 자살한 후에 미레이 씨를 모의 법정으로 불러낸 건가요?"

"반대야. 아버지의 자살이 마지막 방아쇠 노릇을 한 거지."

"저도 알아듣게 설명해 줘요."

몇 초 생각하다가 법조문 하나가 떠올라서 입을 열었다.

"가오루의 목적은 미레이에게 죄를 인정시키는 게 아니라, 재심의 문을 여는 거였어."

"네. 거기까지는 이해했어요."

비상구제절차라고 불리는 재심도 소송절차 중 하나인 이상, 충족시켜야 하는 요건을 법률로 세세하게 정해 놓았다.

"형사재판의 재심은 원칙상 유죄판결을 받은 본인밖에 청구할 수 없어. 이번 사례에서는 가오루의 아버지가 거기 해당하지."

"이야, 그런 제한이 있군요."

"가오루는 분명 아버지를 설득했을 거야. 하지만 사쿠마 사토루는 재심을 청구하지 않았어. 청구권자가 움직이지 않는다고 해서 다른 사람이 멋대로 재심을 청구할 수는 없지."

"가족이라도요?"

나는 말없이 고개를 끄덕인 후, 육법전서를 펼쳐 사쿠에게 법조문을 보여 주었다.

"진짜네. 어? 하지만 배우자나 친족도 가능하다고 쓰여 있는데요."

"첫머리에 제한 조건이 있을 거야."

"앗……. 유죄판결을 받은 자가 사망한 경우라니……."

사쿠가 이해한 것을 확인하고 나서 답을 꺼냈다.

"그래. 본인이 사망하면 배우자나 일정한 친족도 청구권자가 될 수 있어. 이미 이혼이 성립한 어머니는 포함되지 않지만, 아들인 가오루는 아버지의 죽음으로 자격을 얻었지."

"그래서 아버지가 돌아가시고 나서 행동에 나선 거로군요."

지금 이 설명에 거짓말은 없다. 같은 논리를 바탕으로 가오루는 행동을 선택했을 것이다.

하지만 사쿠는 알아차렸을까. 법조문과 가오루의 선택 사이에 모순이 발생했다는 것을.

"궁금한 게 더 있어?"

"쌤도 처음부터 진상을 꿰뚫어 본 건 아니죠?"

"솔직히 도중까지는 아주 엉뚱한 방향을 짚었어. 때를 놓치기 직전에 미레이가 사실을 밝혔지. 내가 꿰뚫어 본 사실은 거의 없어."

자조하듯 웃었다. 새삼 돌이켜 봐도 위험하기 짝이 없는 줄타기였다.

"미레이 씨는 왜 쌤에게까지 진실을 감춘 걸까요?"

"내가 말리려 할 줄 알았으니까."

"말리다니……, 뭐를요?"

"체포되기 전에 진실을 알았다면 경찰에 사정을 말해야 한다고 설득했겠지. 피의자 단계에서 진실을 알았다면 불기소처분을 받도록 움직였을 테고. 공판 전 정리 절차 초반에 진실을 알았다면 죄를 폭로하지 않아도 되게끔 예정 주장을 준비했을 거야. 그 정도로 미레이의 선택은 최악에 가까웠어."

사쿠의 시선이 느껴져서 감정적인 말투가 나왔음을 깨달았다.

"그렇게까지 비난받을 짓인가요?"

"가오루는 제삼자에게 증거를 맡겼다고 했어. 하지만 그런 사람이 정말로 존재하는지는 알 수 없지. 나쁘게 표현하면 가오루의 허풍에 속아 넘어갔을 뿐인지도 몰라."

한편으로 나는 그 제삼자가 누구인지 짚이는 구석이 있었다.

"거짓말은 아니라고 믿고서, 어차피 결말이 달라지지 않는다면 전부 털어놓기로 결심했다. 저는 미레이 씨의 그런 판단이 잘못되지 않았다고 생각하는데요."

"미레이는 공개 법정에서 자신이 저지른 죄를 폭로했어. 수많은 방청인이 그 고백을 들었고, 기사가 나오면 더욱 확산되겠지. 판결 결과와 관계없이 미레이를 비난하는 목소리는 끊이지 않을 거야. 그래도 맞이할 결말이 똑같다고 생각해?"

"그건……."

심호흡을 해서 마음을 진정시켰다.

“내가 이런 식으로 생각할 줄 알았으니까, 예정 주장을 마무리해서 돌이킬 수 없는 단계에 접어들 때까지 미레이는 사실을 숨긴 거야. 나를 변호인으로 선택한 건 미레이의 의도대로 움직여 줄 변호사가 달리 없었기 때문일 테고.”

“그런 소극적인 이유로 결정한 게 아니라, 쌤과 함께 싸우고 싶었던 거예요.”

“고마워, 사쿠.”

가슴이 뜨끔 아팠다. 하지만 나는 또 중요한 사실을 알려 주지 않았다.

***

판결 선고 기일

마침내 이날이 왔다. 작게 숨을 내쉬고 눈앞에 우뚝 서 있는 건물을 올려다보았다.

줄지은 은행나무 사이로 보이는, 균등한 간격으로 배치된 창문과 연회색 외벽. 기능성만을 추구한 견고한 외관은 법원의 공평함과 중립성을 상징하는 것일까.

판결 선고 기일을 매끄럽게 진행하기 위해, 피고인은 공판이 개시되기 삼십 분 전에는 법원으로 이송돼 지하 대기실에서 호출을 기다린다. 나도 비슷한 시간에 법원으로 들어가서 직원에게 부탁해 접견실로 안내받았다.

도주를 방지하기 위해서인지, 구조적인 문제인지 법원 지하는 미로처럼 복잡하게 얽혀 있었다. 도중에 직원을 놓치면 바로 길을 잃을 것만 같았다.

문을 몇 개 통과하자 접견실이 나왔다. 유치 시설, 구치지소, 법원. 어느 접견실을 가더라도 아크릴 판과 접의자는 변함없이 한 세트다.

접의자를 끌어당겨 살짝 걸터앉았다. 바로 미레이가 들어왔다.

"드디어 판결이네."

"그런 소리를 하려고 침침한 지하까지 내려온 거야?"

미레이는 비아냥거리는 말투로 물었다.

"우리 사무소도 지하에 있으니까 침침한 건 익숙해. 석방되면 사무소에 놀러 와. 여기저기 해바라기꽃을 장식해 놨는데……."

"잡담은 판결 선고가 끝난 후에 들어 줄게."

빨리 본론에 들어가라고 재촉하듯 미레이가 끼어들었다.

"이게 마지막 접견일 거야."

"그렇다면 좀 더 일찍 만나러 오지 그랬어?"

"너무 일찍 와도 소용없잖아. 여기서 우리가 무슨 이야기를 해도, 판결 내용은 달라지지 않아. 그러니까……, 내 질문에 솔직하게 대답해 줘."

"질문?"

내 입을 쳐다보던 미레이가 의아하다는 듯 고개를 갸웃했다.

"남은 수수께끼를 해소하고 싶어."

가오루가 대답해 준다면 제일 좋다. 하지만 그것은 이루어질 수 없는 소원이다.

"그다지 좋은 이야기는 아닌 것 같네."

변론이 종결될 때까지는 묻지 않기로 결심했다. 우리의 주장을 구성하는 데는 아무 의미도 없는 사항이었기 때문이다.

"가오루는 아버지가 무고하다는 걸 어떻게 알았을까."

진상에 도달하기 위해서는 여기서부터 해명해 나가야 하리라.

"우리 집을 도청했기 때문이잖아."

"좀 더 예전 이야기야. 사쿠마 사토루는 공판정에서 죄를 인정한 후, 항소하지 않고 징역을 살았어. 가오루의 어머니도 원죄를 의심하는 것처럼은 보이지 않았고. 그런데 가오루 혼자 무고한 아버지를 구제하기로 마음먹었어."

"유키는 아버지를 존경했잖아. 그래서 무고하다고 믿고 싶었던 것 아닐까?"

"검사가 할 것 같은 소리 하지 마. 나와 미레이가 아버지에게 죄를 뒤집어씌운 것도 가오루는 알고 있었어. 그저 순수하게 믿었을 뿐이라면, 그 사실까지는 도달할 수 없겠지."

변론이 종결됐으니 미레이가 입을 다물 필요성은 사라졌을 것이다.

"답을 알아서 뭘 어쩌려고?"

"후련한 기분으로 판결을 듣고 싶어. 그냥 자기만족이야."

진상을 안다고 뭔가가 바뀌는 것은 아니다. 따라서 어디까지나 자기만족이다.

"정말로 말해도 되는 거지?"

"응. 각오는 됐어."

아크릴 판 너머에 앉아 있는 미레이가 작게 한숨을 내쉬었다.

"거기에 유키도 있었어."

"……거기라니?"

대답을 듣기 전부터 광경 하나가 떠올랐다.

멀어져 가는 커다란 등. 아무것도 붙잡지 않은 오른손.

"전철역 플랫폼. 유키는 우리에게서 조금 떨어진 곳에 서서 모든 걸 보고 있었어."

당시의 기억이 선명하게 되살아났다.

우리는 전철 안에서 사쿠마 사토루를 목표물로 정했다. 사쿠마 사토루의 손을 잡은 미레이가 비명을 질렀고, 플랫폼에서 이야기를 시작했다. 그가 꺼낸 경찰수첩을 보고 미레이는 그 자리에서 달아나려 했다. 그리고 두 사람은 계단에서 떨어졌다.

그 광경을 처음부터 끝까지 가오루도 보고 있었다.

"아버지와 여고생이 계단에서 떨어지는 순간도?"

미레이는 고개를 끄덕였다. 질문에 담긴 의도는 바로 이해했으리라.

"모든 사람을 적으로 돌리더라도, 유키는 아버지를 믿어야 했어. 플랫폼에서 일어난 일을 자기 두 눈으로 목격했으니까."

앙금처럼 가라앉아 있던 위화감이 방금 그 대답으로 순식간에 사라졌다.

가오루가 플랫폼에 있었던 이유는 물어보지 않았다. 매일 아침 아버지와 같은 전철로 통학했는지도 모른다. 우연히 반대쪽 전철에서 내린 참이었을지도 모른다.

이제 그런 것은 아무래도 상관없었다.

"유키는 경찰에 그 이야기를 했어?"

"가족의 진술을 경찰이 어떻게 취급하는지는 기요요시도 알 텐데. 수사기관은 유키의 아버지를 범죄자로 간주했어. 그게 전부야."

진실을 밝혀도 믿어 주는 사람은 없었다. 무고한 아버지는 싸우기를 포기하고 징역을 살았다. 부모님이 이혼해 가족도 붕괴됐다.

고등학생이었던 가오루는 얼마나 큰 절망을 맛보았을까.

"아버지가 돌아가시기까지 가오루는 계획을 실행에 옮기지 않았어. 그 이유도 알지, 미레이?"

"본인이 사망하면 가족이 재심 청구권자의 지위를 획득하니까."

역시 미레이도 나와 똑같은 답에 다다랐다.

"재심을 청구할 권리를 가진 사람이 재심 청구권자야."

"풀어서 설명하면 뭔가 달라져?"

"권리를 가졌다는 점이 중요해. 행사하지 않는 권리는 장식에 지나지 않지."

"무슨 말이 하고 싶은 건데?"

추상적인 이야기를 하고 싶은 것도 아니고, 법률론을 떠들고 싶은 것도 아니다.

지금부터 내가 하는 이야기는 단순한 논리 전개다.

"재심 청구권자의 지위를 획득하기 위해 아버지의 죽음을 기다렸다. 그리고 그 순간은 찾아왔다. 하지만 가오루는 손에 넣은 권리를 행사하지 않고 세상을 떠났지. 권리의 획득과 권리의 포기. 두 가지 행동 사이에는 모순이 있어."

"내가 법정에서 진실을 털어놓으면, 다른 친족이나 검사가 재심을 청구할지도 모른다. 분명 그런 기대를 품은 거겠지."

그렇듯 모호한 대답을 듣고 대충 넘어갈 마음은 없었다.

"그런 불확실한 가능성에 자기 목숨을 걸었다고? 진심으로 그렇게 생각해?"

"유키는 아버지의 전과와 죽음에 씌어 있었어. 모의 법정에서 만났을 때 걔는 분명 정상이 아니었다고. 불합리한 행동을 선택해도 이상하지 않을 정도로."

"무고함을 증명하는 것만이 목적이라면, 아버지의 죽음을 기다릴 것 없이 도청 음성을 사누마에게 받자마자 움직이면 그만이야."

내 얼굴에 꽂히는 미레이의 시선을 정면으로 받아 냈다.

"유키가 자살한 건 사실이야. 기요요시도 그 영상을 봤잖아. 아니면 내게 협박당해서 연기라도 했다는 거야?"

가오루는 분명 자기가 죽음으로써 미레이를 범인으로 꾸며 내 재심의 문을 열겠다고 모의 법정에서 주장했다. 그 모든 것이 거짓이라고 생각하는 것은 아니다. 오히려 대부분이 진실로 구성된 그 영상 속에 몇몇 거짓이 섞여 있었다.

"연기한 건 미레이 쪽이었어."

"아까부터 대체 무슨 소리야?"

아날로그 시계를 힐끗 보고 시간을 확인했다.

"가오루가 쓴 시나리오를 지금부터 설명할게."

"그러든가."

남은 시간은 얼마 안 된다. 이것이 마지막 확인 작업이리라.

"재심의 문을 여는 것이 목표였고, 법정에서 진실을 폭로하는 것이 거기에 다다르기 위한 수단이었어. 여기까지는 나와 미레이가 자아낸 스토리가 일치해. 하지만 가오루가 미레이에게 덮어씌우려 했던 죄는 살인이 아니라 살인미수였어."

예리한 칼로 급소를 찌르더라도, 상대의 성별이나 나이에 따라 죽음이라는 결과가 초래될지 말지는 바뀔 수 있다. 허약한 학생이 사망하면 살인, 다부진 복서가 살아남으면 살인미수.

살인과 살인미수의 차이는 행위의 강약이 아니라, 사망 여부다.

"사회적으로 관심을 끌 만한 사건의 재판에서 옛날에 일어난 사건의 진실을 폭로하면, 흐름을 타서 재심 사유가 되는 새로운 증거를 제출할 수 있겠지. 하지만 그러기 위해 일으킬 사건이 살인일 필연성은 어디에도 없어. 바꿔 말하면 가오루가 죽을 필연성은 없었던 거야."

피해자가 살아남은 살인미수도 재판원 재판의 대상 사건 중 하나다.

즉, 가오루가 죽지 않고도 사회적으로 주목을 받는 사건을 일으키기는 가능했다.

"이해력이 모자라서 그런가, 무슨 말을 하고 싶은지 모르겠는걸. 유키가 죽지 않았다면, 하고 가정하는 데 무슨 의미가 있다는 거야?"

"칼로 찌르는 걸 미레이가 막았다면 가오루는 죽지 않았어. 이건 가정이 아니야. 사느냐, 죽느냐 그 선택의 문제지."

미레이의 시선이 다시 날카로워졌다.

"잘도 그렇게 심한 말을 하는구나. 가오루가 죽은 게 내 책임이라는 거야?"

"그래. 미레이 탓에 가오루는 죽었어."

나는 분명하게 말했다. 놀랐는지 미레이의 눈이 휘둥그레졌다.

"난 유키를 구하려고 했어……. 하지만 늦었지."

"칼로 찌르는 걸 막으라고 가오루에게 지시받은 거 아니야?"

그때의 나와 똑같다. 내뻗은 오른손이 구해야 할 것을 구하지 않았다.

아니, 그렇기는커녕…….

왜 좀 더 빨리 알아차리지 못했을까.

"모의 법정에서 만났을 때, 미레이는 이미 가오루의 계획을 들은 뒤였어."

"또 이야기가 붕 뛰네. 그렇게 생각하는 이유는?"

"미레이에게 미리 시나리오를 알릴 필요가 있었으니까."

"……아까부터 자꾸 시나리오, 시나리오 하는데, 대체 그게 뭔데?"

연립주택의 도청 음성을 입수한 시점에 가오루는 필요한 증거를 전부 갖추었다. 그것을 미레이에게 들이밀며 협박으로도 받아들일 수 있는 부탁을 했을 것이다.

"자신이 사쿠마 사토루의 아들임을 밝히고 아버지가 목숨을 끊기까지의 경위를 설명했지. 그리고 법원이 재심 청구를 받아들이도록 공개 법정에서 피고인 역할을 연기해 달라고 했어. 큰 틀은 이번 재판에서 미레이가 진술한 바와 같을 거야."

"아직 더 남은 것 같네."

고개를 끄덕하고 남은 말을 단숨에 꺼냈다.

"영상에 기록된 일련의 대화도 전부 미리 맞춰 놓은 거야. 미레이가 심판자의 부정을 규탄하고, 가오루는 무고한 아버지를 구제하는 것이 동기였다고 밝히지. 가오루는 자살할 결심을 굳힌 척 칼끝을 자기 가슴으로 향해. 칼로 자해하지 못하도록 막는 연기를 하는 것이 미레이가 마지막으로 수행해야 할 역할이었어."

뒤늦게 모의 법정에 들어온 내가 몸싸움을 벌이는 두 사람을 발견하는 것이 가오루가 상정한 전개였으리라.

목격자와 증거를 날조함으로써 살인미수 상황을 만들어 내려 한 것이다.

우리가 치한 원죄 사기죄를 사쿠마 사토루에게 떠넘긴 것과 똑같이.

"내가 방관했기 때문에 유키의 가슴에 칼이 박혔다. 그렇게 생각하는 거야?"

긍정으로 답할 수는 없었다. 미레이가 막아 주리라고 믿고 너무 힘껏 찌르는 바람에 가슴에 칼이 푹 박혔다. 가오루가 그런 어처구니없는 실수를 저지를 리 없다.

"가오루의 죽음은 고의의 산물이야."

"……."

"증언대 앞에서 덮치듯이 밀어서 쓰러뜨리고, 가오루가 쥐고 있던 칼로 찔렀지. 결국 검사의 주장이 옳았어. 미레이가 가오루를 죽인 거야."

대답은 없었다. 말없이 뭔가 생각하는 것처럼 보였다.

약 이십 초 후에 침묵이 깨졌다.

"왜 내가 유키를 죽여야 하는데?"

"입막음이 목적이었어."

"내가 저지른 죄는 법정에서 털어놨잖아. 유키를 죽여서 숨길 수 있는 일은 없었다고."

"이제 됐어. 나를 지키려고 한 거지?"

나와 미레이는 서로 그림자 역할을 수행해 왔다. 한쪽이 잘못을 저지르면 다른 쪽이 뒤처리를 맡는다. 둘이서 내내 그렇게 살아 왔다.

"가오루는 전철역 플랫폼에서 일어난 일을 다 봤어. 그럼 아버지와 여고생이 계단에서 떨어지는 순간도 눈에 확실히 새겨졌을 거야."

"더는 말하지 마."

"사쿠마 사토루는 두 가지 범법 행위로 유죄판결을 받았어. 전철에서 성추행을 한 건 민폐 행위 방지 조례 위반에 해당하고, 오리모토 미레이를 계단에서 떨어뜨린 건 상해죄……."

"그만!"

당장이라도 울음을 터뜨릴 것 같은 목소리였다. 하지만 여기서 설명을 끝낼 수는 없다.

"민폐 행위 방지 조례 위반죄는 미레이가 치한 원죄 사기 상습범이었다는 사실을 밝히면 무고함을 증명할 수 있어. 하지만 상해죄에 관해서는 미레이의 공술만으로는 부족해. 귀찮은 일에서 벗어나기 위해 떨어뜨렸을 가능성이 남아 있으니까."

둘 중 한쪽만 무고함을 증명해서는 아버지를 구제할 수 없다. 상해죄도 저지르지 않았다고 확신했기에 가오루는 재심의 문을 열기로 결단했다.

"그건 사고였어. 그렇잖아?"

"아니. 내가 사쿠마 사토루의 등을 밀었어. 그 탓에 두 사람이 계단에서 떨어진 거고."

플랫폼에서 말다툼하는 모습을 보고 미레이를 구해야 한다고 생각했다.

나는 무의식중에 오른손을 앞으로 뻗었다.

떨어지는 것을 막기 위해서가 아니라, 계단에서 떨어뜨리기 위해.

내 오른손 앞쪽에는 멀어지는 등이 있었다.

"유키는 이제 없어. 이제 와서 옛날 일을 들춰내지 마."

"살인미수죄로 기소된 미레이는 내가 저지른 죄도 폭로할 예정이었어. 미레이의 진술과 가오루가 모은 증거를 통해 아버지의 무고함이 증명돼서 재심 청구가 받아들여진다. 이게 가오루가 쓴 시나리오였지. 하지만 미레이는 막판에 시나리오를 변경했어. 자기 혼자 죄를 감당하기로 결정하고 가오루를 입막음했지."

미레이의 표정에서 감정이 빠져나갔다.

"기요요시, 내가 뭐라고 대답해 주길 바라?"

"어째서……, 이런 일이 벌어지기 전에 상의하지 않은 거야?"

"상의했으면 뭔가 달라졌을까?"

"가오루를 설득했을 테고, 그래도 안 된다면 둘이서 죗값을 치르는 길을 선택했겠지."

"그럴 것 같아서 말 안 한 거야."

아무리 후회해 봤자 가오루가 살아서 돌아오지는 않는다.

그런 줄은 알지만.

"가오루가 죽어야 할 이유는 어디에도 없어."

분명 가오루는 심판자 역할을 맡았던 무고 게임에서 몇 가지 부정을 저질렀다.

그래도 죽어 마땅한 죄는 저지르지 않았다.

"유키는 재심의 향방을 확인한 후 목숨을 끊을 작정이었어."

"어째서……."

"이 세상 모든 것에 절망했으니까. 저지르지도 않은 죄를 받아들이고 죽음을 선택한 아버지에게도, 진실을 왜곡해서 해석하려 하는 주변 사람에게도, 잘못된 판단이었음을 인정하지 않고 문을 꽉 잠가 버린 사법기관에도, 목적을 달성하기 위해 많은 죄를 저지른 자기 자신에게도. 아버지의 무고함을 증명해 재심에서 무죄를 얻어 내는 것만이 바로 유키가 살아가는 이유였어."

미레이의 말을 곧이곧대로 받아들일 수는 없다. 그러하기를 바라는 소망과 책임을 회피하기 위한 거짓이 포함됐을 가능성을 부정할 수 없기 때문이다.

하지만 가오루가 자살을 결심했든 하지 않았든, 내 결단은 바뀌지 않는다.

"미레이가……, 가오루를 죽인 거지?"

본인에게 직접 대답을 듣고 싶었다.

"그래. 내가 유키를 죽였어."

미레이는 죄를 인정했다. 법정의 증언대가 아니라 이 좁은 접견실에서.

"왜 나 같은 인간을 위해서?"

"네가 절망에 빠진 나를 구해 줬으니까."

"난 미레이를 궁지에 몰았을 뿐이야. 기타를 칼로 찌르지 않았다면, 나와 미레이는 올바른 길에서 벗어나지 않았겠지. 그랬다면 가오루의 아버지도, 가오루도……."

"대신에 나는 계속 더럽혀졌을지도 몰라."

미레이의 인생을 속박한 것은 어중간한 각오로 칼자루를 쥔 고등학생 시절의 나였다.

"플랫폼에서 옥신각신했을 때도 내가 쓸데없는 짓을 하는 바람에……."

"우리가 플랫폼에서 무슨 이야기를 했는지, 기요요시는 못 들었잖아."

"응."

"내 손목을 잡더니 처음이 아니구나, 라고 했어."

"뭐?"

"내가 치한 사기 상습범이라는 것도 다 눈치챘더라고."

"그렇게까지……."

"난 봐 달라고 부탁했어. 그랬더니 뭐라고 대답한 줄 알아?"

아무 대답도 떠오르지 않았다. 미레이는 내뱉듯이 말을 이었다.

"괜찮아, 넌 다시 시작할 수 있어. 사쿠마 사토루는 그렇게 말했어. 별생각 없이 꺼냈을 한마디, 케케묵은 정론. 그딴 것쯤은 알아. 하지만 받아들일 수 없었어. 다시 시작할 수 없는 곳까지 몰아붙인 건 어른이면서. 손을 내밀어 주지 않고 보고도 못 본 척 해 왔으면서. 괜찮기는 뭐가 괜찮다는 거야."

"미레이……."

"떡하니 내세운 정의가 악으로 느껴졌어. 용서가 안 되더라고. 붙잡힌 손목을 끌어당겨서 함께 떨어지려고 했지. 그런데 내가 힘을 주기 전에 사쿠마 사토루가 균형을 잃었어. 그런 우연이 어디 있느냐고 할지도 몰라. 하지만 분명 우리는 계단에서 떨어졌어."

"난 미레이를 구하고 싶어서……."

"그때 어깨 너머로 보인 기요요시가, 정의의 히어로로 보였어."

"그만해!"

세이기•라는 호칭에 내내 반감을 느껴 왔다. 내 마음속의 정의가 겉치레에 불과함을 알고 있었기 때문이다. 나는 범죄행위로밖에 정의를 실현하지 못했다.

"내가 하지 못했던 일을 기요요시는 두 번이나 해냈어."

"난 그냥 범죄를 저질렀을 뿐이야."

"그렇더라도 나는 거기서 살아갈 이유를 찾아냈는걸."

반론할 마음은 없었다. 이제 그만 법정에 가 봐야 한다.

"그밖에 덧붙일 말은?"

"더는 없어."

"알았어. 이야기해 줘서 고마워."

쭉 미레이를 믿어 왔다. 이제까지도, 이제부터도…….

"변론을 재개해 달라고 신청해서 내가 유키를 죽였다고 주장할 작정이야?"

판결이 내려지기 전에는 당사자의 신청이나 특권으로 변론을 재개할 수 있다. 거기서 진실을 밝히면 재심리가 결정될지도

• 정의의 일본어 발음은 '세이기'다.

모른다.

"난 미레이의 변호인이야. 피고인의 이익에 도움이 된다면 진실도 덮을 수 있어."

처음에는 법정에서 진실을 밝혀야 마땅하다고 생각했다. 하지만 가오루와 나눈 약속을 지킴으로써, 변호인의 사명을 되새겼다.

"그래도 돼?"

"변호인으로 있는 한, 미레이의 희망을 존중할 거야."

재킷 호주머니에 손을 넣어 차가운 금속 물체를 만졌다.

여기에는 가오루의 메시지가 담겨 있다.

"기요요시, 어떻게 진상에 도달했어? 처음부터 눈치채고 있었던 거야?"

나는 고개를 저었다.

"가오루는 미레이에게 살해당할 걸 예상했어."

"뭐?"

"사건이 일어나기 일 년쯤 전에 부탁하더군. 아버지와 할아버지가 잠든 무덤에 용담꽃을 바치러 와 달라고. 약속을 지키기 위해 유키 집안의 무덤을 찾아갔어. 하지만 유키 집안의 지석에 사쿠마 사토루라는 이름은 없었지."

공판기일이 개시되기 전에 나나우미 공동묘지에서 여기까지 확인했다.

"아무래도 마음에 걸려서 사쿠마 사토루가 잠든 무덤도 찾아냈지. 사쿠마 집안의 무덤은 손질을 안 한 지 오래된 것 같더군. 가오루의 부탁대로 화병에 용담꽃을 꽂으려는데, 속에 이게 들어 있었어."

호주머니에서 USB 메모리를 꺼내서 아크릴 판 앞에 쳐들었다.

"그게 뭔데?"

"비디오카메라 영상에서 가오루가 수집한 증거를 제삼자에게 맡겼다고 했잖아. 미레이가 배신했을 때의 보험으로 삼기 위해. 그 보험이 바로 이 USB 메모리야."

아무 망설임 없이 데이터를 열어 보았다. 내가 받아야 할 물건임을 알고 있었기 때문이다.

"유키가 수집한 증거를 기요요시에게 맡겼다고?"

미레이가 되묻고 싶은 기분도 이해가 간다. 뭔가 잘못된 것 아니냐는 생각이리라.

"살인미수 시나리오를 완수할 작정이었다면, 증거를 맡길 필요는 없었어. 뒤집어 말하면 모의 법정에서 목숨을 잃을 가능성도 있다는 걸 알았기에 아버지 무덤에다 USB 메모리를 숨긴 거지. 가오루는 미레이의 배신을 각오했던 거야."

"그런……."

"USB 메모리에는 사누마에게 받은 음성, 나와 미레이의 과거를 정리한 보고서, 재심 청구의 법적 구성요건을 기재한 문서,

그리고 살인미수 사건을 날조하기 위해 미레이와 가오루가 협의한 내용의 녹음본이 저장돼 있었어."

가오루는 그러한 결정적인 증거를 다른 누구도 아닌 내게 맡겼다.

"자기가 목숨을 잃으면 대신 진실을 밝혀 달라. 그게 유키의 바람이었겠지. 그런데 왜 기요요시에게……."

"내가 아버지를 계단에서 떨어뜨렸다는 사실을 가오루는 알고 있었어. 공범자 중 한 명에게 증거를 맡기다니, 묻어 버리라고 조언하는 셈이나 마찬가지야."

내가 진실보다 미레이의 무죄를 우선하리라는 것을 가오루가 몰랐을 리 없다.

"편지나 유서는 같이 들어 있지 않았어?"

"말로 된 메시지는 남아 있지 않았어."

"유키는 기요요시에게 뭘 시키고 싶었던 걸까……."

긴 침묵이 흘렀다. 미레이의 질문이 끝났으면 법정으로 가려고 했다. 하지만 자리에서 일어서기 직전에 미레이가 입을 열었다.

"저기, 기요요시?"

"응?"

"왜 변호사 배지를 안 달았어?"

미레이가 재킷의 플라워 홀을 뚫어지게 쳐다보았다.

각오를 다지고 작게 숨을 내쉬었다.

나는 분명 미레이가 알아차리기를 기다리고 있었다.

"내가 변호사로서 법정에 서는 건 오늘이 마지막이니까."

"웃기지도 않는 농담은 집어치워."

미레이는 진지한 얼굴로 말했다. 나도 표정을 풀지 않았다.

"난 죗값을 치러야 해."

접의자에 앉은 미레이가 상반신을 움찔했다.

"죄를 저지른 건 나야. 기요요시가 아니라."

"가오루를 죽인 건 미레이지. 하지만 사쿠마 사토루와 관련해서는 우리에게 다른 죄가 성립해. 미레이는 허위 고소죄, 나는 상해죄."

"그건……, 십 년도 넘게 옛날 일이잖아."

"아니. 그 사건은 고등학교 3학년 여름에 일어났어. 그러니까 **구 년 전의 범죄야.**"

숨을 삼키는 기척이 아크릴 판 너머에서 전해져 왔다.

"알고 있었어?"

"나도 법률가 나부랭이야. 법정형과 공소시효의 관계쯤은 알아."

공소시효. 내가 그 말을 입에 담은 직후에 미레이는 고개를 푹 숙였다.

나는 미레이의 목덜미를 바라보며 말을 이었다.

"미레이가 저지른 허위 고소죄의 법정형은 3개월 이상 10년

이하의 징역. 내가 저지른 상해죄의 법정형은 15년 이하의 징역 또는 50만 엔 이하의 벌금. 그리고 공소시효 기간은 법정형의 무게에 따라 정해지지. 이번에는 장기 징역형이 기준일 테니까, 허위 고소죄의 공소시효는 7년, 상해죄의 공소시효는 10년이야."

그렇기에 아홉이라는 숫자에 큰 의미가 있다.

허위 고소죄의 공소시효는 이미 성립됐다. 한편 상해죄의 공소시효는 아직 반년 넘게 남았다. 그사이에 검찰이 수사를 마치고 기소하면 공소시효가 정지된다.

"그야 이론상 그렇다는 거잖아. 구 년 전에 일어난 사건을 이제 와서 경찰이나 검찰이 수사하겠어? 증거도 다 사라지고 없을 텐데."

일반론으로 따지면 미레이의 말이 옳다. 하지만.

"이번 재판으로 수사기관은 체면이 구겨졌어. 원죄 때문에 목숨을 잃은 사람이 있다는 주장에 일방적으로 얻어맞았지. 재심의 문을 열지 말지를 결정하는 건 법원이지만, 수사기관은 철저한 재수사에 나서지 않을 수 없어. 내가 저지른 상해죄는 그 수사선에 존재해."

미레이도 내가 설명한 법정형과 공소시효가 어떻게 귀결되는지 알고 있었다. 상황을 올바르게 이해했기에 한쪽 죄만 은폐하기로 한 것이다.

가오루의 목적은 재심의 문을 여는 것이었다. 미레이가 법정에서 자신의 죄를 밝혀도 사회적으로 비난을 받는 수준에 그친다. 하지만 내 죄에는 공소시효의 도화선이 남아 있었다.

그래서 미레이는 가오루의 목숨을 빼앗음으로써 나를 과거의 죄에서 구하려 했다.

"유키도, 걔의 아버지도 이제……, 이 세상에는 없어."

"진상을 아는 사람은 나랑 미레이뿐이야. 그건 알아."

"그럼……."

"시효가 성립돼도, 무죄판결이 확정돼도, 죄가 청산되는 건 아니야."

미레이의 입술이 할 말을 찾듯이 떨렸다.

"기요요시는 더는 생각하기를 포기하고……, 편해지려는 것뿐이잖아."

"청산할 기회를 잃은 죄의 대가는 벌로 치를 수밖에 없겠지."

가오루가 연연했던 동해보복은 복수가 아니라 관용의 논리였다.

진실을 폭로하는 대신 죄를 용서한다. 그렇지만 우리는 주어진 속죄의 기회를 짓밟고 말았다.

"난……, 벌을 받아들이지 않겠어. 죄와 마주하며 살아갈 거야."

그렇게 말한 미레이의 눈에는 눈물이 고여 있었다.

기타를 찔렀을 때와 똑같다. 내 결단이 미레이에게 고통을 준다.

“미안해, 미레이.”

“사과할 바에야……, 끝까지 함께 싸워.”

가오루가 목숨을 빼앗긴 모의 법정에서 미레이의 변호인을 맡겠다고 약속했다.

나는 그 계약을 파기하려 한다.

“아까 그 USB 메모리는 나중에 줄게. 그러니 검찰이 새로운 증거를 입수할 수는 없을 거야. 만약 검찰이 항소해도 무죄 주장을 유지하면…….”

“그딴 소리를 듣고 싶은 게 아니야!”

미레이는 구원을 바라는 것처럼 외쳤다.

“지금까지 둘이 함께 살아 왔으면서……, 그런데…….”

미레이가 어떤 심정일지는 알고도 남는다.

언제 어느 때나 함께였다. 미레이 곁에는 내가 있었고, 내 곁에는 미레이가 있었다. 달리 의지할 수 있는 사람은 없었다. 잘못을 고쳐 줄 사람도, 나아갈 방향을 알려 줄 사람도.

살아남기 위해, 앞으로 나아가기 위해 무고한 사람을 불행에 빠뜨렸다.

행복해지고 싶다. 그것만이 유일한 소망이었다.

지라솔레의 문을 연다. 안에 사쿠와 미레이가 있다. 웃는 사쿠, 당혹스러운 표정의 미레이. 그런 두 사람의 모습을 상상할 수 있을 만큼, 손을 뻗으면 닿을 만한 곳에 행복이 있다.

우리가 침묵으로 일관하면 바라 마지않았던 미래가 찾아온다.

그래도……, 그 미래에 가오루는 없다.

"판결을 듣고 나서 경찰에 출두할 거야."

"어째서……."

한 줄기 눈물이 미레이의 뺨을 타고 흘러내렸다.

"가오루에게 받았으니까. 증거뿐만 아니라 마음도."

미레이는 몇 번이고 고개를 내저었다.

"이해가 안 돼. 기요요시……."

오른손을 뻗었다. 아크릴 판 때문에 미레이의 눈물을 닦아 줄 수 없었다.

"이만 법정에 가 봐야겠다."

"잠깐만!"

젖은 눈을 보자 감정이 울컥 치밀었다.

꺼내지 않겠다고 다짐한 말이 입에서 튀어나왔다.

"나도 미레이와 함께 살고 싶었어."

나는 흐느껴 우는 미레이를 남겨 두고 접의자에서 일어섰다.

접견실을 나서서 1층으로 올라가 101호 법정에 들어갔다.

많은 기자와 방청인이 변호인석으로 향하는 내게 시선을 보냈다.

유죄판결이 나오든 무죄판결이 나오든, 그들은 속으로 탄성을 지를 것이다. 이미 이 사건에서는 유죄판결이 당연한 최종 결과로 여겨지지 않기 때문이다.

가죽 의자에 깊숙이 앉아 눈을 감고 호주머니에서 금속 물체를 꺼냈다.

사쿠마 사토루가 잠든 무덤의 화병에 들어 있던 것은 USB 메모리뿐만이 아니었다.

무고 게임을 하려는 자는 두 가지 요건을 충족해야 한다.

형벌 법규를 위반하는 죄를 저지를 것, 천칭을 어딘가에 남길 것. 그 두 가지다.

천칭은 일반적으로 심판과 정의의 상징으로 받아들여진다. 검과 천칭을 든 테미스상이 사법의 공정함을 상징하는 존재로 간주되는 것처럼.

심판을 받고 속죄하라.

하지만 꽃병에 들어 있던 것은 천칭이 아니라 십자가 모양 펜던트였다.

징계와 용서……. 그것이 십자가의 상징이다.

나와 미레이에게 용서를 청할 권리가 없다는 것은 잘 안다.

가오루는 분명 우리에게 징계의 십자가를 지운 것이다.

독선적인 해석일지도 모른다. 자기중심적인 바람일지도 모른다.

그래도 속죄할 방법은 스스로 정하는 수밖에 없다.

십자가에 마음을 담은 사람은 이제 이 세상에 없으니까.

나는 죄를 인정하고 벌을 받아들이는 길을 선택했다.

미레이는 벌을 거부하고 죄와 마주하는 길을 선택했다.

어느 쪽이 올바른 길인지는 신밖에 모른다.

법대 뒤쪽의 커다란 문이 열리고 판사와 재판원이 들어왔다.

재판장이 들고 온 서면의 어딘가에, 미레이가 다다를 운명의 일부가 적혀 있다.

정당한 죗값은 누가 정해야 하는 걸까.

사법권을 부여받은 판사일까, 아니면 죄를 저지른 자 자신일까.

증언대 앞에 선 미레이는 법대를 똑바로 쳐다보았다.

그 눈동자에는 무엇이 비치고 있을까.

법대 한가운데 앉은 재판장의 모습일까, 아니면 거기 앉아 있었던 가오루의 모습일까.

목숨을 걸고 시작한 가오루의 법정유희가 드디어 결말을 맞으려 한다.

가오루는 어떤 결말을 바랐을까.

죄인을 제재하는 결말일까, 무고를 구제하는 결말일까.

법정이 정적에 휩싸이기를 기다렸다가 재판장이 짧은 주문•

• 판결의 결론 부분

을 낭독했다.

"주문. 피고인은 무죄……."

법정유희

1판 1쇄 발행 2024년 3월 21일
1판 2쇄 발행 2024년 4월 15일
지은이 이가라시 리쓰토 | **옮긴이** 김은모 | **펴낸이** 최원영
편집부장 윤영천 | **편집부** 김서연 이지윤 | **북디자인** 형태와내용사이
본문조판 양우연 | **국제업무** 박진해 전은지 남궁명일 | **마케팅** 김민원 조은걸
펴낸곳 (주)디앤씨미디어 | **출판등록** 2002년 4월 25일 제20-260호
주소 서울시 구로구 디지털로 32길 30 코오롱디지털타워빌란트 1301-1308호
전화번호 02.333.2513 | **팩스** 02.333.2514

ISBN 979-11-92738-27-7 03830

정가 17,000원

* 잘못 만들어진 책은 구매처에서 바꾸어 드립니다.